# 잃어버린 얼굴

잃어버린 얼굴

최고은 옮김
잃어버린 얼굴
사쿠라다 도모야 장편소설

**일러두기**

1. 외래어는 국립국어원의 외래어 표기법을 따랐으나 일반적으로 통용되는 경우에는 관용에 따라 표기했습니다.
2. 본문의 각주는 옮긴이 주입니다.
3. 본문 중 볼드체는 원서에서 방점으로 강조한 부분입니다.

# 차례

# 6월 29일

## 얼굴 없는 시체

1

주전자로 물을 끓이기 시작했을 때 스마트폰이 울렸다. 히노 유키히코는 모닝커피를 포기했다. 오전 6시 5분. 불을 끄고 전화를 받았다.

"네, 수사계 히노입니다."

통화 중에 침실 문이 열리는 소리가 들렸다. 야간 근무를 마치고 돌아온 아내가 그와 교대하듯 침대에 누운 게 불과 15분 전 일이었다.

"호출이야?"

"변사체가 발견됐대."

변사체라는 말을 듣기도 전에 아내는 미간을 찌푸렸다.

"도시락은 오늘 못 싸주겠네."

오늘은 토요일이지만 중학교 3학년인 딸은 점심 도시락을 들고 입시 학원에서 주최하는 모의고사를 보러 가야 했다. 도시락은 유키히코가 출근하기 전에 만들기로 약속했다. 그러니까 아침 식사도 예외는 아니었다.

"미안해. 다음엔 꼭."

아내는 말없이 가스레인지 앞에 서서 주전자 물을 냄비에 옮긴 뒤 불을 켰다. 침실에서 양복으로 갈아입고 주방으로 돌아오니 아내는 얇게 썬 식빵에 홀그레인머스터드를 바르고 있었다.

"다녀올게."

대답은 없었지만 신발을 신는 동안 발소리가 다가왔다. 불이 켜져 현관이 밝아졌다. 신발 끈을 다시 묶고 일어나 우편함에서 신문을 꺼내 돌아서니 눈앞에 하얀 덩어리가 들이밀어졌다.

"빈속으로 가지 말고 한 입이라도 먹고 가."

하얀 덩어리의 정체는 소시지를 만 식빵이었다. 롤식빵이라고 할까. 아내는 그것을 릴레이 경기의 배턴처럼 오른손에 들고 있었다.

"도시락 싸던 거 아니었어?"

"싸고 있어. 하는 김에."

"아침부터 소시지 먹으면 속이 더부룩할 것 같은데."

"데쳤으니까 그 정도는 아닐 거야."

"차라리 커피를 주지."

"빈속에 커피 마시는 게 위에 훨씬 안 좋은 거 아냐?"

 6월 29일

“건강 지도는 다음에.”

간호사인 아내의 말을 한 귀로 흘려 넘겼다.

“바로 현장으로 가는 거야?”

“아니, 일단 서에 들러야지.”

자가용을 몰고 현장에 가는 것은 원칙적으로 금지되어 있다.

“그럼 싸줄 테니까 가져가서 현장 가기 전에 먹어.”

“차만 갈아타고 바로 나가야 돼. 그럴 시간 없어.”

“아까 TV에서 오늘도 덥다고 했어. 제대로 영양 섭취 안 하면…….”

“괜찮다니까.”

저도 모르게 언성이 높아졌다. 아차 싶었지만 이미 엎질러진 물이다.

아내는 롤식빵을 손에 들고 성큼성큼 주방으로 되돌아갔다. 잠옷 아래 견갑골이 유난히 도드라져 보였다. 신발장 위에 신문을 올려놓은 뒤 현관 불을 끄고 문을 열었다.

J현경 히메카미 경찰서 수사계장 히노 유키히코는 카페인과 아내의 기분을 모두 챙기지 못한 채 집을 나와 직장으로 향했다.


현 북부에 위치한 히메카미시는 남쪽에 인접한 현청 소재지 하나모리시의 베드타운으로 발전해 왔다. 시가지를 빠져나와 시 북서부의 기타야마 지구로 들어섰다. 직선으로 이어지는 국도변에는 중고차 판매 회사와 주유소가 있을 뿐 편의점조차 없었다. 히노의 오른발은 액셀을 연신 밟았다.

내비게이션의 안내에 따라 국도를 벗어나, 빈집이 즐비한 마을을 지나 산 쪽으로 직진했다. 오르막길이 되기 직전에 설치된 통제선이 보였다. 차를 세우고 창문을 열자 파출소에서 근무하는 젊은 경관이 경례로 답하며 길에 친 로프를 풀었다.

"고개 부근에서 갈림길이 나옵니다. 현장은 왼쪽의 구舊도로로 들어가면 됩니다."

포장된 산길을 오르기 시작한 지 채 10분도 되지 않아, 다소 급한 헤어핀 커브를 돌아선 곳에서 비교적 시야가 트인 장소로 나올 수 있었다. 갈림길에서 오른쪽으로 뻗은 산 쪽 본도로에는 경찰차들이 줄지어 서 있었다. 한편 왼쪽으로 뻗은 구도로는 어스름한 계곡으로 내려가고 있다.

본도로의 차량 행렬 맨 뒤에 주차하자 몇 대 앞에 서 있던 이리에 아야노가 상사가 도착한 걸 알아차리고 달려왔다. 히노는 차에서 내려 스물아홉의 젊은 순사부장을 향해 쓱 손을 올렸다. 시야에 들어온 손목시계 바늘은 정확히 7시를 가리키고 있었다.

"계장님 오셨습니까."

"빨리 왔네."

"당직이었습니다."

"당직 다음 날 아침에 변사 사건이라니, 운이 없군."

"무슨 일이 생기겠거니 각오는 하고 있었어요. 우연히 본 TV

별자리 운세에서 꼴찌였거든요. 역시나 30분 후에 출동 지시가 내려왔고요."

"그래서 서둘러 달려왔는데 대기하라고 한 거야?"

"네. 검시관도 아직 현장에 안 오셨고 해서, 일단 물러나 있었습니다."

그 차림 그대로 잠깐 눈을 붙이고 있었는지 이리에의 진회색 팬츠 정장은 곳곳에 주름이 져 있었다. 그리 길지도 않은 머리를 하나로 묶은 건 뻗친 머리카락을 감추기 위해서겠지. 겉보기에는 약간 지쳐 보였지만 본인은 기운이 넘치는 것 같았다.

"시신은 40대에서 50대 사이의 남성, 갈림길에서 구도로로 200미터쯤 들어간 계곡에서 발견되었습니다. 아직 감식 작업 중이지만 도로 쪽에서 현장이 보입니다."

이리에의 안내를 받아 히노는 구도로로 들어갔다. 본도로와 달리 포장이 상당히 상해 있었고, 녹슬어 휘어진 가드레일이 불길한 분위기를 자아냈다.

"이 길은 어디로 이어졌지?"

히노는 아직 이 근처 지리에 익숙하지 않았다. 4월에 히메카미서로 이동해 왔기 때문이다.

"쭉 내려가면 히메바시 다리입니다."

현 경계에 자리한 히메바시 다리의 북쪽은 B현 난부시다. 한때 이 고갯길은 현을 오가는 주요 경로 중 하나였지만, 시가지에 새 다리가 생기자 이용 빈도가 줄었고, 그에 따라 기타야마 지구의 인구도 감소했다고 이리에가 설명해 주었다.

구도로의 내리막이 쭉 뻗어 있었다. 시야에서 본도로가 사라지기 직전, 늘어선 차량 앞줄에 경찰 차량이 아닌 회색 밴이 있는 것을 알아챘다.

"저 차는?"

"신고자의 차량입니다."

119 신고가 들어온 게 오전 5시 40분. 내용을 듣고 사건성이 있다고 판단한 소방서에서 J현 경찰에 현장 출동을 요청했다. 구급차에 이어 인근을 순찰 중이던 현경 본부 기동수사대가 먼저 도착해 히메카미서 수사관에 앞서 초동 수사를 담당했다고 한다.

"이 밑입니다."

채 3분도 걷지 않아 이리에가 멈춰 서서 돌아보며 계곡 쪽으로 오른손을 내밀었다. 그녀의 손끝을 따라 가드레일에 무릎을 대고 내려다봤다. 절벽 같던 경사면이 완만해진 곳, 도로에서 볼 때 6, 7미터쯤 아래일까, 활엽수 가지와 잎들이 포개져 만든 그늘 아래에 문제의 변사체가 있었다. 옆으로 누운 듯 엎드린 자세였고 얼굴은 계곡 바닥을 향해 있었다.

나뭇잎 사이로 비치는 햇살이 만든 모자이크가 하얀 탱크톱과 속옷 하의를 두드러져 보이게 했다. 시신은 속옷만 걸친 차림으로 신발도 신지 않았다.

"전신에 사후 경직이 시작됐고, 이 더위에도 부패가 그다지 진행되지 않은 점을 고려하면 죽은 지 기껏해야 며칠 되지 않았을 겁니다. 타살 혐의가 짙고 사후에 이곳에 유기되었을 가능성이 커 보입니다."

"살해한 뒤에 계곡 아래까지 운반했다는 건가."

"운반했다기보다는 도롯가에서 던져버린 게 아닐까 싶습니다."

이리에는 경사면이 완만해지기 시작하는 부근을 가리켰다. 수십 센티미터쯤 흙이 무너진 흔적이 있다. 그곳에 낙하한 시신은 다시 몇 미터 굴러떨어지거나 미끄러져서 현재 위치에서 멈춘 모양이었다.

"수사관들과 구급대원을 제외하고는 경사면에 누군가가 들어간 흔적은 찾지 못했습니다. 가드레일 높이는 60센티미터쯤 되고 계곡 쪽으로 기울어져 있으니 시신을 유기하는 데 큰 장애물이 되지 않았을 테고, 오히려 지지대로 활용할 수 있죠."

당연히 범인이 복수인 편이 유기하기는 더 쉽겠지만, 단독범이라도 불가능해 보이진 않는다.

"후두부에 상처가 있네."

"둔기로 구타당한 것으로 보이지만, 지금까지 흉기로 추정되는 물건은 발견되지 않았습니다."

"신원을 나타내는 것은?"

"그 역시 발견되지 않았습니다."

"속옷에 이름이 적혀 있거나……"

"없었습니다. 간이 검사로 혈액형만 알아냈습니다. B형입니다."

"신원을 특정할 수 있을 만한 신체적 특징은?"

"특정할 수 **없을 것 같은** 특징이라면 몇 가지 있습니다."

그 대답에 히노는 노골적으로 미간을 찌푸렸다.

"스무고개 하나?"

"그게 아닙니다. 시신은 얼굴이 뭉개져서 인상을 판별할 수 없는 상태입니다. 게다가 두 손이 모두 절단되었는데 그 손이 현장에서는 보이지 않습니다. 속옷에 혈액 오염은 없는 걸 보면 시신을 훼손한 뒤에 옷가지를 벗긴 것으로 추정됩니다."

"마음에 안 드는군."

"머리카락도 상당히 난잡하게 잘려 있습니다. 스스로 이발했을 수도 있지만, 만일 그렇다면 솜씨가 서툴고 신경을 안 쓴 거겠고요."

"그 역시 은폐 공작인가?"

"그렇게까지 공을 들였다는 건, 오히려 신원만 밝혀지면 곧바로 범인을 찾아낼 수 있다는 뜻일지도 모르겠네요."

이리에의 긍정적인 의견을 부정할 이유도 없어서 히노는 일단 고개를 끄덕였다. 그러면서 영 머리가 돌아가지 않는다는 걸 깨달았다. 이유는 명백했다. 뇌가 카페인을 원하고 있다. 경사면의 흙이 커피 가루로 보이기 시작할 무렵, 이리에가 신고자에 대해 설명하기 시작했다.

　　　　　　6월 29일

"사타케 와타루라는 서른세 살 남자인데, 시내 도매업체에서 사무직으로 일한다고 합니다."

사는 곳은 여기서 차로 30분 정도 떨어진 맨션이라고 했다.

"사무직 회사원이 왜 아침에 계곡을 들여다보고 있던 거지?"

"쓰레기를 몰래 버리러 온 것 같습니다. 밴 트렁크에는 냉장고에 금고, 자전거, 자전거 공기펌프, 카세트 라디오, TV에 비디오 데크……."

"미수였나?"

"아닙니다. 시신에서 몇 미터쯤 떨어진 곳에 선풍기가 있었습니다. 우선 그걸 투기한 뒤에 아래를 내려다보다 시신을 발견했다고 진술했습니다."

"설령 불법 투기가 발각되더라도 계곡 바닥에 쓰러진 사람을 무시할 수 없었던 거군."

"감탄할 일은 아니죠. 상습범일까요?"

"글쎄. 불법 투기 조사는 생활안전과에 맡기자고. 이 근처에 감시 카메라는?"

"기동수사대에 따르면 인근에 설치된 카메라는 없습니다. 히메바시 다리에는 도로 정보용 라이브 카메라가 있지만 난부시에서 관리해서 확인하려면 B현경의 협조를 구해야 합니다."

국도변에는 히메카미시에서 설치한 노상 카메라도 있지만, 그쪽은 교통량이 너무 많아서 추적 대상이 불명확한 상태에서는 아마 도움이 되지 않을 것이다. 타이어 자국을 포함해, 차량을 특정할 만한 단서는 발견되지 않았다.

그런 사항들을 검토하고 있는데 기동수사대 반장이 구도로를 내려와 다가왔다. 히노가 인사하자 "과장은 잘 지내나?"라고 대꾸했다. 반장과 히노의 상사인 형사과장은 동기 사이다.

"이 일대에 수상한 차량은 없었어. 우리는 슬슬 철수하겠네."

기동수사대에서는 자신들이 움직여야 할 만큼 긴급한 상황은 아니라고 결론을 내린 것 같았다.

"왜 이렇게 빨리 가시려는 건데요."

"촉탁 경찰의와 연락이 안 돼서 출발이 늦어졌다던데, 곧 검시관이 도착할 거야. 난 그 친구 좀 불편하거든."

"어떤 점이요?"

"나이도 어린 녀석이 거만하잖아."


오전 7시 30분. 일단 현장에서 나와 본도로와의 분기점이 보이는 지점까지 돌아왔을 때, 승용차 한 대가 나타나 차량 행렬 맨 뒤에 정차했다. 이리에가 재킷을 아래로 당겼다. 갑자기 옷주름이 신경 쓰이기 시작한 모양이다. 아침에 면도하는 걸 깜빡한 히노도 저도 모르게 뺨을 만지며 얼굴 상태를 확인했다.

문이 열리고 운전석에서 다카미야 검시관이 내렸다. 소속은 현경 본부 형사부 감식과. 41세인 히노보다 6년 선배이고 계급은 두 단계 위인 경시이며, 키도 상대가 20센티미터쯤 컸다. 정식 직책은 과장급 관리관이다.

　　　　6월 29일

다카미야에 이어 조수석에서 작은 체구의 경찰의가 내렸다. 두 사람은 각종 도구를 담은 케이스를 손에 들고 히노 쪽으로 다가왔다.

히노는 이리에에게 자신이 검시에 입회하는 동안에 할 일을 지시했다.

"우선 서로 돌아가서 사타케 와타루의 조서를 받아. 최근 며칠간의 행동도 확실히 알아보고. 짐과 차량에 대해서도 가능한 한 자세히 조사해 줘. 특히 혈흔 유무를. 임의로 어디까지 가능할지 미묘하지만, 본인이 불법 투기를 인정했으니 최대한 협조하라고 설득해."

"……최초 발견자를 의심하시는 겁니까? 가능성이 있을까요?"

이리에는 의아하다는 듯 눈을 가늘게 떴다.

"사타케는 사실 훨씬 이른 시간에 이곳에 왔을지도 몰라. 어쩌면 며칠 전에도 왔을 수 있고. 예를 들어 며칠 전에 시신을 버리러 왔다가 현장에 뭔가 중대한 것, 시신의 신원이나 자신을 특정할 수 있는 단서를 남겨버렸고, 오늘 아침에 그걸 깨달았어. 그래서 황급히 회수하러 왔지만, 그럼으로써 또 다른 흔적이 현장에 남아버린 걸지도."

"그래서 사타케는 발견자로 가장해서 신고하기로 했다. 그러면 현장에 남은 자신의 흔적에 정당성을 부여할 수 있으니까…… 그런 말씀이신가요?"

"어쩌면 차에 실린 짐 중 일부는 버리려고 가져온 게 아니라 방금 계곡 바닥에서 회수한 물건일지도 모르지."

머릿속에 떠오르는 생각들을 말하며 히노는 자신이 점점 진상에 가까워지고 있는 듯한 기분이 들었다.

"다른 쓰레기는 그 증거를 위장하기 위해 가져왔다고요?"

"쓰레기는 쓰레기 속에 숨기는 거지."

"하지만 감식반에서는 구급대와 수사관 말고는 발자국을 확인할 수 없다고 했습니다."

"사타케가 계곡으로 내려간 길을 구급대원들이 훼손했을 수도 있잖아."

"말씀대로 사타케가 대원들을 유도했을 가능성도 있겠지만……."

카페인이 결핍된 뇌에 이리에의 조심스러운 동의가 기분 좋은 자극을 주었고, 히노는 더욱 신이 났다.

"아무래도 소방대에도 얘기를 들어봐야겠군. 그 외에는 여기까지 오는 시내 주요 도로 카메라 영상을 며칠 치 확보해 줘. 히메바시 다리 라이브 카메라는 과장님과 상의해서 B현경에 협조 요청을 해둘게. 그리고 이 부근에 방범 카메라 비슷한 게 정말 없는지 다시 확인해 줘. 운이 좋으면 기동수사대가 놓친 걸 찾을 수 있을지도 몰라. 물론 운세 최하위인 사람에게 맡기는 건 다소 불안하지만……."

"그 점은 걱정하지 마십시오. 편의점에서 슈크림을 살 거니까

 6월 29일

요."

"······그건 또 무슨 수수께끼지?"

"오늘 행운의 음식입니다."

"그것도 TV 운세인가?"

"네. 참고로 쌍둥이자리는······."

"말 안 해도 돼."

"9위였어요."

영 신통치 않다.

"행운의 음식은······."

"이제 됐어. 빨리 가봐."

"그럼, 서로 돌아가겠습니다."

이리에는 내려온 검시관에게 경례를 한 뒤 인터하이[*]800미터 경주에 출전했던 특유의 각력脚力으로 구도로를 달려 올라갔다.

시신 확인을 마친 다카미야 검시관이 일어서서 히노를 향해 고개를 돌렸다.

"머리나 안면에 입은 타격 중 하나가 치명상이었어. 손목 절단까지 포함해서 현장은 여기가 아닌 다른 곳이야. 죽은 건 현시점에서 24시간에서 48시간 전이고."

히노는 손목시계를 봤다. 즉 사망 추정 일시는 6월 27일 오

[*]  일본 전국고등학교 종합체육대회.

전 8시부터 28일 같은 시각까지. 한마디로 그저께 아침부터 어제 아침까지다.

"치아 감정은 가능할까요?"

이 질문에는 얼굴이 불그스레한 의사가 "어려울 거야"라고 답했다.

"이도 부서진 건가요?"

"아니, 애초에 치아가 없어. 죽은 뒤에 상당수가 뽑혔어."

"죽은 뒤에 뽑혔다고 추정하는 근거는 뭡니까?"

"산 사람 상대로 아마추어가 이를 이만큼이나 뽑는 건, 어떤 의미로는 죽이는 것보다 힘드니까."

의사는 그렇게 말하며 건조하게 웃었다.

지문, 장문掌紋, 인상, 치형, 신원 특정으로 이어질 만한 정보가 모두 소실되어 있다. 백발이 섞인 머리카락도 가까이서 보면 확실히 난잡하게 잘렸다. 대충 가위를 대서 전체를 짧게 자른 듯한 인상. 그럼에도 시신에 남겨진 모발은 심한 곱슬이었다.

"검시는 이상. 감식만 괜찮으면 시신은 반송해도 돼. 선생님, 바쁘신 중에 아침부터 나와주셔서 감사합니다. 먼저 차에 가 계시겠습니까?"

의사는 "그러지" 하고 비틀거리는 걸음으로 오르막길을 올라갔다.

시신 곁에 다카미야와 단둘이 남겨졌다. 히노는 왠지 불길한 예감이 들었다.

　　　　　6월 29일

"그나저나 히노 계장. 히메카미서로 옮긴 뒤에 살인 사건을 다루는 건 이번이 처음 아닌가?"

상대의 목소리 톤이 바뀌었다. 별자리 운세 9위. 그 말이 머릿속을 스치고 지나갔다. 마음만은 지고 싶지 않다는 심정으로 히노는 비탈길을 살짝 올라가 키 차이를 좁혔다.

"부담을 주려는 건 아니지만, 오늘 자 '홋코위클리' 투고란에 히메카미서에 대한 민원이 실렸어."

홋코위클리는 하나모리시에 본사를 둔 동명의 신문사가 발행하는 주간 지방지다. 역사적으로 연관이 깊은 B현 남부에 대해서도 다루기 때문에 그 지역에도 독자가 제법 있다. 일간지와 별개로 구독하는 가정도 여전히 많고, 히노의 집도 예외가 아니었다. 정재계나 사법기관에 대해서는 중립적이면서도 비판적인 자세를 유지했고, 오랜 캐치프레이즈는 '시민의 확성기'였다.

"형사과에 대한 민원입니까?"

오늘 아침에는 비번이라 여유를 부리고 있던 터라 신문을 보지 못했다.

"담당으로 치면 생활안전과라고 해야겠지. 지난달에 수상한 인물이 아동에게 말을 건 사안에 대해 적절한 대응이 이루어지지 않았다는군."

"……그게 이 사건과 무슨 관계가 있습니까?"

히노의 발언에 다카미야가 눈을 부릅떴다.

"시민들은 서 내부의 부서가 어디고 누가 담당했는지, 그런

건 상관하지 않고 이해도 못 해. 경찰은 경찰이야. 조직 전체의
문제로 보지."

그 말에 히노는 자신이 실언했다는 걸 깨달았다.

"가령 신원을 은폐하기 위한 목적이 있었다고 해도, 표면적
으로 시신 일부를 절단하고 얼굴까지 짓이긴 엽기성은 세간의
주목을 끌지. 그런 사건의 해결이 늦어진다면 홋코위클리는 오
늘의 독자 투고를 다시 꺼내, 히메카미서는 원래 태만한 조직이
라고 떠들어대겠지. 그렇게 되면 일전의 일까지 포함해 우리는
손도 못 쓰고 당하게 될 테고. 신중하고 신속하게 처리하게."

"명심하겠습니다."

"히메카미서 생활안전과장은 하보로 경부지? 자네 동기 아닌
가?"

"잘 아시는군요."

"본부에도 자네 동기들이 있거든. 하보로 경부는 경찰학교
시절부터 규율을 중시하는 경찰관이었다고 들었는데…… 그게
졸업 시험 때였나?"

다카미야가 입가에 미소를 띠며 물었다.

"……아닙니다. 정기 시험입니다."

"교관과 특별한 관계였던 학생이 사전에 문제지를 입수했다
고 했지?"

"아닙니다. 교관의 일방적인 호의였습니다. 그녀의 환심을 사
려고 시험지를 유출했고……."

그녀는 그 일을 누구에게도 말하지 않았다. 하지만 시험 기간 중 같은 기숙사 방을 쓰던 학생이 문제지의 존재를 알게 됐다. 그녀는 "선배에게 받은 기출문제"라고 둘러댔고, 결국 온 반에 돌릴 수밖에 없었다. 시험이 끝난 뒤, 시험문제와 완전히 일치한 '기출문제'에 모두가 의혹을 제기했고, 견디지 못한 그녀는 사실을 털어놨다.

"다시는 그런 걸 받지 않겠다고 맹세하고 동기 모두에게 사과했다지?"

대부분의 동기들이 그녀 덕에 시험을 쉽게 통과했다. 다른 교관들이 모르니, 우리만 아는 일로 입 다물고 넘어가자는 의견이 대세였다. 히노 역시 같은 생각이었다.

"하지만 당시 하보로 경관만은 그런 결정이 옳다고 생각하지 않았던 거지?"

질문이 아니었다. 이미 세세한 부분까지 알고 있는 이야기를 다카미야는 재미 삼아 떠들고 있을 뿐이다. 히노는 어쩔 수 없이 고개를 끄덕였다.

하보로는 그녀에게 "부정을 신고해야 한다"라고 다그쳤다. "그렇지 않으면 내가 고발하겠다"라고.

아무도 하보로의 마음을 돌릴 수 없었다. 애원했지만 정론을 뒤집기엔 역부족이었다. 그녀는 학교 측에 문제지를 받은 사실을 밝혔고, 처분이 내려지기 전에 퇴교했다. 교관은 징계 처분을 받은 뒤 퇴직했다.

다른 학생들은 기출문제라고 믿고 본 것으로 간주되어 불문에 부쳐졌다.

추억이 서서히 퍼져나갔다. 이내 다카미야의 목소리가 히노를 현실로 끌어당겼다.

"수상한 인물에 대한 제보가 들어오면 각 서에서는 정해진 절차에 따라 대응해야 해. 그 과정에서 실책이 있었다면 하보로 경부치고는 드물게 큰 실점이지."

빈정거리듯 말하더니 다카미야는 걸음을 옮겼다.


2


오전 9시 20분. 히메카미서로 돌아온 히노는 1층 안쪽에 있는 생활안전과로 곧장 향했다. 토요일이라 비번이 많아 방에는 배속된 지 얼마 안 된 신입 한 명뿐이었다.

"하보로는 휴무인가?"

"서장실에 불려 가신 것 같습니다."

하보로가 불려 간 이유는 홋코위클리 건 때문일 것이다. 신문에 민원이 실리고 살인 사건까지 일어났으니, 서장도 휴일을 반납한 모양이다.

"무슨 일이 있었습니까? 혹시 제가 무슨 실수라도……."

하보로를 대신해 자리를 지키고 있는 신입은 아직 사정을 파악하지 못한 모양이다.

"걱정 마. 신입이든 베테랑이든 실수는 똑같이 저지르는 법이 니까."

신입은 알아들었는지 아닌지 알 수 없는 표정으로 "네" 하고 고개를 갸웃했다.

"없으면 됐어."

"과장님께 말씀 전할까요?"

"아니. 내 볼일은 끝났어. 내가 왔다는 것도 하보로한테 말 안 해도 돼."

이미 서장에게 한 소리 들었으면 더 보탤 말은 없다. 나가려 던 히노를 신입이 "저기……" 하고 불러 세웠다.

"과장님이 저녁 무렵 어디 나가시는지 아십니까?"

"아니, 몰라. 자주 사라지나?"

"5월 중순쯤부터 꽤 자주요. 저녁 4시에서 5시 사이…… 전 화는 연결되는데 어디서 뭘 하시는지 선배들도 모르는 것 같아 서요."

"나도 4월에 이동해 온 지 얼마 안 돼서 다른 부서 사정은 잘 몰라. 하보로랑 같은 서에서 일하게 된 것도 10여 년 만이고. 미안하지만 그 친구 루틴에 대해서는 아는 게 없어."

"그러시군요……."

"담배 아냐?"

"담배를 한 시간씩이나요?"

"찻집에 들어가면 아무것도 안 마시고 나올 수는 없지."

"그건 그냥 근무지 이탈 아닙니까?"

"흥분하지 마. 단순한 추측이니까."

"혹시 근무지 이탈을 들켜서 서장님께 불려 간 건 아닐까요?"

"그럴지도. 돌아오면 캐물어 봐."

생활안전과에서 나온 히노는 2층으로 올라가 수사계의 자기 자리로 갔다. 히노의 자리는 히메카미서의 페이퍼리스 노력 실패를 상징하는 장소이기도 했다. 책상 위에 백팩을 올려놓자 서류 뭉치가 요란한 소리를 내며 바닥에 흩어졌다. 귀찮은 일이 늘어났다.

급탕실에 가져다 둔 머신으로 커피를 내린다. 진하고 뜨거운 액체가 목구멍을 타고 내려가자 기분이 좋아지기보다 먼저 위가 욱신거리기 시작했다. 책상 서랍을 열었지만 약은 없다. 그렇다고 경무과까지 가지러 가는 건 귀찮았다. 지난 분기에 약을 너무 많이 타 갔다는 이유로 일일이 상비약 사용 신청서라는 걸 써야 했기 때문이다.

히노는 그길로 보고를 올리러 형사과장을 찾아갔다. 경우에 따라서는 상사의 잔소리로 위통이 분산되는 요행을 누릴 수도 있겠지.

과장은 아무런 표정 변화도, 대꾸도 없이 히노의 보고를 듣더니 말했다. "요컨대 부검이 끝날 때까지는 아무 단서도 얻지 못할 것 같다는 거군요."

그는 점점 숱이 줄어드는 머리카락을 올백으로 넘겨 정수리 쪽을 부풀렸고, 그 때문에 더욱 길쭉해 보이는 얼굴 한가운데 날카로운 인상의 코가 자리하고 있었다. 책상 위는 깨끗했는데, 서류를 쌓아두지 않는다는 점만으로도 지극히 유능한 상사였다.

"히메바시 다리의 카메라에 대해서는 본부를 통해 B현경에 협조 의뢰를 해뒀습니다. 난부서 수사관이 영상을 확보해 줄 겁니다. 마침 그쪽에서도 별건으로 J현경에 협조 요청을 하려던 참이라 아쉬운 소리 하지 않아도 됐죠. 타이밍이 좋았습니다."

"감사합니다."

"그런데 홋코위클리 건 말입니다만……."

의자에 앉아 있던 과장이 말을 멈추고 약간 몸을 젖혔다. 은테 안경 렌즈가 천장 조명을 받아 불투명 유리처럼 희게 빛났다.

"본부에서 서장님께 치안상의 문제를 방치한 것에 대한 우려와 유감을 표명했다고 합니다. 형사과 문제가 아니라고 빠져나갈 수는 없고요."

"그렇죠. 시민은 조직 내 부서 같은 건 알 바 아닙니다. 경찰은 경찰. 하나의 조직이니까."

"훌륭한 생각이십니다."

"감사합니다."

"부검은 내일 오전에 현립 의대에서 실시합니다. 당일은 어려웠지만 다음 날 아침 제일 빠른 시간을 잡아줬습니다. 결과가 나올 때까지 어디를 수사할 건가요?"

"우선 신고자인 사타케 와타루 주변부터 공략할까 합니다."

"수상한 점이 있습니까?"

"불법 투기 목적으로 현장을 방문했다는 진술을 곧이곧대로 믿을 수 없습니다."

"실제로는 현재로선 다른 방도가 없다는 느낌인가요?"

"송구합니다."

"어쨌든 조기에 해결해야 합니다. 알겠죠? 홋코위클리 쪽은……."

"바로 읽어보겠습니다."

"아직 확인 안 했다고요?"

안경 너머로 과장의 실눈이 한층 더 가느다래졌다.

"포스트잇까지 붙여서 책상에 놓아뒀는데요."

"그냥 지나쳤습니다."

거짓말할 때는 망설이지 마라.

"조금 전에 서류 떨어지는 소리가 들렸던 것 같은데요."

"아마 이리에 책상일 겁니다."

위통이 더 심해진 상태로 상사의 방에서 나오자 낯익은 베이지색 양복 차림의 하보로가 수사계 사무실 창가에 서 있는 모습이 보였다. 그는 학창 시절 럭비로 단련한 거구를 흔들며, 지나치는 책상마다 몇 번이나 굵은 허벅지를 부딪쳐 가며 히노에게 다가왔다. 창가에 서서 어느 정도 햇빛을 가려주는 편이 훨씬 고마운데 말이다.

 6월 29일

"어이. 서장한테 불려 갔었다며?"

"흥. 너야말로 아침부터 바빴다면서?"

"그렇지 뭐. 그나저나 위장약 없어?"

"약은 없지만, 이게 바닥에 떨어져 있길래 주워뒀지."

하보로가 건넨 건 하늘색 포스트잇이 붙은 홋코위클리였다. 히노는 눈에 들어온 기사를 훑어보았다.

"아내를 찌른 혐의로 남편을 체포. B현경 난부서는 28일 밤 난부시 다나이초에 사는 39세의 용의자 쓰지 세이이치를 37세의 아내 가나 씨를 찌른 상해 혐의로 체포했다…….."

"야."

"본인의 신고로 체포된 남편은 '말다툼이 격해져서 아내가 칼을 들이댔는데, 실랑이 중에 그만 찔러버렸다'고 진술하고 있다는군."

"장난해?"

"장난은 무슨. 나도 오늘 아침에 아내랑 말다툼해서 남의 일 같지가 않네."

"어쩌라고."

하보로를 놀리는 건 그쯤 해두고, 히노는 포스트잇이 붙은 문제의 투고 기사를 읽었다.

**〈시민의 불안에 공감하는 경찰이 되기를〉**

5월 13일, 히메카미시 데쓰난 지구에서 수상한 인물이 초등학생에게 말을 거는 사건이 발생했다. 마스크와 선글라스로 얼굴을 가린 중년 남성이 공원에서 놀던 아동에게 말을 건 것이다.

신고를 접수한 히메카미 경찰서는 '유인 사건 발생' 정보를 발신하고 주변 주민과 상점에 방범 카메라 영상 제공을 요청하는 등 초기에는 비교적 적극적인 대응을 보였다. 하지만 그 후에는 집중적인 순찰이 이루어지지 않았고, 방범 자원봉사 단체와 연계를 강화하는 움직임도 확인되지 않았다. 명백한 범죄 전조 증상으로 볼 수 있는 상황이었음에도 불구하고 범죄 예방에 적극적으로 임하려는 의지가 충분히 느껴지지 않는 것은 참으로 유감스러운 일이며, 이 사안을 둘러싼 주민의 불안은 아직 해소되지 않았다고 보아야 할 것이다.

노동 개혁의 흐름이 경찰 조직에도 영향을 미쳤는지는 알 수 없지만, '시민의 지팡이'라는 마음가짐만큼은 언제나 잊지 않기를 바란다.

히메카미 시민 우에무라 교코(41)


"마지막에 비아냥거리는 일침까지, 제법 잘 쓴 글이네."

감상을 말한 뒤 기사를 책상에 내려놓았다. 오른쪽 어깨가 뭉친 느낌에 목을 움직이며 주물렀다. 눈앞에 선 채 움직이지 않는 하보로를 보고 히노가 물었다.

"왜 그래. 무슨 볼일 있어?"

"시체가 발견됐다면서?"

"그래. 얼굴 보러 현장까지 갔는데 정작 얼굴이 없더라고."

"얼굴 없는 시체라…… 영 거슬리는군."

"동감이야. 웬일로 의견이 일치하네."

그렇게 말한 뒤 히노는 재킷을 벗어 의자 등받이에 걸쳤다. 가장 큰 서랍을 열어 커피 재고를 확인한 뒤 다시 닫았다. 하보로는 아직 거기 있었다.

"뭔데? 할 말 있으면 빨리 해."

"네가 나를 찾아왔었다고 해서 일부러 온 거야."

선배가 한 말에 무조건 따르지 않고 사소한 보고도 게을리하지 않다니. 참으로 곤란한 신입이다.

"어차피 그 투서 건으로 놀리러 온 거겠지?"

"너희 덕분에 괜히 잔소리 들었다고, 한마디 해주러 간 거야. 현장에서 검시관이 투서 얘기를 꺼내더라고."

히노가 그렇게 대답하자 하보로는 순간 떨떠름한 표정을 짓더니 도망치듯 화제를 돌렸다.

"시신의 신원은 금방 밝혀질 것 같지 않은 거야?"

"그 질문에는 답하지 않겠어."

"장난 그만하고, 혈액형 정도는 알겠지?"

"간이 검사로는 B형이었어."

얼굴 면적에 비례해 둥글게 보이는 하보로의 눈이 순간 더욱 둥그레졌다.

"……그렇군."

"우리 걱정은 됐고, 그보다 민원에 어떻게 대응할지 생각이나 하지?”

“해당 지역 파출소에 순찰 경로를 바꾸고 더 자주 둘러보라고 요청했어. 수상한 인물이 접촉을 시도한 아동의 집에 전화해서 우리 잘못이라고 사과했지. 아이가 다니는 학교 교장에게도. 민원을 넣은 우에무라 교코한테도 전화했는데 거기는 연결이 안 됐어.”

“……전화를 했다고? 원래 아는 사이야?”

“방과 후 돌봄교실에서 일하면서 10년 이상 동네 방범 자원봉사를 해온 사람이야.”

“그렇군. 괜히 ‘범죄 전조 증상’ 같은 용어를 쓰는 게 아니었어.”

주로 어린이나 여성을 대상으로 한 ‘말 걸기’나 ‘뒤따라가기’ 같은 일들이 발생하면 이를 범죄 전조 증상이라 칭하며, 이 단계에서의 대응이 강력 범죄를 사전 예방하는 데 극히 중요하다. 히메카미서 관내에서 파악된 범죄 전조 증상에 대한 정보는 생활안전과에서 담당하고, 그곳에서 대응을 검토하는 구조가 구축되어 있다, 그렇게 대응했어야 한다.

“왜 대충 대응한 거야?”

“나는 충분하다고 생각했는데 주민들에게는 그렇지 않았던 거지.”

“철저한 녀석이라고 생각했는데, 변했나?”

히노의 말에 하보로의 눈썹이 살짝 일그러졌다.

"20대 때랑 비교하지 마."

"이 우에무라라는 사람, 방범 자원봉사자였으니 생활안전과 와의 관계도 깊겠지?"

"당연하지."

"그런데 신문에 기고한 거야?"

"홋코위클리와 똑같아. 경찰이 잘한 일은 칭찬하고, 잘못하면 비판한다는 거지."

"훌륭하잖아. 그런 사람이라면 나도 만나보고 싶은데."

"조만간 서에 찾아올 거야. 만나고 싶으면 왔을 때 알려줄게."

"고마워. 너 대신 사과해 줄까?"

코웃음 치며 그렇게 말하자 하보로의 안색이 변했다. 그럴 리는 없겠지만 설마 멱살잡이하려는 건 아니겠지? 히노는 책상 위의 컵에 살짝 손가락을 뻗었다. 덤벼들면 우선 커피를 끼얹어야겠다고 생각했을 때, 힘차게 문이 열리더니 이리에가 들어왔다.

"아, 과장님."

이리에도 작은 편이 아니지만 하보로가 워낙 거구라 올려다 보는 모양새가 되었다.

"곧 사타케 와타루를 인계하겠습니다. 잘 부탁드립니다."

하보로는 조금 멋쩍은 듯 어깨를 으쓱하더니 들어왔을 때처럼 책상에 몸을 부딪치며 방에서 나갔다. 흥미로운 표정으로 그 모습을 지켜보던 이리에는 "괴수 같아"라고 중얼거리고는 히노를 돌아봤다.

“죄송합니다. 제가 들어온 타이밍이 안 좋았나요?”

“아니, 딱 좋았어. 덕분에 커피를 낭비하지 않아도 됐어. 그런데…….”

고맙게도 이리에는 위장약을 갖고 있었다.

“미안. 덕분에 살았어.”

“신경 쓰지 마세요. 지난 분기에 받아둔 게 서랍에 아직 있었어요.”

이런 녀석들 때문에 약 관리 규정이 엄격해지는 거다. 감사한 마음이 사라졌지만 약은 받아두었다. 목으로 넘긴 녹색 가루가 즉시 효력을 발휘할 즈음 이리에는 보고를 시작했다.

사타케 와타루, 서른세 살. 히메카미시 출신. 시내 도매업체 사무실에 근무 중. 월요일부터 금요일까지 근무하고 오늘은 휴일. 본가 근처 임대 맨션에 세 들어 살고 있으며 출퇴근 시간은 차로 15분 정도. 본가에는 아버지와 누나가 살고 있다고 한다.

“평소 본가의 살림살이를 정리하고 싶었다고 합니다. 쓰레기를 어떻게 처리할까 고민하다, 비용을 들이지 않고 버리려고 계곡에 무단 투기를 한 거죠.”

“현장 지리에 밝았나?”

“답사를 했다고 합니다. 감시 카메라도 없는 것 같아서 무단 투기하기에 딱 좋다고 생각했다네요. 카메라에 대해서는 저희도 조사했지만 역시 현장 인근에는 설치된 게 없었습니다.”

진술에 따르면 사타케는 어젯밤 쓰레기를 차에 실어뒀고, 오늘 아침은 5시 전에 집을 나섰다. 만일 누군가에게 목격당할 경우, 밤에 산으로 들어가는 차가 훨씬 수상해 보일 거라 판단했기 때문이다.

계획성도 있고 사리 분별도 잘하는 것 같은데 대형 쓰레기를 올바른 방법으로 처분하지 못하다니. 인간이란 참 신기한 존재라며 히노는 내심 감탄했다.

"사타케는 허술하게도 불법 투기를 하러 가면서 블랙박스를 끄지 않았습니다. 카메라는 전면 전방위 타입이라 차량 후방도 촬영 범위에 포함됩니다. 신고 직전 영상에 진술과 다른 수상한 점은 발견하지 못했습니다. 뒷문을 열고 앞에 있던 선풍기를 든 뒤 계곡 쪽으로 이동했고, 거기서 화면 밖으로 사라졌습니다. 그 후 놀란 모습으로 다시 나타났습니다. 이때 이미 선풍기는 들고 있지 않았고요. 시각은 신고 2분 전. 불법 투기 증거로는 충분합니다."

사타케의 블랙박스는 엔진을 꺼도 몇 분 동안 녹화가 계속된다고 한다. 미디어 기록은 용량이 꽉 차면 오래된 영상부터 삭제, 덮어쓰기가 되는 방식인데, 남아 있던 가장 오래된 데이터는 그저께 목요일 퇴근길 영상이라는 것 같다.

"어리석은 게 아니라 교활한 것일 가능성도 있지. 시신 유기 의심을 피하기 위해 연기하고, 녹화가 끊긴 후 무슨 짓을 저질렀을지도 몰라. 죄는 죄로 숨기라고 하잖아."

"혹시 몰라서 부자연스럽게 누락된 데이터가 없는지 해석을 의뢰했습니다. 짐과 차량 내부를 확인하겠다고 하자 순순히 응했습니다."

계곡에 떨어져 있던 선풍기는 시신 유기 사건 압수품에 포함되어 있다. 그와 대조한다는 이유로 지문과 장문도 채취했다고 한다.

"차량 내부 감식은 오후에 할 예정입니다. 사타케의 신병은 일단 생활안전과에 인계하고, 다시 불법 투기 관련으로 신문할 예정입니다. 참고로 소방대원이 특정 경로를 따라 계곡으로 내려가게끔 유도한 사실은 없었습니다."

이리에의 보고에 히노는 납득하며 고개를 끄덕였다.

다시 그녀를 자세히 보니 현장에서 만났을 때보다 눈매가 또렷해졌고, 머리카락의 눌린 자국을 감추던 머리끈도 사라졌다. 단발머리는 안쪽으로 가지런히 말려 있었다.

"의욕이 넘치네."

"당연하죠. 계장님과 처음으로 맡는 살인 사건인데요. 탐문 나가실 거면 계장님도 눈썹 정도는 그리는 게 어떠세요?"

"지금보다 더 진해져서 어쩌려고."

농을 던졌다 본전도 못 찾은 히노는 작게 콧김을 내뿜으며 백팩을 들었다.

"현장 주변 탐문은 지금 인원으로도 충분할 거야. 우리는 사타케의 자택과 본가에 가보자고."

## 3

사타케의 본가 현관은 쓰레기에 파묻혀 있었다.

겸연쩍어하는 표정으로 손수건을 입가에 대고 나온 사타케 와타루의 누나는 경찰이라는 말을 들은 순간 표정이 굳더니 겁먹은 듯 죄송하다는 말만 반복했다. 집 안에서 고함 소리 같은 남자 목소리가 들렸다. "누구야!", "쫓아내!" 같은 말을 역시 반복해 외치고 있었다.

"아버님……이신가요?"

이리에의 물음에 여자는 다시 한번 "죄송합니다"라는 말로 긍정했다.

"저쪽에서 잠깐 이야기 좀 하실까요?"

그렇게 요청하자 여자가 말없이 고개를 끄덕였다.

경찰차는 집에서 조금 떨어진 곳에 세워뒀다. 운전석 쪽 뒷좌석에 앉혀 이야기를 들었다. 이리에가 옆에 앉아 질문했고, 히노는 조수석에서 상황을 지켜보기로 했다.

"어머니가 작년 정월에 돌아가신 뒤로 아버지는 갑자기 쓰레기를 쌓아두기 시작했어요. 게다가 어디선가 물건을 주워 오기도 하고. 저나 동생이 조금이라도 치우려고 하면 버럭 화를 내서 손도 댈 수 없었어요. 그러다 어느새 저 지경이…… 죄송합니다. 이웃분들께도 폐를 끼치고 있는 거 잘 알고 있습니다."

여전히 손수건을 얼굴에 댄 채, 그녀는 운전석 등받이에 이마를 부딪치며 연신 고개를 숙였다. 더운 날씨에 두툼한 긴팔 옷을 입어서 목덜미가 땀으로 번들거렸다.

"오늘은 쓰레기…… 아니, 이 댁 일로 찾아온 게 아닙니다."

이리에의 말에 누나는 입가의 손수건을 움켜쥐었다.

"그렇죠. 형사님이 오셨다는 건 분명 동생 일 때문이겠죠? 죄송합니다. 와타루가 쓰레기를 어디다 버리러 간 건 알고 있었어요."

그렇게 말하고는 크게 한숨을 내쉬었다.

"아무래도 그건 좀 아니지 않냐고, 아버지 물건을 함부로 버리는 게 문제가 아니라, 불법으로 버리면 안 되지 않겠냐고 저도 말렸어요. 그랬더니 와타루가 '그럼 어쩌라는 거야!' 하고 버럭 화를 내는 거예요. 더는 누구한테 큰 소리를 듣고 싶지 않아서, 동생이 하겠다는 대로 하게 됐어요."

누나의 눈과 코가 새빨갛게 충혈되고 목소리에 울음기가 섞였다.

"그리고…… 저도 내심 쓰레기가 조금이라도 줄어든다면, 그것도 돈 들이지 않고 버릴 수 있다면 그보다 좋은 일은 없다고 생각했어요."

그녀는 구깃구깃한 손수건으로 코언저리를 연신 문질렀다.

"아버지는 쓰레기를 버린다고 하면 화를 내지만, 제가 몰래 가져가도 아마 눈치채지 못할 거예요. 뭐가 어디 있는지 전혀 모르거든요. 원래는 다정한 분이세요. 지금은 잠깐 마음의 균형이 무너진 것뿐이에요. 아버지도 어떻게 해야 할지 몰라서 막막할 거예요."

훌쩍이던 그녀는 더듬거리며 말했다.

"그러니까 어느새 쓰레기가 전부 사라지면, 내가 이렇게 의미 없는 일에 매달렸다는 걸 깨닫고 예전의 아버지로 돌아올 거예요. 반드시, 반드시 그럴 거예요. 그래서 동생이, 와타루가, 와타루에게, 와타루가, 와타루……."

그녀의 눈물도, 마찰로 각질이 일어난 콧등도 제대로 보기가 괴로워서, 히노는 어쩔 수 없이 제 무릎을 바라보았다.

사타케의 본가 현관 앞에는 방범 카메라가 설치되어 있었다. 아버지가 설치하라고 했지만, 와타루의 누나 말로는 영상을 확인하는 모습은 본 적이 없다고 했다. 그녀에게 부탁하자 지난 일주일 치 데이터가 든 저장장치를 빌려줬다. 아버지는 용량이 꽉 차면 덮어쓰지 말고 장치를 교체해서 모든 녹화 기록을 남기도록 지시했다고 한다.

사타케의 본가를 나와 차로 10분도 채 걸리지 않는 거리에 있는 와타루의 집으로 갔다. 지은 지 제법 오래됐는지 밖에서 보이는 베란다에서 세월이 느껴졌다.

주차장에 들어서자마자 이리에가 "여기도 카메라가 있네요"라며 기뻐했다. 1층 관리인실에 방범 카메라에 대해 물으니, 근처에서 차량 털이나 빈집 털이가 자주 발생하던 시기에 설치했다고 한다.

"그때 생활안전과 하보로 과장이 친절하게 조언해 줬거든."

히노는 시내에서 일어난 사건에 대해 조사 중이라고만 설명한 뒤, 최근 며칠의 영상을 보여줄 수 있느냐고 부탁했다.

"또 절도 사건이라도 일어났나? 기왕 달았으니 도움이 되면 좋지."

관리인은 그렇게 말하더니 히노와 이리에를 컴퓨터가 놓인 안쪽 책상으로 데려갔다. 이어서 앱 조작 방법을 설명한 뒤 편하게 보라며 본인은 다시 자리로 돌아갔다.

두 사람은 한 시간에 걸쳐 사흘간의 영상을 빠르게 확인했다.

평일에 사타케 와타루의 차가 주차장을 나가는 건 오전 8시 10분경. 늦어도 오후 7시에는 귀가하고, 그로부터 차가 이동한 건 어젯밤뿐이었다. 오후 11시 넘어 주차장을 나가 날짜가 바뀐 0시 10분에 돌아왔다.

그리고 오늘 아침에는 오전 5시에 주차장에서 출발했다.

"계장님. 여기 설치된 카메라와 사타케의 본가에 설치된 카메라, 제조사가 같네요."

이리에의 말에 히노는 컴퓨터에 와타루의 누나에게서 받은 저장장치를 꽂았다. 앱이 자동으로 인식해서 폴더가 열렸다.

어젯밤의 데이터를 재생하자 오후 11시 10분, 본가에 나타난 사타케 와타루의 차를 확인할 수 있었다. 현관 앞 좁은 공간에 간신히 차를 세우고 쓰레기를 줄줄이 차에 실었다. 그동안 누나는 가끔 큰길 쪽을 내다보며 주위를 신경 쓰는 눈치였지만



6월 29일

뭘 하려 하지는 않고 그저 전전긍긍할 뿐이었다. 마지막으로 선풍기를 싣고 작업이 끝나 차가 본가를 떠난 게 오전 0시 2분.

"사망 추정 일시부터 오늘 아침까지 부자연스러운 점은 없는 것 같네요."

"그래. 적어도 시신을 옮긴 흔적은 없군."

두 사람은 저장장치를 돌려주기 위해 다시 사타케의 본가로 이동했다. 와타루의 누나는 인터폰을 통해 작은 목소리로 우편함에 넣어 달라고만 말했을 뿐, 더는 얼굴을 보여주지 않았다.

"점심 먹을까."

작은 정식집에서 덴동을 주문해 새우를 꼬리부터 베어 물었다. 운수를 생각해서는 아니겠지만 이리에는 돈가스덮밥을 주문했다.* 맥주는 씁쓸한 기분에도 어울리고, 달콤한 소스의 덮밥과도 좋은 조합이다. 오후 2시 5분. 물론 몇 시든지 간에 근무 중에 술을 마실 수는 없다. 날카로운 꼬리가 목을 찌른 뒤 위장으로 내려갔다.

서로 돌아가는 차 안에서 이리에가 난데없이 홋코위클리에 실린 민원에 대해 언급했다.

"어떤 경위인지는 모르지만 하보로 과장님답지 않네요."

"그러게."

---

* 일본어에서 돈가스とんかつ의 가쓰와 '이기다'라는 뜻의 가쓰勝つ는 발음이 같아서 기합을 넣는 의미로 시험이나 시합 전에 자주 먹는다.

"하보로 과장님과는 동기시죠?"

"나는 경부보에 계장. 그 녀석은 경부에 과장. 처지는 달라졌대도 동기지. 그게 왜?"

"왜 그렇게 말씀하세요. 딱히 그런 뜻으로 물어본 게 아닌데……."

"……미안. 현장에서 검시관이 똑같은 소리를 해서 나도 모르게. 또 같은 얘기인가 해서 발끈했어. 수사에도 압박을 받은 데다가……."

변명이 어느샌가 푸념이 되어가고 있었다.

"……잊고 싶은 옛날 일까지 꺼내더라고."

"혹시 그 유명한 경찰학교 시절 에피소드요?"

"……아나?"

"유명하잖아요."

히노는 한숨을 내쉬었다.

"하보로 과장님과 마찰을 빚으셨다고요."

"나뿐이겠어. 동기 모두 녀석을 설득하려고 했지."

"제가 들은 소문에서는 계장님이 주요 인물이던데요."

"흥미 위주로 편집했겠지."

"양쪽 입장 모두 이해는 돼요. 경찰관으로서 자신의 부정을 용납해서는 안 된다. 그렇다고 한 번의 실수로 모든 것을 빼앗는 것도 옳지 않다."

"쉽게 정리하려 들지 마. 아직 아무것도 모르던 시절 일이야.

하보로도 나이 들면서 변했어. 규칙과 그것을 지키는 정의감만으로 사회가 돌아가지 않는다는 걸 알았지. 타협을 하다 보면 어느새 일하는 방식도 변하는 법이야. 그 결과가 시민의 불만을 야기했고. 그런 거겠지.”

“계장님도 마음대로 정리하시네요.”

“이 얘긴 여기서 끝이야. 자기 사건에나 집중해.”

“계장님도 변하셨나요?”

“당연하지.”

“인사이동 소식을 듣고 그 하보로 과장님에게 맞서던 열정적인 학생이 상사가 된다고 기대했었는데요.”

이리에와 대화를 나누는 동안 히노의 마음에 추억이 되살아났다.

—— 그렇게까지 몰아붙일 필요가 있어?

동기가 자퇴한다는 이야기를 들은 밤의 일이었다.

—— 이곳에서 교관은 절대적인 존재야. 그런 사람을 어떻게 거부하라고.

기숙사 방에서 히노는 그렇게 말하며 하보로의 멱살을 잡았다. 하보로는 꿈쩍도 하지 않았다.

—— 나는 부정행위를 털어놔야 한다고 말했을 뿐이야. 경찰관을 그만둔 건 자기 선택이고.

—— 네가 강요한 거야. 그 녀석 인생을 망친 거라고.

—— 자기 죄도 인정하지 못하면서 경찰관으로서 남의 죄에

참견할 수 있겠어?

── 인간의 나약함을 받아들이지 못하는 인간이 권력을 가지는 것보다는 훨씬 낫지.

그런 건 열정이라 부를 수 없다.

그저 부끄러운 젊음에 불과하다.

"실물을 만나보고 실망했어?"

"솔직히 아직 잘 모르겠어요."

"이럴 땐 아니라고 대답해야지."

"하보로 과장님과는 지금도 어색한가요?"

"딱히. 그래 보여?"

"두 분 주고받는 이야기를 듣다 보면 서로 잽으로 견제만 하는 것처럼 느껴질 때가 있어요."

"상사 관찰할 시간 있으면 보고서 한 장 더 써. 그 일이 있든 없든 그 녀석하고는 원래 안 맞아."

약 20년이 지나 흐릿해진 기억을 끄집어냈다. 하보로와의 갈등은 어떤 결말을 맞이했더라. 어떻게 끝내야 할지 혼란스러워하던 히노를 다른 친구들이 말린 걸까.

히노는 이리에가 꺼낸 말을 마음속으로 인정하지 않을 수 없었다.

그날 밤을 마지막으로 그 일에 대해 하보로와 이야기한 적은 단 한 번도 없다.

그래서 그는 지금도 하보로와의 거리를 가늠하지 못하고, 제대로 마주하지 못하고 있다는 것을.

오후 5시가 지나 사타케의 차량 감식 결과가 보고됐다. 차량 내부와 차에 실린 물건에서 혈액과 기타 체액은 검출되지 않았다. 시신의 것과 비슷한 특징을 가진 체모도 발견되지 않았다. 차 안에 치아는 떨어져 있지 않았다. 연속으로 녹화된 블랙박스 영상에 데이터가 누락된 곳은 없었다. 주요 도로 카메라에 사타케의 차량이 수상하게 이동한 흔적도 발견되지 않았다.

"신고한 것 말고 사타케 와타루는 사건에 관여하지 않았네요."

이리에의 단호한 발언에 히노는 커피를 연달아 두 잔 마셨다.

책상 전화가 울리고 생활안전과 신입에게서 사타케 와타루를 귀가시켜도 되느냐는 문의가 왔다. 히노는 그러라고 답했다. 불법 투기 관련해서는 처벌하지 않고, 엄중 주의를 주고 마무리하는 방향으로 진행되고 있었다. 문득 생각나서 "하보로는?" 하고 물었다. "민원이 효과가 있었는지 오늘은 행선지를 말하고 순찰을 나가셨습니다"라는 건방진 대답이 돌아왔다.

현장 주변 탐문 조사를 통해 유력한 정보를 얻지는 못했다. 무엇을 할까 생각하다가 역시 오늘 중에 위장약을 받아둘까 싶어 1층으로 내려갔다 하보로와 마주쳤다.

"최근 저녁때만 되면 어딜 나간다며?"

"너하고는 상관없어."

"그럼 상관있을지 모를 얘기를 하지."

히노는 하보로에게 사타케의 본가 상황을 전한 뒤 쓰레기 방치에 대한 민원이 들어오지 않았는지 물었다.

"우리 쪽엔 없는데 시청에 문의해 봐."

"그러고 보니 맨션 관리인이 예전에 절도 사건이 다발했을 때 조언을 해줘서 고맙다고 하던데. 네 덕에 우리한테도 협조적이더라고."

"흠."

"사타케 와타루에게 해줄 조언 같은 거 없어?"

"사정이야 어떻든 범죄는 안 돼. 내가 할 수 있는 말은 그뿐이다."

수사계 사무실로 돌아온 히노는 데이터베이스를 이용해 행방불명자 목록에 올라 있는 인물의 특징을 신원 불명 시신과 대조하기 시작했다. 현 내부에서 현 바깥으로 범위를 넓혀봤지만 확실한 정보가 성별과 혈액형뿐이라 좀처럼 좁혀지지 않았다. 결국 아무 소득도 거두지 못하고 정신을 차려보니 어느새 오후 11시 반이 지나 있었다. 저녁에 연락한 뒤 잊고 있던 딸에게 황급히 메시지를 보내고 나서 히노는 퇴근 준비를 했다.

1층으로 내려가 출입문에서 주차장으로 나왔다. 그러고 보니 위장약 받는 걸 깜빡했다는 사실을 깨달았을 때 정면 하늘에 달이 보였다. 정확히 반달이었는데 어제 무슨 달이었는지 모르니 앞으로 차오를 건지 아니면 기울 건지는 알 수 없었다.

집으로 돌아오니 딸은 거실 소파에 누워 스마트폰을 보고 있었다.

"다녀오셨어요. 엄마가 냉장고에 있는 볶음우동 데워 먹으래요."

"모의고사 잘 봤어?"

"묻지 마요."

"그럼 도시락은 뭐였어?"

"몰라요."

"그런 식으로 말하지……."

"나폴리탄스파게티요."

"나폴리탄?"

"엄마도 좀 이상해. 도시락에 스파게티는 보통 사이드 메뉴로 넣지 않나."

"갑자기 아빠 대신 만드느라 메뉴 생각할 시간이 없었나 보다."

"아빠가 생각한 건 뭔데요?"

"계란말이랑 문어소시지."

"됐어요. 애도 아니고."

"아빠는 어른이지만 소시지는 문어 모양이었으면 좋겠는데."

"나는 창피…… 아, 맞다. 소시지 하니까 생각났는데, 오늘 아침밥 뭐였게요?"

"퀴즈는 별로야."

"형사면서?"

"사건은 장난이 아니야. 그래서 뭐였는데."

"뭔가 소시지를 얇은 식빵으로 만……."

"아, 롤식빵."

"그런 이름이에요?"

"아니, 아빠가 마음대로 붙인 거야."

"근데 왜 굳이 말아야 돼요? 혹시 모의고사 아침이라 운수 좋으라고 에호마키*처럼 일부러 만 건가? 그럼 웃긴데."

"그런 게 아니야. 원래 아빠 주려고 했던 거였어."

"아, 그래요? 흠…… 억!"

"이번엔 또 왜."

"혹시 그거 아빠가 손으로 쥔 거예요?"

"아빠는 안 쥐었어. 근데 엄마는 맨손으로 쥐었어."

"그래요. 그럼 괜찮아."

딸의 답변에 은근히 상처받으면서, 냉장고에서 볶음우동을 꺼내 전자레인지에 넣었다. 데우는 동안 딸에게 궁금했던 걸 물어봤다.

"……제1지망은 여전히 사립이야?"

"사립하고 공립은 진학률이 아예 다르다고요. 대학은 국공립 갈 테니까 허락해 줘요."

* 일본 세쓰분節分(2월 3일경)에 먹는 김밥 형태의 스시. 그해의 길한 방향을 보며 말없이 통째로 먹으면 복이 온다고 한다.

“이 지역 대학은 아니겠지.”

“여길 떠나고 싶은 게 아니라 수의학부에 가고 싶은 거예요.”

현 내에도 인근 현에도, 그 이웃 현에도 수의학부가 있는 국공립 대학은 없다.

“싫어요?”

“걱정돼서 그러지. 아빠는 경찰이니까 세상에 정말 별의별 사건이 다 있다는 걸 아니까…….”

우물거리는 사이 딸이 소파에서 내려와 곁으로 다가왔다.

“근데 아빠. 꿈과 희망이 있는 중3 딸이 ‘나는 평생 고향 안 떠날 거야’라고 선언하는 게 훨씬 더 걱정되는 일 아니에요?”

딸은 그렇게 말하고는 다 데워진 볶음우동을 전자레인지에서 꺼내 면을 한 가닥 집어 먹더니 “짜” 하고 눈을 동그랗게 떴다.

# 6월 30일

## 작은 방문자

1

오전 6시. 커피를 마시면서 히노는 오늘 아침 지역 신문을 훑어봤다. 신원 불명의 시신 건은 아직 작은 단신에 불과했다. 같은 사회면에는 현 경계 지역에서 일어난 일이라며, B현 난부시의 사건도 보도되어 있었다. 어제 홋코위클리에 속보로 실린, 남편과의 말다툼 끝에 아내가 칼을 들었다가 되레 찔렸다는 사건이다. 아내는 사망이 확인되었다.

히노는 어제 아침 롤식빵을 둘러싼 대화를 떠올리며 아내가 만든 볶음우동의 간이 유난히 셌던 게 마음에 걸리기 시작했다. 평소에는 혈압을 신경 쓰라며 잔소리했으면서 왜 하필 어젯밤에만……

섬뜩한 상상을 떨치듯 신문을 접으며 다카미야 검시관에게 받은 압박을 곱씹었다. 주간지인 홋코위클리가 히메카미 사건을 보도할 날은 다음 토요일인 7월 6일. 요컨대 다카미야는 사건을 그 전날까지 매듭지으라는 것이다.

출근 후 히노는 어제 하던 작업을 다시 시작했지만 역시 성과는 보이지 않았다. 애당초 죽은 지 며칠밖에 지나지 않았으니 피해자에게 가족이 있더라도 아직 경찰에 실종 신고를 하지 않았을 가능성이 있다. 현장 부근 탐문 조사에서도 여전히 별다른 단서는 얻지 못했다.

홋코위클리 건도 있으니 원래라면 현경 본부에서 더 압박이 들어와도 이상하지 않을 터였다. 하지만 다행히도 형사과 전화는 조용했다.

이유는 대략 짐작이 갔다. 오늘 아침 같은 J현의 고마네시에서 변사체가 발견됐다. 이 역시 살인 사건일 가능성이 커서 그쪽 초동 수사에 본부 인력이 투입된 것이다. 가능하다면 그사이에 이쪽 수사에도 진전이 있으면 좋겠지만…….

그런 생각을 하며 모니터를 노려보고 있는데, 형사과장이 히노의 책상으로 다가와 산더미처럼 쌓인 서류 더미를 힐끗 본 뒤 말했다.

"사법 해부가 끝났다고 연락이 왔습니다. 검안서가 도착하기까지는 시간이 좀 더 걸릴 것 같습니다."

그 말을 '지금 당장 문의하라'는 지시로 받아들인 히노는 의대에 연락했다. 조금 기다리자 교수의 느긋한 목소리가 귀에 들린다.

"급한 건인가? 지금 검안서에 첨부할 자료를 만들기 시작한 참인데."

"먼저 개요만 알려주시면 감사하겠습니다."

교수는 귀찮아하는 기색도 없이 "그러지" 하고 설명을 시작했다. 히노는 황급히 책상 위 서류 한 장을 뒤집어 받아 적었다.

"신장 166센티미터, 체중 68킬로. 연령은 40대 혹은 50대로 추측. 혈액형은 Rh 플러스 B형. 영양 상태는 나쁘지 않고 지방간과 전립선 경도 비대가 관찰됨. 경추 일부에 변형이 있고 추간판 탈출증이 의심됨. 그 외 특별한 질병은 없음. 수술 이력이나 골절 흔적도 없음."

특징적인 점이나 흉터, 문신, 화상 자국류도 보이지 않았다고 교수는 덧붙였다.

"사인은 후두부 타격에 의한 뇌타박상. 타격으로 의식은 즉시 상실됐을 것으로 보임. 가해자는 쇠망치 같은 기물로 위에서 내리쳤을 가능성이 높아."

쇠망치는 가정 공구함에 들어갈 만한 아주 일반적인 크기라고 했다.

"방어흔은 없어. 기습적인 일격이었던 모양이야. 두부에 세 군데 상처가 보이는데, 이건 아마 머리카락을 자를 때 칼날이 닿아 생긴 것. 사후에 난 상처야."

머리카락은 인공적으로 변형을 가한 게 아니라 타고난 곱슬머리라고 한다.

"위와 소장 내용물은 위스키와 견과류, 그리고 올리브. 소화 상태로 보아 음식물 섭취는 사망 한 시간 전 무렵까지 여러 시간에 걸쳐 이뤄진 것으로 보여. 독한 술을 마실 때는 좀 더 뭔가 먹는 게 몸에 좋은데 말이야. 혈액에서 알코올을 제외한 약물이나 독물은 검출되지 않았고."

"사망 시각은 어느 정도로 좁혀질까요?"

"다카미야 선생의 견해 이상으로는 어렵겠네. 6월 27일 오전 8시부터 다음 날 28일 같은 시각까지. 발견 당시 자세에 대해서도 들었네. 거의 엎드린 모습이었다지. 그런데 등쪽에도 옅은 시반이 확인됐어. 즉 사망 직후 몇 시간은 반듯이 누워 있었다는 거지."

달리 말하면 사후 그리 오래지 않아, 기껏해야 대여섯 시간 안에 경사면에 유기됐을 거라는 게 교수의 견해였다.

"시신 훼손은 사망 직후 시작된 것으로 보이네. 안면 구타는 총 10회. 후두부를 타격했을 때와 같은 도구를 썼다고 봐야 할 거야. 손목은 관절 부분에서 절단되었고 식칼과 톱, 두 종류 도구가 쓰였어. 머리카락을 자르는 데도 같은 식칼을 썼을지도 몰라. 구강 안의 치아는 모두 결손된 상태였네. 원래 빠져 있던 치아도 많았던 것 같지만 적어도 열여덟 개는 사후에 아주 난폭하게 뽑혔어."

해부가 끝나도 신원으로 이어지는 정보는 여전히 부족했다. 물론 시신에서 DNA를 채취하는 것은 가능하지만 대조할 대상이 없으면 DNA 감정은 무의미하다. 단독으로 유전자 배열을 본들 개인을 특정할 수는 없다.

감사 인사를 하고 전화를 끊은 히노는 딱히 상사에게 보고할 만한 정보를 얻지 못했다는 걸 깨달았다. 지푸라기라도 잡는 심정으로 해부 소견 메모를 손에 들고 감식을 찾아가 보기로 했다. 복도로 나왔을 때 감식계 사무실 문을 열고 이리에가 나왔다.

"뭐 나왔어?"

"시신 탱크톱에 제삼자의 체모가 부착되어 있었습니다."

발견된 건 단 한 올이었다. 일부를 잘라내 분석한 결과 얻어진 혈액형 정보는 AB형으로, 시신의 B형과 일치하지 않았다. 시신 속옷에 혈흔이 없는 점으로 보아 의류는 유기 직전에 벗겨진 것으로 추측됐다. 따라서 체모는 유기에 직접 관련된 인물의 것일 가능성이 높다.

"10센티미터 이상이니까 십중팔구 머리카락입니다."

"사타케 와타루의 머리카락일 가능성은?"

"혈액형이 일치하지 않습니다."

"성별은?"

"형질적으로 여성 머리카락 특징에 가깝다고 하지만 단정할 수는 없습니다."

발견된 머리카락은 자연 탈락모라 DNA 감정에 적합한지는 알 수 없었지만, 설령 감정이 불가능하더라도 머릿결이나 머리색, 혈액형 같은 정보는 용의자가 나왔을 때 도움이 될 것이다.

"이걸로 잠깐이나마 과장님 심기를 건드리지 않을 수 있겠어."

"해부 쪽은 어떻게 됐습니까?"

교수에게 들은 소견을 전하자, 이리에가 말했다.

"하나 걸리는 게 있어요. 왜 범인은 시신의 머리카락을 잘랐을까요?"

"신원을 특정할 수 있을 만한 단서를 조금이라도 없애려 했겠지."

"그렇다면 차라리 싹 밀어버리는 게 낫지 않을까요? 고생은 고생대로 했는데, 결국 곱슬머리라는 특징은 고스란히 남았잖아요. 무슨 의미가 있죠?"

"그 특징 하나만으로 경찰이 신원을 특정하는 건 불가능해."

"그렇다면 역으로 애초에 자를 필요가 없는 거 아닌가요?"

"남은 뿌리 부분에만 초점을 맞추니 그런 생각이 드는 거지. 어쩌면 머리끝 쪽에 큰 특징이 있었을지도 몰라. 그보다 하나 묻자. 시신의 신원을 감추고 싶었으면 존재 자체를 숨기는 게 낫지 않았을까? 얼굴을 훼손했어. 손목을 잘랐어. 이까지 뽑고 산으로 옮겼어. 그런데 왜 한 번 더 고생해서 시체를 묻으려는 생각은 안 했을까?"

"저라면 그런 생각 안 합니다."

이리에가 단호하게 말했다.

"왜?"

"신입이었을 때 현장 검증의 일환으로 웬만큼 비가 내려도 시신이 드러나지 않을 만큼 깊게 구멍을 판 적이 있거든요. 솔직히 그런 중노동은 다시는 하기 싫어요."

당시를 떠올렸는지 이리에는 불쾌한 표정을 지었다. 그 얼굴을 보고 히노는 무심코 웃음을 흘렸다.

"고마워, 참고하지. 점심이나 먹자고."

정신 차려보니 어느새 정오가 훌쩍 지나 있었다.

이리에는 식사를 하러 밖으로 나갔다. 오후에는 기타야마 지구 탐문에 참가한다고 했다. 히노는 출근길에 편의점에서 사 온 돈가스덮밥을 데우지도 않고 그릇째 들고 먹기 시작했다. 그때 바닥에 둔 백팩에서 스마트폰 진동음이 들렸다. 책상에 돈가스덮밥을 내려둘 만한 여유 공간이 없어서 젓가락만 내려놓고 백팩을 뒤져 스마트폰을 꺼냈다. 등록되지 않은 번호로 걸려온 전화였다.

"여보세요, 히노입니다."

"본부 다카미야다."

생각지도 못한 사람이었다.

"사법 해부 결과는 들었나?"

"방금 교수님께 문의했습니다."

"좋아. 설명할 필요 없이 바로 본론으로 들어가도 되겠군."

"그러면 다른 일로…… 혹시 홋코위클리에서 뭔가 연락이 왔습니까?"

"아니야. 오늘 아침 고마네시의 다세대주택에서 변사체가 발견된 건 알고 있지?"

"네. 정황상 살인일 가능성이 크다고요."

같은 현 북부 지역에 있고 히메카미 동쪽에 위치한 고마네시 역시 현청 소재지 베드타운으로 발전한 도시다. 다카미야는 오늘 아침 일찍 고마네 현장에서 검시를 마친 후 사법 해부에 입회했다고 한다.

"고마네 건이 저희 사건과 뭔가…… 설마 그쪽 시신도 얼굴과 손이 없었습니까?"

"성급한 발언은 자제하게. 고마네 시신은 온전한 상태고 신원도 판명됐어. 피해자는 사건 현장인 다세대주택의 소유자로 시라카와 기요시라는 68세 남성이야."

책상에 있는 서류를 뒤집어 메모지로 삼았다.

──── 피해자, 시라카와 기요시. 사건 현장 다세대주택 소유자.

"머리에 기물로 맞은 흔적이 있고 이게 치명상으로 보여. 살해 현장인 방에 살던 남자 이름은 야기 다쓰오."

──── 야기 다쓰오. 현장 거주자.

"야기는 현재 행적이 묘연해. 당연히 고마네서에서는 중요 참고인으로 추적 중이고."

"그 남자가 집주인을 살해하고 도주했을 가능성이 있습니까?"

"고마네서에서는 그 가능성을 염두에 두고 움직이고 있었어. 하지만 조사 과정에서 흥미로운 사실이 밝혀졌지. 야기 다쓰오는 50세야. 혈액형은 Rh 플러스 B형. 전립선 비대와 경추 추간판 탈출증 병력이 있지만 외과적 처치는 이루어지지 않았어. 머리카락은 천연 곱슬이고, 신장과 체중은 각각……."

"잠깐만요. 그렇다는 건……."

"야기의 특징은 신원 불명 시신의 소견과 일치해."

히노는 정보를 추가했다.

—— 야기 다쓰오. 현장 거주자. 행방불명. 기타야마 지구에서 발견된 시체?

"짧은 시간에 거기까지 알아냈네요."

"따로 조사할 필요도 없었어. 경찰에 야기 다쓰오의 상세한 데이터가 남아 있었거든. **야기는 전과가 있었어.** 이미 신원 불명 시신에서 채취한 샘플과 고마네 현장에서 채취한 샘플로 DNA 감정 준비를 진행 중이야. 그 결과 시신이 야기라고 확인되면 수사는 정식으로 고마네·히메카미 양 서에서 합동으로 진행될 거야."

다만 감정 결과가 나오는 건 아무리 빨라도 내일이라고 한다.

"합동 수사에 앞서 수사 협력이라는 형식으로 정보 공유를 해주겠지만, 그 허가를 받는 데도 조금 시간이 걸려. 그때까지 자네가 중간에서 고마네서와의 연락을 맡아줬으면 해."

"알겠습니다. 하지만 먼저 저희 과장님을 통해서……."

"그 사람은 융통성이 없어. 자네도 알 텐데?"

다카미야의 목소리가 순식간에 험악해졌다.

"……단독으로 움직이라는 말씀이십니까?"

"같은 말 다시 하게 하지 마. 그러는 게 시간을 절약하는 길이야. 고마네서 수사 주임에게도 사전에 양해는 구해두겠네. 히메카미서 담당자가 비밀리에 찾아올지 모른다고."

다카미야가 작게 웃었다.

"부탁하네. 자네에게 기대하고 있어."


통화를 마치고 나갈 준비를 시작하는데 이번에는 책상 전화가 울렸다. 가늘고 긴 액정 화면에 표시된 건 생활안전과 하보로의 내선 번호였다. 바빠 죽겠는데…… 쯧, 혀를 차며 수화기를 들었다.

"뭐야?"

"왔어."

수화기 너머의 하보로는 그렇게만 말하고는 입을 다물었다. 놀랍게도 그 말로 용건을 전달했다고 생각하는 모양이었다. 히노는 어처구니가 없었다.

"왔다고? 누가? 무슨 일로? 너희 신입이 너처럼 이런 식으로 전화하게 되면 어쩌려고 이래. 더 할 말 없으면 끊는다.”

“잠깐. 어제 말했다시피 우에무라 교코가 창구로 찾아왔어.”

우에무라 교코, 홋코위클리에 경찰에 대한 불만을 투서한 사람이다. 히노는 고개를 갸웃했다.

“그게 나하고 무슨 상관…… 하보로, 설마 어제 너 대신 사과해 준다는 말을 진심으로 받아들인 건 아니겠지?”

“그렇겠냐. 우에무라 교코는 투서 때문에 온 게 아냐.”

“그럼 왜…….”

“어제 발견된 신원 불명 시신에 대해 얘기를 듣고 싶다는군.”

히노는 더욱더 혼란에 빠졌다.

“무슨 소리야?”

“시신이 자기 지인의 남편이 아닐까 걱정하고 있어.”

“뭐라고?”

저도 모르게 언성이 높아졌다.

“목소리 낮춰. 그리고 기대하지도 마. 종종 있는 일이니까.”

“종종 있는 일……?”

“관내에서 신원 불명의 시신이 발견되면 찾아와. 살인 사건 피해자인 경우는 처음이지만.”

“그 지인 남편의 이름은?”

“오누마 겐. 10년 전에 행방불명됐어. 살아 있다면 올해 마흔둘이지.”

“하보로. 어제 우에무라 교코가 조만간 찾아온다고 한 게

    6월 30일

이 얘기였어?"

"그래."

"왜 어제 말해주지 않았지?"

"바빠 보이길래. 굳이 말할 필요 없다고 생각했어."

히노는 상대가 들으라는 양 혀를 찼다.

"하기야 지금 와서는 필요 없는 정보지만. 시신 신원은 거의 밝혀졌어. 유감스럽게도 우리가 추정하는 시신의 이름은 오누마 겐이 아니야."

"그래. 그럼 다른 사람이라고 알리고 돌려보내야겠군."

"잠깐만. 불친절하게 내쫓으려는 건 아니지? 투서가 실린 지 얼마 되지 않았어. 시민이 경찰에 요구하는 건 성실한……."

"걱정 마. 근거를 제시할 테니."

"근거?"

"시신의 혈액형은 B형이라고 했지? 틀림없나?"

"틀림없어."

"B형이면 오누마 겐이 아니야."

그런 거였군, 히노는 그제야 깨달았다. 하보로가 어제 별 용건도 없으면서 수사계 사무실로 찾아온 이유를.

하보로는 신원 불명의 시신이 오누마 겐일 가능성을 알고 싶었던 것이다. 그래서 히노에게 시신의 혈액형 정보를 알아냈다. '종종 있는' 우에무라 교코의 방문에 대비해서…….

부아가 치밀었지만 결국 하보로에게 대응을 맡기고 히노는 수화기를 내려놓았다.

고마네서까지는 차로 약 30분 거리다. 먹다 만 돈가스덮밥을 냉장고에 넣고 복도로 나왔다. 어스름한 계단을 내려가다 계단참에서 생활안전과 문을 보았다. 직원이 한 여성을 안내하고 있었다.

"들어가시죠."

직원이 문을 열자 여성은 오른발을 약간 절뚝이며 안으로 들어갔다.


2


"어서 오십시오. 다카미야 검시관에게 말씀 들었습니다."

오후 1시 50분. 고마네서에 도착하자 형사과 가키모토 주임이 히노를 맞이했다. 분명 히노와는 띠동갑이었다. 젊었을 때부터 유독 차분해서 '떫은 감●'이라는 별명으로 불렸고, 체구는 작지만 유도의 달인으로 알려졌다. 두 형사는 회의실에서 정보 교환을 시작했다.

"피해자, 68세 시라카와 기요시는 본인 소유의 고마네 시내 다세대주택 '화이트하우스' 201호실에서 누군가에게 두부를 구

---

● 일본어로 감은 가키柿라고 한다.

타당해 시신으로 발견됐습니다. 201호실 거주자 이름은 야기 다쓰오. 현재 행방불명입니다."

사건 현장은 분리형 원룸이었다. 현관 앞은 부엌을 겸한 짧은 복도고, 그 안쪽으로 벽장이 딸린 3평 방이 자리한 구조였다. 시신은 그 벽장 안에서 발견됐다. 현장의 혈흔으로 보아 피해자는 안쪽 방에 들어서자마자 습격당한 것으로 보였다.

"흉기는 원래 벽장 안에 있었던 듯한 소형 금고. 안은 비어 있었습니다."

시라카와는 현장에서 도보 10분 정도 떨어진 곳에서 혼자 살았다. 차는 자택에 세워져 있었다. 집주인인 그가 야기의 집을 찾아간 경위는 밝혀지지 않았다. 시신의 주머니에서는 지갑과 자택 열쇠, 현장 스페어 키가 발견됐지만 스마트폰은 어디로 갔는지 알 수 없다고 했다.

"신고는 언제 들어왔습니까?"

"오늘 아침 6시입니다. 신고자는 건물 앞을 지나가던 70세 남성. 아내와 산책 중이었습니다."

"산책 중이던 부부가 어떻게 2층 방을 들여다본 거죠?"

"아, 그게 아니라. 걷고 있는데 갑자기 비명이 들려서 뭔가 싶어 주변을 둘러봤더니 건물 외부 계단에서 굴러떨어지는 여성이 눈에 들어왔답니다."

부부는 놀라서 달려갔고 여성은 계단 아래에 엎드려 쓰러져 있었다. 남편이 119에 신고했다고 한다.

“그 옆에 깨진 위스키 병이 있어서 처음에는 술 취한 사람이 발을 헛디뎌 떨어진 줄 알았다더군요.”

“위스키요?”

“네, ‘다루마’였습니다.”

다루마라는 애칭으로 불리는 둥그스름한 검은색 유리병의 일본 위스키가 있다. 여성 옆에는 깨진 다루마 말고 토트백도 떨어져 있었다. 착지할 때 몸을 보호하려고 팔을 뻗은 탓에 품에 안고 있던 가방을 놓쳐버린 것이라 추정됐다. 위스키는 그때 가방에서 튀어나온 것이리라.

“그럼 계단에서 굴러떨어진 여성이 시신을 최초 발견한 겁니까?”

“아마도요. 이름은 고다 미쓰코라고 하는데 지금 입원 중입니다. 부부가 막 달려갔을 때는 말을 걸면 반응을 보였다는데 구급차가 도착했을 즈음에는 실신했다고 합니다. 지금은 의식을 회복했지만 아직 조사해도 좋다는 허락을 못 받아서요.”

그런 사정으로 현시점에서 시신을 발견한 사람은 고다 미쓰코를 구조하기 위해 출동한 구급대원이었다. 부상자가 계단에서 굴러떨어졌다고 들은 대원이 상황을 확인하려고 2층 방을 둘러보다, 문이 잠겨 있지 않았던 201호실에서 시체를 발견해 경찰에 신고했다. 그로써 화이트하우스는 사고 현장에서 사건 현장으로 급변했다.

구급대는 토트백을 현장에 남겨두기로 판단했고, 그 뒤 달려온 고마네서 수사관이 토트백을 위스키 병 파편과 함께 확보했다. 병원으로 이송된 여성의 신원은 지갑에 든 여러 신분증을 통해 밝혀졌다.

"그런데 히노 계장님, 야기가 최근까지 복역했다는 얘기는 들으셨습니까?"

"검시관한테 전과가 있다는 말은 들었습니다."

히노의 대답에 가키모토가 고개를 끄덕였다.

"고다 미쓰코는 '카란'이라는 출소자 지원 NPO 대표이고, 사무실이 고마네 시내에 있습니다. 살해된 시라카와 기요시는 그녀의 활동에 공감해 주거를 제공했죠. 물론 무상은 아니지만, 전과자를 본인 소유의 다세대주택에 세입자로 받아들이는 데 적극적이었습니다. 201호실의 계약자도 카란이고, 야기는 카란의 지원을 받아 그 방을 제공받은 겁니다."

"그렇다 해도 고다 미쓰코는 왜 그런 이른 아침에 지원 대상자의 방으로 찾아간 걸까요?"

"그 점은 카란 직원도 의아해하더군요. 고다는 전날까지 다른 현에서 열린 워크숍에 참가했다는데, 그곳에서 뭔가 이 건과 관련된 연락이라도 받은 건지……."

직원이 확인한 결과 카란 사무소에서 관리하던 201호실의 예비 열쇠가 사라졌고, 열쇠는 고다의 것으로 추정되는 토트백에서 발견됐다.

"시라카와의 사망 추정 일시는 언제입니까?"

"발견 시각으로부터 30시간에서 40시간 전. 6월 28일 오후 2시부터 날짜가 바뀌는 심야 0시 사이입니다."

"이틀 전 오후인가요…… 그렇다면 고다가 범행 후 황급히 도망치려다 계단을 헛디딘 가능성은 없는 거네요."

"만약 고다가 범인이라면 최초 발견자인 척 가장하려고, 혹은 다른 목적으로 다시 현장에 돌아온 거겠죠."

"건물에 방범 카메라는 있습니까?"

"아쉽게도 없습니다. 인근의 카메라에서 단서를 얻을 수 있지 않을까 기대하고 있습니다만, 하필이면 현장이 주택가 외곽이라 지금까지는 아직…… 아, 그러고 보니 건물에서 500미터 정도 떨어진 집 카메라에 고다 미쓰코의 차가 찍힌 장면은 확인했습니다. 오늘 아침 5시 50분쯤이었는데, 아마 현장으로 향하는 길이었겠죠."

고다가 타고 온 차는 지금도 건물 주차장에 있다고 한다.

"당초 고마네서에서는 세입자인 야기가 집주인인 시라카와를 살해하고 도주했다고 보셨다면서요."

"네. 정황상 집주인과 세입자의 갈등으로 보는 게 가장 타당했으니까요. 게다가 세입자에게 최근 전과가 있다면 절로 의심이 가지 않겠습니까. 하지만 그 후 감식에서 현관과 욕실에서 시라카와의 것이 아닌 혈흔이 발견됐거든요. 혈액형은 B형으로 이건 야기와 일치합니다. 그런데 시라카와의 시신에 저항한 흔적이 없는 것으로 보아 범인이 출혈할 정도로 깊은 상처를 입었다고 볼 수는 없죠. 그렇다면 야기는 가해자가 아니라 마찬가지로 피해자일 가능성이 나온 거죠."

그런 것들을 검토하는 와중에 다카미야 검시관으로부터 신원 불명의 시신 정보가 전해졌다고 한다.

"히메카미에서 발견된 시신의 사망 추정 일시는 분명……?"

"늦어도 28일 오전 중에는 살해됐습니다. 그 시신이 야기 다쓰오라면 시간적으로 시라카와를 살해하는 것은 불가능합니다."

두 형사는 함께 고개를 끄덕이며 테이블의 보리차에 손을 뻗었다. 그때 문이 열리고 가키모토의 상사가 얼굴을 내비쳤다.

"잠깐 괜찮나?"

"아, 네."

가키모토가 방을 나가자 이번에는 히노의 스마트폰이 울렸다.

"고생 많으십니다. 이리에입니다."

"수고. 뭔가 나왔어?"

"방금 고마네서와 수사 협력을 하라는 연락이 왔습니다. 오늘 아침 고마네시 다세대주택에서 발견된 변사체 말인데, 사건 현장인 방의 세입자가 행방불명됐거든요……."

맞장구를 치며 설명을 듣고 있는데 갑자기 이리에가 입을 다물더니 "혹시 이미 아시는 얘기인가요?"라고 물었다. 아무래도 반응이 너무 미적지근했던 모양이다.

"계장님. 지금 어디 계세요?"

이리에가 과장을 방불케 하는 냉담한 어조로 물었다.

"아니, 사타케 와타루 건 때문에 좀 신경 쓰이는 게 있어서……."

"고마네서에 계세요?"

이번에는 히노가 침묵할 차례였다.

"고마네서에 계시는군요?"

"……예리한 부하를 둬서 기쁘네."

"왜 말해주지 않으셨어요?"

이리에의 목소리가 갑자기 뾰족해졌다.

"다카미야 검시관이 직접 지시를 내린 일이야. 과장님께도 말 안 했고."

"저한테 말하면 과장님께 전할 거라고 생각하셨나요?"

"그런 게 아니라, 단독으로 움직이라는 얘기를 들었고, 나중에 문제가 됐을 때 말려들게 하고 싶지 않았어."

"상사가 정보를 숨기고 말을 안 해주는 것보다는 말려드는 게 훨씬 나을 것 같습니다만."

"미안했어. 이번만 이해해 줘."

납득했는지 알 수 없었지만 이리에는 일단 칼날을 거뒀다.

"그쪽은 어떤 상황이에요? 역시 저희 사건과 관련이 있나요?"

"만일 관련이 있다면, 두 구의 시신은 같은 장소에서 살해됐는데도 살해된 시각에 여섯 시간 이상 차이가 있게 되지. 대체 어떻게 그럴 수 있는 건지."

“어느 쪽이 먼저인가요?”

“우리 피해자야.”

“야기가 먼저 죽었다는 거네요.”

“아직 가정이야.”

“야기를 원망하는 인간은 얼마든지 있겠죠. 그림으로 그린 듯한 악덕 탐정이었으니까요.”

“악덕 탐정이라고?”

“그건 모르셨어요?”

히노의 반응에 이리에가 어이없다는 듯 말했다.

“야기 다쓰오는 흥신소 소장이었대요.”


가키모토 역시 수사 협조 건으로 상사에게 불려 갔던 모양이다. 보리차 병을 손에 들고 돌아온 그를 향해 히노는 흥신소 건을 물었다.

“아니, 아니, 딱히 정보를 숨기려고 한 건 아닙니다.”

가키모토는 보리차를 잔에 따르며 변명했다. 정말일까 싶어 히노는 다소 의심했다. 애당초 야기의 전과 내용 정도는 사전에 알아봤어야 한다. 그는 공갈과 사기로 과거 실형을 받은 전력이 있었다.

“솔직히 현시점에서 너무 많이 공개하지 말라는 상사의 당부가 있긴 했습니다. 여기서부터는 허심탄회하게 말해보죠.”

“저는 진작 터놓고 말했는데요.”

히노는 푸념하듯 말했지만 가키모토는 웃어넘겼다.

"흥신소 소장이라 해도 직원은 본인 혼자밖에 없었습니다. 공갈 내용은 조사 결과를 빌미로 조사 대상을 협박해 입막음 대가를 뜯어내는 흔한 수법입니다. 물론 의뢰인에게는 허위 보고를 해서 요금은 요금대로 받아내죠. 사기 및 탐정업법 위반으로 붙잡혔습니다."

체포된 건 6년 전, 2018년이었다. 야기는 당시에도 고마네시에 살았고 자택 일부를 사무실로 썼다.

"히노 계장님, 히메카미에서 발견된 시신을 한번 야기 다쓰오라고 가정하고 두 사건을 생각해 보지 않겠습니까?"

가키모토는 그렇게 말하고는 유도가답게 부은 귀를 손가락으로 꼬집었다.

"6월 28일 오전 8시까지의 시간에 화이트하우스 201호실에 사는 야기 다쓰오는 자기 방 현관 부근에서 누군가에게 살해됐습니다. 범인은 신원을 은폐하기 위해 욕실에서 시신의 얼굴을 짓이기고 손목을 절단한 뒤, 이를 뽑고 머리카락까지 잘랐습니다."

그때 야기의 B형 혈액이 욕실과 현관을 더럽혔다.

"범인은 집 열쇠를 뺏고 시신을 차에 실어 히메카미시로 옮긴 뒤 옷가지를 벗기고 교외의 산에 유기했다……. 유기한 일시는 지금으로선 밝혀지지 않은 겁니까?"

"그렇습니다. 해부 결과에 따르면 사후 여섯 시간 내 경사면에 방치되었고, 그전에는 일정 시간 평평한 장소에 놓여 있었을 가능성이 높다고 하더군요."

"그렇군요. 그 '평평한 장소'란 욕실이나, 아니면 시신을 실은 차량 내부일 가능성이 크겠죠. 그렇다면 범인은 역시 야기를 유기한 뒤 다시 201호실로 돌아와 시라카와를 살해한 것으로 보입니다. 그게 28일 오후 2시에서 심야 0시 사이고요. 흐름상으로는 괜찮은 가설이지만 다음과 같은 문제가 있습니다. 왜 야기의 시신만 꼼꼼히 훼손한 뒤 살해 현장에서 멀리 떨어진 곳에 유기했는가? 다음으로 범인은 왜 현장에 돌아왔는가? 마지막으로 시라카와는 무슨 사정으로 그곳에 있었는가?"

"뭔가 짚이는 게 있으십니까?"

히노는 생각하기 전에 먼저 상대의 의견을 물었다. 보리차에는 카페인이 포함되어 있지 않아서 머리가 돌아가지 않았다. 가키모토는 귓불을 잡아당기며 말했다.

"범인의 목표가 어디까지나 야기였다고 전제하면 풀리지 않을까요?"

"시라카와를 살해한 건 계획에 없던 일이었다는 겁니까?"

"야기를 살해한 흉기는 쇠망치였습니다. 대조적으로 시라카와를 살해하는 데 쓰인 건 우연히 방에 있던 금고죠. 바로 옆 부엌에 식칼이라는 편리한 도구가 있었는데도 말입니다."

"그렇다면 방에 돌아온 범인과 방을 찾아온 시라카와가 우연히 마주쳤을 가능성을 생각해 볼 수 있겠군요."

"그 경우는 시라카와 주머니에 201호실 열쇠가 들어 있었다는 점이 마음에 걸립니다. 열쇠를 가지고 있었다는 건 무단으로 방에 들어갈 생각이 있었다는 겁니다. 습관적으로 갖고 다녔다고 하기에는 다른 세대 열쇠가 없는 게 이상하고요."

"시라카와가 방을 찾아간 데는 다른 특별한 이유가 있었을 거라는 거죠."

"그 사정을 고다 미쓰코가 알고 있지 않을까 기대하고 있는데…… 뭐 어쨌든 야기가 범인에게 위협적인 존재였다는 건 틀림없겠죠."

"위협이라. 단순한 원한이 아니라."

"물론 원한도 있었겠죠. 하지만 원한만 있다면 죽이고 끝이잖습니까. 시체를 훼손하고 유기하는 데까지는 이해가 가요. 하지만 그 후 방에 돌아올 이유가 없잖습니까. 그럴 수밖에 없었던 건 **현재진행형의 위협을 제거할 필요가 있었기 때문**입니다."

히노는 드디어 가키모토가 하고 싶은 말을 알아차렸다.

"범인이 방에 돌아온 건 집을 뒤지기 위해서였군요."

"네. 그리고 시라카와의 시신을 훼손하지도, 유기하지도 않고 현장에 남겨둔 건, 그까지 신원 불명 시신으로 만든다 한들 그에 상응하는 보상은 얻지 못한다고 판단했기 때문입니다."

단번에 쏟아낸 가키모토는 남은 보리차를 단숨에 들이켰다.

"보상?"

"출소자가 지원 단체에서 도망쳐 행방불명되는 일은 흔합니다. 범인은 야기의 실종만으로는 경찰이 바로 수사에 착수하지 않을 거라고 판단했을 겁니다. 경찰이 실종 자체에 큰 관심을 두지 않는다면, 설령 시신이 발견되더라도 신원을 확인할 만한 단서를 지워두기만 하면 쉽게 야기와 연결되지 않을 거라고 생각했겠죠. 즉, 야기의 시신을 훼손하는 데에는 그에 상응하는 이득이 있다고 판단한 셈입니다. 하지만 집주인까지 동시에 사라졌다면 이야기는 달라집니다. 경찰이 사건성이 있다고 의심할 가능성은 훨씬 높아지고, 그런 상황에서 신원 미상의 시신이 발견되기라도 하면 곧바로 야기나 시라카와와 연결될 겁니다. 그렇게 판단했기 때문에 범인은 시라카와의 시신을 처리하는 데 수고를 들일 필요는 없다고 결론 내리고, 기껏해야 스마트폰을 가져가는 정도로 그친 거죠."

한 번에 설명을 쏟아낸 가키모토는 남아 있던 보리차를 단숨에 들이켰다.

"아니, 죄송합니다. 검토할 재료가 적은 상태에서 추론을 거듭해 봤자 별 의미는 없죠."

그는 그렇게 말하고는 6년 전 수사에서 밝혀진 야기 다쓰오의 이력에 대해 이야기하기 시작했다.

야기는 대학 졸업 후 식품 가공 회사에 영업직으로 취직했다. 그런데 서른두 살 때 접대 자리에서 거래처 담당자를 때려 체포된다. 쌍방이 취한 상태에서 일어난 다툼이었고 경찰의 권유에 따라 합의가 성립해 기소는 면했지만, 야기는 이 건으로 한직으로 쫓겨났고 반년 후에 회사를 그만뒀다. 그로부터 두 달 뒤, 누군가가 총무부장의 불륜을 고발하는 문서와 증거 사진을 사장 앞으로 보내왔다.

"총무부장은 인사권을 쥔 인물이었고 야기를 한직으로 내쫓은 당사자였습니다."

회사는 이 일에 야기가 관여되었을 것이라 의심하고 경찰에 상담했다. 하지만 문서에 구체적인 요구가 포함되지 않아 협박에 해당하지 않고, 어디까지나 사장 개인에게 보낸 것이라 명예 훼손도 성립하지 않을 거라는 말을 들어 피해 신고 제출은 하지 못했다.

그 후 어떻게 됐는지는 원래 경찰이 관여할 바가 아니지만, 담당자는 총무부장이 야기에게 상당한 액수의 금액을 건넸다는 이야기를 들었다.

"요컨대 젊을 때부터 야기는 악덕 탐정 자질을 갖추고 있었던 겁니다."

직장을 전전하던 야기는 서른일곱 살에 현 내 대형 흥신소인 '시리우스 탐정사무소'의 직원이 된다. 하지만 여기서도 오래가지 못하고 3년 만에 그만둔다. 우수하다는 평가를 받았지만 경비를 부풀려 처리했다는 의심을 받아 상사와 관계가 악화된 끝에 퇴직했다. 그 직후 시리우스 탐정사무소의 고객 데이터가 유출되는 소동이 일어났다.

"10년 전인 2014년 5월, 누군가가 홋코위클리에 의뢰인과 의뢰 내용을 기록한 명단을 보냈습니다. 물론 명단 자체를 지면에 게재하지는 않았지만 대형 흥신소에서 정보가 유출됐다는 사실은 기사로 나갔죠. 아마 야기는 퇴직하기 전에 회사에 대한 복수를 차근차근 준비했겠죠. 신뢰를 잃은 시리우스 탐정사무소는 단번에 경영이 악화됐고, 결국 폐업했습니다."

한편 야기는 시리우스에서 퇴직한 몇 달 뒤에 개인 사무소를 차렸다. '외도·불륜 조사 전문'이라는 간판을 내걸었고, 선전 문구는 '탐정은 한 명. 비밀이 새어 나갈 걱정 없음'. 대형 흥신소에 대한 불신이 쌓인 상황이라 출발은 순조로웠다고 한다.

"거기서 만족하면 좋았을 텐데, 야기는 타인의 비밀을 쥐고 있다는 쾌감에서 빠져나오지 못했습니다."

6년 전 한 남자가 부인이 외도하는지 조사해 달라며 의뢰했고, 야기는 부인의 불륜 상대가 현 내에서 여러 곳의 레스토랑을 경영하는 기혼 셰프라는 걸 알아냈다. 그래서 저녁 영업 전 레스토랑으로 찾아가 "외도 상대의 남편에게 알려지고 싶지 않다면" 하고 공갈 협박했다.

"그런데 예상과 달리 그 자리에서 셰프가 신고한 거죠."

셰프 쪽은 이미 이혼을 생각하고 있었고, 외도가 들통나서 이혼이 성립된다면 오히려 바라던 바라고 나온 것이다.

"야기는 일단 도주했다가 다음 날 스스로 출두했습니다. 우리 수사관이 가게 방범 카메라 영상을 증거로 곧장 자택에 들이

닥쳤으니, 그걸 눈치채고 빠져나갈 길이 없다고 생각했겠죠. 과거에 이런저런 일들이 많아서 이번 살인 동기가 원한이라면 어디까지 수사망을 넓혀 관계자를 조사해야 할지 고민됩니다."

"뭐 그래도 이번 일로 10년, 20년씩 거슬러 올라갈 필요는 없지 않을까요? 우선 야기 개인 탐정사무소에 관련된 인물만 접촉하면 충분할 듯한데…… 의뢰인이나 조사 대상에 대해서는 이전 수사에서 다 밝혀졌을 테고요."

히노의 말에 가키모토는 난처한 얼굴로 귓불을 당겼다.

"그게 말이죠…… 한심하게도 6년 전 수사에서는 야기가 소지하고 있던 조사 자료를 찾지 못했습니다. 정말 준비성이 철저한 남자예요. 만약을 대비해 간단히 물증이 나오지 않도록 업무 과정에서 일부러 종이를 쓰지 않은 흔적이 있습니다. 옛날처럼 드럼통에 불을 피우고 서류를 집어넣을 수도 없으니까요."

히노는 머릿속으로 자기 책상을 떠올렸다. 그럴 수 있다면 얼마나 속 시원할까.

"압수한 컴퓨터나 스마트폰에서도 이렇다 할 성과는 없었습니다. 클라우드 백업도 없고. 디지털카메라에는 메모리가 들어 있지도 않았어요."

"하지만 조사 자료를 어디에도 남기지 않았을 가능성은 없을 텐데요?"

"복수의 피해자들에게 야기가 USB 메모리를 썼다는 증언을 입수했습니다. 데이터는 전부 외장 저장장치에 보관했을 가능성이 높아요. 하지만 결국 그것도 찾지 못했습니다. 출두하기까지 하루가 있었으니 그동안 얼마든지 처분할 수 있었겠죠."

"메일이나 앱 통신 기록은?"

"통신 은닉성이 높은 앱을 의뢰인이나 협박 상대에게 다운로드시키고 그걸로 주고받기를 강요했습니다. 조사 기간이 종료된 후엔 기록을 전부 삭제했고, 서버에 기록이 안 남아서 거기서 추적하는 것도 불가능했어요."

조사비 지불은 현금으로 직접 전달하는 게 원칙이라서 계좌 입금 기록으로 관계자를 추릴 수도 없었다고 한다.

"용케도 기소까지 끌고 갔네요."

"그 점은 야기가 자백했고, 설사 자백하지 않더라도 의뢰인 측에는 계약 서류나 비용 영수증, 앱 기록 등이 남습니다. 남의 손에 있는 것까지는 야기도 처분할 수 없죠."

조회가 가능했던 반년 치의 통화 기록으로 총공세를 펴는 중에 여러 건의 피해가 확인됐다. 아무리 흔적을 남기지 않으려 해도, 첫 연락은 전화로 받을 수밖에 없었고 그 기록이 남아 있었던 것이다.

어찌 되었든 피해자가 신고만 하면 입증은 쉬웠을 것이다. 히노는 납득했지만 그로 인해 알려지고 싶지 않은 비밀이 공개될 위험이 있으니 분명 수사 협조를 거부한 피해자도 많았겠지.

체포된 뒤, 야기는 피해자들과 합의하려 하지 않았고, 불법 행위로 얻은 금전 반환을 거부했다. 공갈 두 건과 공갈 미수 한 건에 사기 한 건이 더해져 집행유예 없는 징역 5년 6개월 실형 판결을 받았다. 또한 탐정업에 대한 법률 위반으로 벌금 50만 엔과 영업 폐쇄 명령 같은 행정처분을 받았다.

"당초 피해자들은 민사로 배상금을 받으려는 생각이었던 것 같은데, 수사가 진행되는 동안 사생활에 지장이 커서 형사재판 단계에서 소송을 포기했습니다. 야기는 벌금을 제외한 금전적 손실 없이 올해 1월까지 복역했고요. 출소 후엔 사전에 연락을 주고받던 고다 미쓰코의 NPO에 의탁했죠."

"말씀을 들어보니 6년 전 수사선상에 전혀 오르지 않았던 인물이 이번 사건에 연관되어 있을 가능성도……."

"네. 충분히 있을 수 있다는 겁니다."

두 형사는 동시에 한숨을 내쉬었다.

"이건 히메카미에서 발견된 시신이 야기라고 가정했을 때의 얘기지만…… 아, 히노 계장님, NPO에서 빌려온 사진 좀 봐주시겠습니까?"

가키모토가 그렇게 말하며 사진을 테이블에 놓았다. 야외에 설치한 이벤트용 천막 아래 서 있는 티셔츠 차림 남성. 그가 야기 다쓰오라고 했다.

"어떠십니까? 그쪽 시신과 비교한 인상은?"

사진 속 야기는 이루 말할 수 없이 불쾌한 표정을 짓고 있었다. 어떠냐고 물어봐도 히노가 아는 시신에는 그 부루퉁한 표정과 비교할 얼굴이 없다.



6월 30일

"뭐라 말씀드리기 어렵군요."

그렇게 답할 수밖에 없었다.

"그렇겠죠. 뭐 서두르지 않아도 곧 알게 될 겁니다."

"DNA 감정 결과가 나오려면 아직 시간이 더 걸릴 것 같던데요."

"네. 하지만 그전에 족문足紋 대조가 끝날 겁니다."

"족문?"

발바닥 피부 문양이 평생 변하지 않는다는 건 히노도 알고 있었지만, 지문이나 장문처럼 데이터베이스가 존재하지 않아 지금까지 수사에 활용한 경험은 없었다.

"그렇군요. 야기 방에서 채취된 족문과 시신의 것이 일치한다면."

"그것도 그렇지만 더 직접적인 방법이 있습니다. 사실 6년 전에도 도주 중이던 야기의 가택을 수색해서 족문을 채취했거든요……."

그때 실내에서 여러 명의 족문을 채취했다. 그것들을 용의자 것과 용의자가 아닌 사람의 것으로 구별해서 기록하기 위해 체포 후에 **야기 본인에게서도** 직접 족문을 땄다고 한다.

"그걸 통해 신원이 밝혀지면 DNA 감정 자체가 불필요해집니다."

그렇게 말하는 가키모토 주임의 얼굴은 왠지 의기양양해 보였다.

오후 4시. 히메카미서로 돌아온 히노는 곧바로 과장에게 불려 갔다.

"고마네서와 협력하는 게 조금 이른 거 아닙니까?"

히노의 단독 행동을 눈치챘는지 못 챘는지는 알 수 없지만, 상사의 가벼운 비아냥을 애매하게 넘기고 가키모토에게서 얻은 정보를 보고했다. 묵묵히 듣고 난 과장은, "이 분위기대로 가면 수사 주도권은 상대에게 넘어갈 것 같네요"라고 말하며 안경을 벗었다.

"앞으로 양쪽 서에서 합동 수사하는 모양새가 된다지만, 대규모 수사본부가 생긴다는 이야기는 아직 없는 것 같습니다."

예산이나 인원 확보 문제에 더해 수사와 회의에서도 디지털 기술 이용이 진척되어 관할 내 수사본부 설치 건수는 최근 몇 년간 감소 추세에 있다.

"그래도 연속 살인 가능성도 있는 사건이니 실제로는 고마네서 뒤에서 현경 본부가 지휘하고 있습니다. 다카미야 검시관이 담당한다더군요."

다카미야의 이름을 입에 올리며 과장은 책상을 향해 내리깔고 있던 시선을 들어 히노를 보았다. 역시 뭔가 알아챈 듯하다.

"듣자 하니 다음 인사이동에서 다카미야를 고마네서 서장으로 올리자는 얘기가 나온 모양입니다."

 6월 30일

"그걸 위한 포석을 현경 본부에서 깔았다는 말씀이십니까?"

"잘되면 다카미야를 고마네서 서장으로 만드는 계획에 탄력이 붙겠죠. 다카미야는 어디까지나 고마네서가 중심이 되어 사건 해결로 이끌어가는 구도를 바랄 겁니다. 우리는 그를 위한 편리한 장기짝으로 쓰일 수밖에 없죠…… 히노 계장님은 부임 후에 처음으로 맡는 큰 사건인데, 실망했습니까?"

확실히 조금 김이 빠지긴 했지만 낙담한 건 아니었다.

"아닙니다. 현경 본부의 의향대로 움직이겠습니다."

"말이 통해서 좋군요."

과장은 그렇게 말한 뒤 얇은 렌즈를 천으로 정성스럽게 닦기 시작했다. 그것이 '이제 볼일은 끝났다'는 신호라는 걸 히노는 최근 알아챘다.

과장실을 나오자마자 이리에가 다가와 노려보듯 히노를 보았다.

"가급적 저를 믿어주세요."

말문을 열자마자 그렇게 말한다.

"당연히 믿지."

"생활안전과 신입처럼 상사를 의심하는 부하는 되고 싶지 않으니까요."

"알았어."

그렇게 답하고 이리에와 벽 사이를 빠져나왔다. 팔과 팔이 살짝 부딪쳤지만 서로 아무 말도 하지 않았다.

위가 욱신거릴 것 같은 예감이 들었다. 경무과를 통해 위장약을 구해야겠다 싶어 방에서 나왔다. 층계참까지 내려갔을 때 1층 생활안전과 문을 열고 소년이 튀어나왔다. 히노를 보고 급하게 멈춰 섰다.

히메카미 중앙초등학교 직업 체험으로 들어온 건가? 그런 생각을 하고 있는데 소년 쪽에서 저벅저벅 발소리를 내며 계단을 올라왔다. 어깨에 멘 가방끈이 너무 길어서 발을 올릴 때마다 소년의 무릎이 가방을 차올렸다.

"혹시 형사님이세요? 살인 같은 거 수사하는?"

소년은 히노를 올려다보며 아이답지 않은 질문을 꺼냈다.

"그렇긴 한데 너는……."

그때 1층 복도에 묵직한 발소리가 울려 퍼졌다. 소년은 당황한 듯 층계참까지 뛰어 올라오더니, 코너를 돌아 다시 두 단을 더 올라가 몸을 숨겼다. 그때 후문 쪽에서 하보로가 들어왔다. 그는 히노를 보지 못했는지 곧바로 생활안전과로 들어갔다.

히노는 무릎을 껴안고 웅크린 소년을 보았다.

"방금 그 아저씨 아니?"

"그런 것보다 내 질문에 대답해 줘요. 살인과 형사님?"

"우리 서에 살인과라는 건 없다. 그런 사건은 형사과 수사계라는 부서에서……."

덜컹거리는 소리와 함께 시선 끝의 문이 열렸다. 이번엔 하보로와 확실히 눈이 마주쳤다.

"히노, 애 하나 돌아다니는 거 못 봤냐?"

히노는 대답하지 않았지만 자꾸 시선이 옆으로 향했다.

"거기 있구먼?"

"미안, 들켰어."

"정말! 왜 이쪽을 보고 그래요!"

소년은 일어나 층계참으로 펄쩍 뛰어내렸다.

"방에서 기다리라고 했잖아."

"그렇지만 하보로 아저씨가 아니라 살인 사건 조사하는 사람한테 얘기를 듣고 싶다고요."

"나를 못 믿겠다는 거냐."

"아저씨가 수사하는 것도 아니잖아요? 전해 들은 정보라면 틀린 것도 있을 수 있고요."

"기억력은 그 녀석이 더 믿을 수 없을 거다. 승진 시험에 4년이나 계속 떨어진 걸 보면."

"애 앞에서 중상비방이냐? 잘 들어, 시험 성적만이 전부는 아니……."

"시체가 정말 우리 아빠가 아니에요?"

올곧은 시선과 질문에 히노는 당황해하며 등허리를 쭉 폈다.

"……잠깐만 기다려줄래…… 야 하보로, 이 애는 대체……."

말없이 계단을 올라온 하보로는 히노를 어깨로 밀어내고 소년 곁에 쪼그려 앉아 타이르듯 말했다.

"지금 이 형사님한테 시간 내달라고 할 테니까 안에서 기다려. 말 안 들으면 앞으로 여기 못 들어온다."

그렇게 타일렀다. 소년은 대답 대신 하보로의 이마에 쿵 박치기를 날리더니 날듯이 계단을 내려가 생활안전과 방으로 들어가서 문을 쾅 닫았다.

일어선 하보로는 오른손에 든 펜 끝으로 이마를 긁었다.

"기운이 넘치네."

"……히노, 바쁜데 미안하지만 상대 좀 해줄래. 아주 말귀를 못 알아듣는 애는 아냐."

"일단 저 애가 누구인지부터 말해."

"오누마 겐의 아들이야."

"오누마…… 아, 우에무라 교코 지인의 남편이라는……."

"하야토라고 해. 초등학교 4학년이고."

하보로는 주머니에서 수첩을 꺼내 페이지 한 장을 찢어서 '오누마 겐', '오누마 하야토'라고 적었다.

"우에무라 교코의 지인이 하야토의 어머니인 오누마 구미."

이름이 하나 더 추가됐다. '오누마 구미'.

"오누마 겐은 '하야 택배'라는 배송업체에서 영업 담당으로 일했는데 10년 전 3월 회사를 나간 뒤 행방이 묘연해졌어. 퇴근 시간 조금 전에 보낸 메시지가 그가 오누마 구미에게 한 마지막 연락이었지."

"행방불명자로 신고했나?"

"연락이 끊긴 이틀 후 오누마 구미가 제출했고 내 전임자가 수리했어.”

하보로가 히메카미서에 부임한 건 3년 전이다.

“잠적할 만한 원인이 있었나?”

“소비자 금융 네 곳에서 약 200만 엔을 빌렸어.”

“대출 기간은?”

“행방불명된 시점으로부터 마지막으로 대출한 게 몇 달 전이었어.”

가령 대출 상환이 체납됐다 해도 생명이 위험에 처할 만큼의 금액이나 기간은 아니다.

“남편이 사라지고 대출은 어떻게 됐어?”

“아내 구미와 겐의 모친이 다 갚았어. 모친은 당시 요양 시설에 있었는데 손자 하야토가 초등학교에 입학하기 전에 돌아가셨다고 들었어. 겐의 아버지는 이미 고인이셨고.”

“오누마 겐…… 살아 있으면 마흔둘이라고 했지?”

“그래.”

그 대답을 들은 히노는 고개를 저었다.

“하보로, 그런 이름을 가진 사람은 현경 행방불명자 리스트에 없어. 시신의 신원 조사를 하느라 데이터베이스상에 40대에서 50대 남성으로 등록된 건은 다 뒤져봤거든.”

“당연하지. 신고가 철회됐거든.”

“왜?”

“왜긴, 머리를 좀 굴려보라고. 10년이나 지났다고?”

그 말에 잠시 생각하다 깨달았다.

"……실종 선고를 받은 건가."

어떤 사람이 행방을 알 수 없게 되어 생사 불명인 채 7년이 지나면 가족은 실종 선고 신청을 할 수 있게 된다. 가정법원에 의해 실종 선고 심판이 내려지고 그에 따라 실종 신고를 하면 행방불명자는 법률상 사망한 것으로 간주돼 가족은 유족이 된다.

"실종 선고가 내려져서 아내는 그걸로 겨우 마음의 정리를 할 수 있었지. 그런데 아이는 시신도 없는데 '아버지는 오늘 날짜로 죽은 사람이다'라고 해도 납득할 수 없잖아. 시내에서 신원 불명의 남자 시체가 발견됐다고 보도될 때마다 자기 아버지가 아닐까 신경 쓰여서 견딜 수 없는 거야."

"항상 혼자 와?"

"처음 찾아온 건 2년 전 11월이었어. 그때는 하야토 혼자 왔고. 노숙자 남성이 공원에서 동사했거든. 시신이 발견된 지 이틀 뒤에 여덟 살짜리가 찾아와서 '시체가 우리 아빠인지 확인하러 왔어요'라고 하니까 당황했지. 하지만 이름을 듣고 바로 무슨 사정인지 알았지. 실종 선고 신청과 행방불명자 신고 철회 건으로 어머니인 오누마 구미와 이야기한 게 나였으니까."

그때 발견된 시신은 추정 연령으로 보아 명확히 오누마 겐과는 다른 사람이었다.

"어머니한테 연락해서 하야토를 데리고 가라고 했는데, 눈앞에서 애가 호되게 혼나는 걸 보니 내 자식도 아닌데 괴롭더라고. 그다음에 찾아온 건 약 1년 전. 우에무라 교코가 오누마 하야토의 대리라면서 교통사고로 사망한 시신을 확인하러 왔어. 처음엔 무슨 소린지 몰랐지. 하야토가 경찰서에 가서 자기 이름을 대면 내가 알아들을 거라고 전한 모양이야."

"단 한 번 대응한 건데 꽤 신임을 얻었네. 우리 집은 딸 낳은 지가 몇 년인데 아직도 의심의 눈초리로 나를 보거든."

"놀리지 마. 우에무라가 방과 후 돌봄교실에서 일한다고 했잖아. 거기 온 하야토 상태가 이상해서 무슨 일이냐고 물었더니, 사고 피해자가 신원 불명의 남자라는 뉴스를 보고 경찰서에 가고 싶은데 어머니한테는 알리고 싶지 않다는 마음 사이에서 안절부절못했다더군. 그래서 우에무라 교코가 힘이 돼준 거야."

이 건 역시 피해 남성이 고령이라서 우에무라는 쉽게 납득하고 돌아갔다.

"세 번째 찾아온 건 반년 전쯤. 그때는 우에무라 교코가 하야토를 데리고 왔어. 아니, 반대인가. 하야토가 우에무라 교코를 끌고 왔지. 이전과 달리 시신의 연령이 40대에서 50대라고 발표됐으니까 하야토도 이번이야말로 아버지일지도 모른다고 긴장했을 거야. 하지만 그 둘이 창구를 찾아오기 15분 전에 지명수배 중인 강도범과 지문이 일치한다는 결과가 나왔고, 도주 끝에 자살했다는 게 밝혀졌지. 그리고 오늘이 네 번째야."

"우에무라 교코한테는 제대로 설명해서 돌려보냈지?"

"그래, 하야토도 우에무라를 통해 결과를 전달받았고."

“그런데도 왜? 혈액형이 다르다는 것만으로는 납득할 수 없었나?”

“하야토 말로는, 아버지 혈액형이 AB형이라는 건 어머니한테 들은 얘기니까 혹시 틀렸을지도 모른다는군. 내가 피해자 혈액형을 잘못 들었을 가능성도 의심했어. 그래서 담당 형사한테 직접 듣고 싶다는 거고.”

“실제로 아버지 혈액형이 AB형이 아닐 가능성은?”

“없어. 행방불명자 신고에는 오누마 겐이 과거 헌혈했을 때의 검사 통지도 첨부되어 있었어. AB형이 확실해.”

“……어쩔 수 없네.”

아이와 잠깐 이야기해도 경무과가 퇴근하기 전까지 약을 받으러 갈 수 있겠지. 그렇게 생각하는데 계단 위에서 자신을 부르는 이리에의 목소리가 들려왔다.

“급한 일이 생겼나 보군. 미안하지만 애한테는 좀 기다리라고 해. 최대한 빨리 갈게. 근데…… 일요일에 출근한 건 이 사태를 예견했기 때문이야?”

“우리 동네는 홋코위클리 구독률이 높거든. 기사가 나간 지 얼마 되지도 않았는데 휴일이라고 집에 늘어져 있다간 무슨 소리를 들을지.”

히메카미 출신인 하보로는 돌아가신 부모의 집에 혼자 살고 있다.

오후 4시 30분. 수사계 사무실로 돌아오자 이리에가 서류를 들고 달려왔다.

"족문이 일치했답니다! 시신 신원은 야기 다쓰오입니다."

이리에는 흥분을 감추지 못하고 언성을 높였다.

"야기가 용의자 후보에서 완전히 제외됐다면 이제 본격적으로 수사본부를 구성할 수 있겠네요."

"수사본부를 설치한다면 고마네서야. 우리는 도우미 역할이고."

"왜 그런 식으로 말씀하세요? 시신 한 구는 히메카미에서 발견됐잖아요. 본부가 어디 설치되든 우리 사건이라는 건 분명해요. 계장님이 그렇게 생각하지 않으면 정말로 고마네서에 주도권을……."

"이리에, 일단 사진 받아."

말을 끊자 이리에는 입술을 깨물고 사진을 받았다.

"고마네서에서 받은 복사본인데, 그게 야기 다쓰오의 최근 모습이야."

이리에는 그 사진을 10초쯤 바라보다, "……딱히 머리카락 끝에 특징이 있는 것도 아니네요"라고 말했다.

"계장님이 말씀하셨잖아요. 범인이 시신을 삭발하지 않은 건 머리끝에 특징이 있어서 그 부분만 없애고 싶었기 때문이라고."

"단정적으로 말한 게 아니라, 그런 가능성도 있을 수 있다는 얘기지."

사진 속 야기는 구불거리는 머리카락을 귀를 가리는 길이까지 아무렇게나 기르고 있었다.

"시신의 인상을 조금이라도 바꾸고 싶었다. 그 해석으로는 만족 못 하겠나?"

"……아뇨, 그런 건 아닌데요."

"회의는 몇 시부터야?"

"6시 반입니다."

"자료 정리해 둬. 잠깐 하보로한테 다녀올게."

"사건에 집중해야 할 때 아닌가요?"

"집중하고 있거든? 금방 다녀올 거야."

마지막에는 서로 언성이 높아져 있었다.


오후 4시 40분. 생활안전과 응접실에 들어서니 하보로와 오누마 하야토가 테이블 위 10엔짜리 동전을 손가락으로 튕겨서 밀어내는 놀이를 하고 있었다.

"설마 승부에 돈을 걸진 않았겠지? 경우에 따라선 도박죄가 성립할 수도 있어."

둘은 히노의 농담에 눈곱만큼도 반응을 보이지 않았다. 하야토가 날카로운 슛을 날리자 하보로의 10엔짜리가 테이블 밖으로 튕겨 나갔다.

"또 졌군. 이걸로 10연패야."

하보로가 바닥에서 동전을 주우며 하늘을 우러렀다. 그 연

 6월 30일

극 같은 동작에 하야토는 두 주먹을 불끈 쥐고 답했다.

"열 번 이기면 주스 사준다고 약속했죠?"

"뭐 마실래?"

"콜라."

"이 썩는다."

하야토는 "엄마 같아!"라며 2인용 소파 위에서 발을 동동 굴렀다.

"사 올 테니까 얘기하고 있어."

하보로가 나가자 실내가 훨씬 넓어졌다. 히노도 소파에 앉아 "기다리게 해서 미안" 하고 부러 정중하게 인사했다.

"별말씀을요."

소년은 무릎에 손을 올리고 등허리를 쭉 폈다.

"초등학교 4학년이면 열 살인가?"

"생일이 9월이라 아직 아홉 살이에요."

다소 긴 머리카락이 땀에 젖어 서로 엉겨 붙은 채, 볼과 이마에 달라붙어 있었다. 눈동자는 히노를 중심으로 방 곳곳을 바쁘게 살폈다.

"하보로 아저씨를 찾아온 우에무라 교코 씨가 시신이 네 아버지가 아니라는 말을 듣고 돌아갔을 텐데, 그걸로는 받아들일 수 없는 거지?"

"네. 오늘 신문에 40대나 50대로 추정되는 남성이라고 쓰여 있어서요."

“아버지께서는……”

“올해로 마흔두 살이에요. 엄마보다 세 살 많고 하보로 아저씨보다는 한 살 많죠. 그러고 보니 아저씨도 하보로 아저씨랑 동갑이죠? 아까 들었어요.”

아이는 스스럼없이 물었다. 딸이 초등학교 4학년이었을 때도 이랬을까.

“신문에는 시체 일부가 절단됐다고 적혀 있었어요.”

“음, 뭐, 그렇다.”

“그래서 누구 시체인지 바로 모르는 거죠?”

“그렇다고 해야겠지.”

“반대로 말하면 그 사람이 우리 아빠가 아니라고 단정하는 것도 쉽지 않다는 뜻이겠죠.”

말투 곳곳에서 신중하게 말하려고 하는 느낌을 받았다.

“그런데도 교코 선생님은 곧바로 납득하고 돌아온 것 같아서요, 그게 이상했어요.”

“네 말대로 그렇게 간단히 끝낼 일은 아니지.”

“물론 혈액형이 다르다는 건 들었어요. 하지만 제가 듣기로는 혈액형을 평생 잘못 알고 있었다든가 하는 일도 있다던데.”

“그런데 말이다 하야토. 아버지 경우는 검사로 혈액형을 확실히 알고 있어. 너희 아버지는 확실히 AB형이 맞고 발견된 시신은 B형이야.”

사방을 살피던 소년의 눈동자가 히노의 얼굴에서 딱 멈췄다.

"……그런 거예요?"

소년은 무릎에 올려둔 손을 꼭 쥐었다.

"그리고 방금 전에 시신의 신원이 다른 사람으로 판명됐어. 유감이지만…… 아니, 아버지가 시신으로 발견된 게 아니니까 결코 유감이라 할 일은 아닌데……."

이럴 때 형사는 법적으로 사망자 처리된 사람의 생사를 어떻게 인식해야 하는 걸까.

"아빠가 살아 있다면 딱히 어디서 뭘 하든 상관없어요."

주먹에 시선을 떨군 채 하야토는 그렇게 말했다.

"어차피 저는 아빠 몰라요. 엄마랑 둘이서 쭉 재밌게 살았으니까. 하지만 혹시 어디서 죽어서 누군지도 모른 채 방치되어 있다면, 찾아서 우리 집 무덤에 묻어주고 싶어요. 물론 갑자기 없어진 거에 대해 불평 한마디는 해주고 싶지만요."

"뭐라고 불평할 건데?"

저도 모르게 입 밖으로 튀어나온 질문에 하야토는 잠시 생각하는 시늉을 했다.

"왜 엄마를 슬프게 한 거야?"

그러고는 쑥스러운 듯 웃더니 다시 제 주먹을 보았다.

서로 아무 말도 하지 않았다. 기분 탓인지 에어컨 돌아가는 소리가 한층 더 커졌다. 문이 열리더니 손에 종이컵을 든 하보로가 들어왔다. 타이밍이 영 수상하다. 분명 엿들었겠지.

"여기 콜라. 설탕이랑 크림 많이 넣어줬다."

하보로의 농담은 왜 이렇게 재미없을까. 히노는 그런 생각을
했다.

"넌 블랙이지?"

히노 앞에도 종이컵이 놓였다. 하야토가 소파 안쪽으로 자
리를 옮기자 빈자리에 하보로가 앉았다.

"어? 하보로 아저씨 주스는 없는데요?"

"난 괜찮아. 요즘 당분 과다 섭취라서."

"그러고 보니 담배도 끊었다고 했죠? 건강에 신경 쓰는구나."

"처음 듣는 소리군. 담배로 영양을 섭취하던 네가? 언제부터
야? 어디 안 좋아?"

하보로는 히노의 추궁을 피하듯 하야토 쪽으로 몸을 돌렸다.

"오늘은 엄마한테 뭐라고 하고 나왔어?"

"아무 말도 안 했어요. 일하느라 집에 없어서요."

"그럼 교코 선생님한테는?"

"몰래 왔어요. 선생님을 못 믿는 것 같아서 미안하잖아요."

하야토는 나름대로 고민한 끝에 이곳에 온 듯했다.

"맞다! 교코 선생님이 홋코위클리에 편지 보냈죠?"

"읽었어?"

하보로의 입가가 구겨졌다.

"제 시도 얼마 전에 실렸어요."

"그래. 잘 썼더라."

"아저씨, 읽었어요?"

“읽었어. 놀랐다.”

“수업에서 쓴 시를 교코 선생님한테 보여줬더니 신문에 보내 보라고 하셨어요.”

얼굴을 붉히며 엄청난 각도로 종이컵을 기울여 콜라를 마시는 소년의 작은 울대가 생기 있게 오르내렸다.

“……그래서 어때? 이 녀석…… 이 형사님 설명을 들으니 납득이 가?”

“네.”

“그래. 다행이네.”

“하보로 아저씨랑 히노 아저씨는 혈액형이 뭐예요?”

“O형.”

하보로가 대답했다.

“A형.”

히노가 말했다.

“역시 둘이 최고로 잘 맞네요.”

“농담이지?”

하보로가 대꾸했다.

“소름 끼치는 소리 하지 마.”

히노도 맞받아쳤다.

“엄마는 하보로 아저씨랑 똑같이 O형인데 아빠랑은 궁합이 최악이에요.”

별자리 운세 다음은 혈액형 궁합인가.

"하야토는 무슨 형이야?"

하보로가 물었다.

"B형. 하보로 아저씨하고는 궁합이 좋은데 히노 아저씨하고는 안 좋아요."

이 대답에는 도저히 수긍할 수 없었다. 히노의 아내도, 딸도 B형이다. 뭔가 반론하려던 차에 하야토가 화제를 돌렸다.

"있잖아요. 혈액형은 평생 똑같아요? 갑자기 알레르기가 생기는 것처럼 바뀌거나 하는 일은 없어요?"

납득했다고 한 건 아무래도 거짓말이었던 모양이다.

"그야 안 바뀐다고 생각하는데…… 그렇지?"

애매하게 답한 하보로가 히노의 의견을 구하듯 그를 보았다. 히노는 예전에 받은 법의학 연수에서 얻은 지식을 끄집어냈다.

"어렸을 때…… 그러니까 아기였을 때 검사한 혈액형이 달라지는 일은 있는 것 같아. 다만 그것도 혈액형 자체가 중간에 바뀐 게 아니라 검사 정확도 문제야. 태어난 직후에는 면역이 약하거든. 면역이 뭔지 알지? 지금 네가 말한 알레르기의 원인이기도 한, 몸을 이물질로부터 지키는 시스템 말이야."

"코로나 때 많이 들어서 알아요."

"혈액형 검사할 때 그 면역 반응을 이용하거든. 어렸을 때 검사한 혈액형이 나중에 다시 검사를 해보면 달라지는 일이 생길 수 있대. 다만 너희 아버지 경우는 어른이 돼서 검사한 결과니까 오류일 가능성은 없지. 그밖에는 예를 들어 백혈병 치료로 골수 이식을 받은 경우…… 골수는 혈액을 만드는 곳인데 그 조직을 다른 혈액형인 사람한테 받는 경우 혈액형이 바뀐대."

"그런 일이 있어요?"

흥분해서 엉덩이를 든 하야토를 진정시키려고 히노는 재빨리 설명을 덧붙였다.

"하지만 이번에 발견된 신원 불명 시신에는 그런 치료를 받은 흔적이 없어."

하야토의 엉덩이가 낡은 소파에 다시 내려앉았다.

"수혈 같은 걸로도 바뀌어요?"

"그거로는 안 바뀌지."

"그럼 시체가 바뀌었을 가능성은 없다는 거예요?"

"바뀌었다고?"

"네. 드라마에서 본 적 있어요. 목이 잘린 시체가 있고, 다들 그게 사사키 씨라고 생각했는데 사실은 스즈키 씨였다는 얘기요."

"……범인은 누구였어?"

"죽은 줄 알았던 사사키 씨."

뭐, 그렇겠지.

"이번 일에 한해서는 네 아버지 시신이 남의 시신으로 위장됐을 가능성은 없어."

"그럼요, DNA 감정 같은 건 옛날부터 있었어요?"

"옛날이라면?"

"아빠가 없어진 10년 전에도 있었어요?"

10년 전이라면 히노와 아내가 서른한 살, 딸은 다섯 살이었다. 처음으로 가족끼리 홋카이도 여행을 가서 오타루에서 관광선을 탔는데 아내가 렌터카 키를 바다에 빠뜨렸지. 그게 옛날이라고? 엊그제 일 같은데.

"그때는 당연히 있었지."

"근데 '사건성'이라고 하나요? 그냥 행방불명만 된 걸로는 경찰이 그렇게 진지하게 조사해 주지 않는 거죠? 그 얘기도 드라마에서 봤어요."

참으로 답하기 곤란한 질문이었다. 하보로와 시선을 주고받으며 서로 답변할 권리를 양보했다. 그러는 사이 하야토가 가방 안을 뒤졌다.

"이 메모 좀 봐주세요."

히노는 반으로 접힌 종이를 건네받았다.

"아빠가 법적으로 죽은 사람이 되었을 때 엄마는 물건을 엄청 많이 버렸어요. 마음 정리한다고…… 그걸 저도 도왔는데."

"장하네."

"그건 아니고. 그때 이걸 발견해서 몰래 빼냈어요. 처음 보는 메모였거든요. 그때는 한자 같은 건 몰랐지만 곧 읽을 수 있을 테니까. 여기 적힌 '하야 택배'가 아빠가 다니던 회사죠?"

"엄마가 쓴 걸 우리가 함부로 읽을 순 없지."

"근데 버렸잖아요. 이제 내 거예요."

"경찰에 습득물 신고 안 했지?"

"어려운 소리 하지 말고 그냥 좀 봐줘요!"

아이의 호통에 히노는 종이를 펼쳤다.

**2014년**

| | |
|---|---|
| **3월 21일** | 하야 택배에서 전화. 횡령 혐의로 조사 중. 피해 약 220만 |
| **3월 24일** | 하야 택배에서 전화. 대부업체에서 남편을 찾는 연락이 있었다고 |
| **4월 3일** | 제3금융권 4곳. 원금 총 190만 |
| **4월 11일** | 남편 휴직 수속. 횡령액 224만. 매월 5만 이상 상환. 상담 철회. 피해 신고 제출 보류하기로 답 |
| **4월 23일** | 시모가 200만 보냄 |
| **4월 25일** | 빚 청산 |

"아빠가 행방불명된 게 10년 전 3월 6일이니까 그 직후 메모 죠?"

히노는 말없이 하보로에게 종이를 건넸다.

"아빠가 회삿돈을 훔친 거죠? 횡령이 그런 뜻이잖아요?"

시선을 떨궈 메모를 훑으며 하보로는 난처한 표정을 지었다.

"아빠는 훔친 돈으로 빚을 갚으려 한 걸까요? 그래도 용서받 지 못할 거라 생각해서 도망친 걸까요? 근데 그렇게 간단히 도 망칠 수 있다고 생각해요?"

오누마 겐에게 빚이 있었다는 얘기는 하보로를 통해 들었다. 즉, 아내인 구미가 경찰한테 얘기했다는 거겠지. 하지만 횡령은 처음 들었다. 하보로의 당황한 표정을 보아하니 그 역시 그 건은 몰랐던 모양이다.

"저기, 히노 아저씨."

하야토 목소리가 히노의 사고를 끊었다.

"몇 년 전에 발견된 신원 불명 시체를 지금 기술로 다시 조사하면 사실은 아빠였다는 거 알 수 있지 않을까요?"

소년의 검은 눈동자는 형사를 똑바로 바라보고 있었다.

"사실은 엄마도 아빠를 포기하지 못한 거 아닐까요. 저한테는 모르는 사람이지만 엄마한테는……."

"하야토, 그만해."

하보로가 그렇게 말하며 소년의 머리에 손을 얹었다. 그 손길이 너무도 다정해서 히노는 봐서는 안 될 걸 본 기분이었다.

"경찰이 그렇게 일을 대충 하지 않아."

"……죄송해요."

"화낸 거 아니야. 엄마 일은 몇 시에 끝나니?"

"7시요."

벌써 5시 반이 넘었다.

"그럼 아저씨가 차로 데려다줄게."

"고마워요. 근데 저 자전거 타고 왔어요."

"차에 실으면 되지."

"앗싸!"

세 사람은 동시에 일어섰다. 히노는 안도하면서도 조금 쓸쓸한 기분이었다.

"아저씨, 잠깐만요! 화장실 갔다 올게요."

오래 참았는지 하야토는 엄청난 기세로 복도로 튀어 나갔다.

에어컨을 끈 하보로가 히노를 보며 "덕분에 살았어"라고 말했다. 딸이 있는 히노는 본인이 애들한테 약하다는 걸 잘 알았다. 하지만 독신인 하보로까지 그렇다는 건 의외였다.

"무슨. 경찰관으로서 할 수 있는 일을 했을 뿐이야."

"폼 잡긴. 내가 저자세로 나왔다고 갑자기 잘난 척하지 말라고."

하보로는 신발로 에어컨 아래 생긴 작은 물웅덩이를 흩뜨렸다.


4


히노는 창고에 가서 재활용품으로 내놓은 폐지 중 홋코위클리의 최신 호를 찾아 뽑아냈다. 하보로가 "잘 썼더라"라고 칭찬한 하야토의 시는 5월 11일 지면에 실려 있었다. 히노는 하이쿠나 단카, 시와 일러스트 같은 독자 투고 코너를 열심히 읽는 독자가 아니라 그 시 역시 읽은 기억이 없었다.

〈우동집〉

기쓰네우동*에 쓰키미우동**

나는 튀김우동

카운터 안쪽 주방에서

튀김을 튀기는 남자와

설거지하는 여자가

계속 떠들고 있다

떠들기만 하지 말고

빨리 튀김 만들었으면 좋겠는데

그렇게 생각하는데

우동 면 삶는 아저씨가

입 말고 손 움직여!

하고 둘을 혼냈다

나는 마음속으로 아저씨한테

잘한다 잘한다 손뼉 쳤어

둘은 바로 사과했지만

아저씨가 우동 면을 헹구기 시작하자

다시 떠들기 시작했다

나는 엄마한테

저 사람들 반성 안 하네

* 달콤하게 조린 유부를 올린 우동으로, '기쓰네きつね'는 여우를 뜻한다.
** 우동 위에 날달걀을 올린 요리로, '달구경(月見)'이라는 이름이 붙었다.

라고 했다

그랬더니 엄마가

어쩔 수 없지

하고 웃는다

왜 어쩔 수 없어?

라고 물으니

사랑은 그런 거야

하고 엄마는 또 웃는다


겨우 나온 튀김은

새우가 엄청 많았는데

신기하게도 엄청 부드러웠다

오누마 하야토(히메카미 동초 4학년)

히노는 시를 쓰지도 않고 시에 대해 이야기하지도 않는다. 다만 확실한 건 초등학교 4학년 때의 자신은 설령 글 속에서라도 쑥스러워서 사랑에 대해서는 말할 수 없었다는 것이다.

신문을 수사계로 갖고 와서 책상에 올려놓았다. 문득 신경이 쓰여서 서류에 파묻히려 하는 어제 자 홋코위클리를 집어 들고 우에무라 교코가 보낸 투고를 다시 읽었다. 그에 따르면 수상한 인물이 초등학생한테 말을 건 사건이 일어난 건 5월 13일. 하야토의 시가 게재된 지 이틀 후였다.

날짜가 가까운 데다 하야토가 다니는 학교가 히메카미 동초라는 점도 신경 쓰였다. 수상한 인물이 나타난 데쓰난 지구에 있는 학교다.

히노는 생활안전과에 연락했다. 신입이 다소 늘어진 목소리로 전화를 받았다.

"하나 물을게. 수상한 인물이 초등학생한테 말을 건 사안에서 피해를 입은 학생 이름 알아?"

"나카야마 다이야입니다."

목소리는 늘어졌지만 답변은 신속했다. 다이야에겐 미안하지만 히노는 하야토가 피해자가 아니었다는 사실에 안도하며 수화기를 내려놓았다.

홋코위클리를 책상에 내려놓은 뒤에도 여전히 멍하니 하야토에 대해 생각하는 동안, 히노는 또 다른 불안에 사로잡혔다. 다시 수화기를 들어 이번엔 의대 법의학 교실에 전화를 걸었다. 다행히 교수는 아직 퇴근 전이었다.

"히노입니다. 해부하신 시신에 대해 조금 여쭐 게 있어서요."

"그러게. 자네 건은…… 어느 쪽이었더라?"

"어느 쪽…… 아, 고마네서 시신도 선생님이 맡으셨습니까?"

"다카미야 선생한테 말려들었지. 조금 전에 끝났어. 그래, 자네 건은 얼굴 없는 쪽이었군. 질문이 뭔가?"

"다시 한번, 혹시나 해서, 실례를 무릅쓰고 확인하고 싶은데요. 예를 들어 시신에 골수 이식을 받은 흔적 같은 건 없었죠?"

"없었네."

"놓쳤을 가능성은 없습니까?"

"음, 그건 날 믿어달라고 할 수밖에."

의사는 딱히 기분 나빠하지 않고 말했다.

"갑자기 왜 그러나? 혈액형이 중간에 바뀌었을 가능성을 검토 중인가?"

"아, 역시 대단하시네요. 설마 그럴 리가 있을까 싶지만 신경 쓰여서요."

"시신의 신원이 밝혀질 것 같다고 들었는데 혹시 혈액형이 일치하지 않는다는 얘기가 있나?"

"아뇨. 그런 귀찮은 상황은 아닙니다."

감사 인사와 함께 전화를 끊고 나서 한숨을 내쉬었다. 대체 왜 쓸데없는 데 머리를 쓰고 있는 거지?

카페인을 과다 섭취했기 때문일지도 모른다고 생각하며 히노는 커피를 조금 자제하기로 했다. 하지만 한번 신경 쓰이기 시작한 건 어쩔 수가 없어서, 결국 신원 불명의 시신을 검색하기 시작했다. 일단 현 내로 범위를 좁혀 2014년 3월 이후 발견된 시신을 대상으로 데이터를 훑었다.

처음 눈에 띈 건 〈16A〉라는 코드가 붙은, 2016년 5월에 발견된 시신이었다.

발견된 곳은 고마네시 북부 산중. 일부 백골화된 시신은 사람의 손으로 판, 1미터 깊이의 타원형 구멍에 전라 상태로 묻혀 있었다고 한다. 발견자는 산나물을 채취하러 온 주민이었다. 세월이 지나며 구멍을 덮은 흙의 부피가 현저히 줄어든 까닭에 뼈 일부가 노출된 모양이었다. 늑골에 흉기에 의한 상처가 있는 걸 보면 찔려서 사망했을 가능성이 있으며, 사후 몇 년이 경과한 것으로 추정됐다.

시신은 두개골 안면 부분이 함몰되어 있었다. 아마도 사후에 여러 차례 **얼굴을 짓이긴** 것으로 보인다. 남아 있던 두발은 귀를 가리는 정도의 길이였던 것으로 추정되고, **타고난 곱슬머리**라는 사실이 확인됐다. 이 타이밍에 야기 다쓰오의 시신과 비슷한 특징을 가진 시체와 마주치다니. 히노는 왠지 모르게 불안한 기분이 들었다.

성별 및 추정 연령은 오누마 겐과 일치했다. 하지만 〈16A〉가 오누마일 가능성은 없었다. **혈액형이 일치하지 않았다.** 오누마 겐은 AB형이지만 시신은 O형이었다.

히노는 데이터를 더 거슬러 올라가 마음에 걸리는 시신 또한 구를 발견했다.

2014년 6월 히메카미시 하천 제방 풀숲에서 발견된 〈14B〉는 성별, 추정 연령, 혈액형 모두 오누마 겐과 일치했다. 전라의 부패 시신이었는데 이 역시 일부가 백골화된 상태였다. 사인은 후두부 손상. 타살 가능성도 포함해 수사했지만 사건성이 있다고 확정되지는 않았다.

오누마 겐이 행방불명되고 3개월 뒤에 발견된 시신이니, 당연히 동일 인물일 가능성을 검토했을 것이다. 공기에 노출된 상태로 방치된 시신이 흙에 묻히거나 물에 잠긴 경우보다 부패가 빨리 진행된다. 단기간에 백골화되었다 해도 이상할 건 없다.

히노는 이 〈14B〉라는 시신과 오누마 겐의 대조가 **확실히 이루어졌는지** 신경 쓰였다. 거기까지 확인하고 싶은 충동에 사로잡혔지만 이미 회의 시간이 임박해 있었다.


예정보다 조금 늦어진 6시 40분부터 화상 회의가 열렸다.

연이어 두 건의 살인이 일어났는데 아직 수사본부 설치 얘기가 없는 게 이상하긴 했다. 현경 본부에서 수사상의 지시는 내리는 듯했지만 실제로 인원을 파견하지는 않았고, 두 관할서에서 합동으로 수사하는 형태가 계속됐다.

고마네서 가키모토 주임이 시라카와 기요시의 사법 해부와 현장 감식 결과를 보고했다. 사인은 뇌타박상. 흉기는 실내에 있던 8킬로 남짓한 소형 금고였다. 범인은 비교적 작은 체구였던 시라카와의 오른쪽 앞머리 쪽을 겨냥해 금고를 양손으로 들어 올려 바로 위에서 내리친 것으로 보인다.

금고에서 채취된 지문들은 과거 체포 시에 채취된 야기 다쓰오의 것과 일치했다. 사망 시각으로 보아 야기가 시라카와를 죽였을 가능성은 없으니, 범인은 장갑 같은 걸 끼고 범행에 나선 것으로 추정된다.

가키모토가 작성한 자료에는 시간 순서가 간략하게 기록되어 있었다.

| 6월 27일 오전 8시~28일 오전 8시 | 야기 다쓰오 사망 |
| --- | --- |
| ? | 야기 시신 유기 |
| ? | 시라카와 기요시가 야기 방 방문 |
| 6월 28일 오후 2시~심야 0시 | 시라카와 사망 |
| 29일 오전 5시 40분경 | 야기 시신 발견(사타케 와타루) |
| 30일 오전 6시경 | 시라카와 시신 발견(고다 미쓰코?) |

가키모토는 히노에게 들려주었던, 현시점에서 추측할 수 있는 내용에 대해 말했다. 이 사건은 연속 살인이지만 범인의 목표는 어디까지나 야기였고, 시라카와는 우발적이거나 부수적으로 살해한 것이다.

이어서 히노가 야기 시신이 유기된 사건의 수사 상황을 설명했다. 현장 부근에서 의미 있는 목격 정보는 여전히 나오지 않았고, 난부서를 통해 히메바시 다리 도로 카메라 데이터를 입수한 것이 유일한 진전이다. 현재 히메카미서 수사계에 전담반을 꾸려 영상 분석을 진행 중이다. 하지만 교통량이 제법 많아 현재로선 모든 차량을 추적하는 건 무의미하고 불가능에 가깝다.

거기에 가키모토가 정보를 덧붙였다.

"족문을 통해 시신의 신원이 확정됐기 때문에 야기의 물건을 이용한 DNA 감정은 이미 중지했습니다. 히메카미서에서 제공

받은 야기의 속옷에 부착되어 있던 모발 말입니다만, 이쪽 현장에서 비슷한 특징을 가진 것은 발견되지 않았습니다. 욕실 배수관에서 대량으로 발견된 모발은 사후에 잘린 야기의 머리카락으로 보입니다. 그쪽 신고자…… 그러니까 사타케 와타루. 그는 시신 유기와는 무관하다고 봤지만 가족을 포함해 과거에 야기와 접점이 없었는지 다시 확인 부탁드립니다. 말은 이렇게 했지만, 저희 사건 관계자들도 포함해서 그걸 어떻게 확인할지 난감하긴 합니다만."

야기의 스마트폰 통신 기록에 대해서는 통신사에 조회 신청 중이었다. 다만 유력한 정보를 얻을 수 있을지는 전망이 그리 밝지 않다는 게 가키모토의 견해였다. 그는 손에 든 자료를 넘기며 발언을 이어갔다.

"저희 현장 인근 주민들에게 탐문 조사를 실시했지만 사건과 관련 있는 목격 정보는 아직 나오지 않았습니다. 하지만 2킬로미터쯤 떨어진 개인 상점에 28일 오후 4시경 수상한 여성이 방문했다는 정보는 있습니다."

그 말을 들은 이리에가 알고 있었냐는 듯 시선을 보냈다. 히노는 고개를 저어 '처음 듣는 이야기'라고 반응했다. 문제의 여성은 마스크를 쓰고, 계산할 때도 부자연스럽게 얼굴을 돌렸으며 그 때문에 가게 주인의 기억에 남았다고 한다.

"……그 가게에는 방범 카메라가 없어서 자세한 인상이나 방문 수단 같은 건 밝혀지지 않았지만 적어도 단골손님은 아니었다고 합니다. 주인 말로는 3, 40대로 보였다는군요."

여기서 이리에가 손을 들고 질문했다.

"그 여성을 주목한 데 특별한 이유가 있었나요?"

가키모토는 양옆 수사관에게 눈짓을 한 뒤 답했다.

"현장 욕실 및 복도에 염소계 표백제로 혈흔을 제거하려 한 흔적이 발견됐습니다. 하지만 제거에 쓰인 세제류를 실내에서 찾을 수 없어서, 범인이 사용한 뒤 가져갔거나 직접 들고 와서 다시 가져갔을 가능성을 검토하고 있었는데, 방금 말씀드린 여성이 구입한 물건이 다름 아닌 표백제였다는 점에서 연관성을 조사하고 있습니다."

그렇게 답한 뒤 가키모토는 설명을 계속했다.

"마지막으로 현장 다세대주택 계단 아래에서 회수한 다루마 병에 관해서입니다만……."

다루마라는 호칭을 모르는 이리에에게 히노가 위스키라고 귀 띔했다.

"……병은 뚜껑을 봉한 포장이 벗겨진 상태, 요컨대 개봉되어 있었습니다. 감식에서 쏟아진 액체량을 추산한 결과 내용물은 거의 줄지 않은 것으로 보입니다. 정황으로 보아 병은 고다 미쓰코가 가지고 있었고, 계단에서 떨어질 때 가방에서 튀어나와 깨진 것으로 추정됩니다. 흥미로운 건 깨진 유리 표면에서 선명한 지문을 두 종류 채취했습니다. 하나는 당연히 고다의 것으로 보이지만 문제는 나머지 하나였죠. 야기 다쓰오의 지문과

 6월 30일

일치했습니다."

다시 이쪽을 보는 이리에를 향해 히노는 아까처럼 고개를 저었다.

"우리하고 정보 공유를 하나도 안 했네요."

그녀가 작은 소리로 호소했다.

"저쪽에는 저쪽 나름의 방식이 있는 거겠지."

"계장님도 조금 화내셔야 하는 거 아니에요?"

"그쯤 하고 듣기나 해. 아직 안 끝났으니까."

"……이러한 사정도 포함해 고다의 이야기를 들어보면 사건 경위가 어느 정도 밝혀지지 않을까 기대하고 있습니다. 의사의 견해로는 내일 아침쯤에는 면회가 가능하다고 하더군요…… 히노 계장님, 오전 9시에 병원에서 만나도 되겠습니까?"

"알겠습니다."

과장의 말대로 수사 주도권은 완전히 고마네서로 넘어가 있었다.


회의가 끝난 뒤 일단 사타케 와타루에게 야기 다쓰오라는 인물에 대해 짚이는 게 있는지 직접 물어봐야겠다 싶어 전화했지만 몇 번을 걸어도 받지 않았다.

"내일 해야겠군."

오후 9시. 이리에가 먼저 퇴근했고 히노도 나가기 위해 일어났다. 실내 전등을 끈 뒤 어깨를 떨구고 복도로 나오는데 이리에가 다급히 달려왔다.

"왜 그래, 뭐 두고 갔어?"

"하보로 과장님이 사타케 와타루를 잡아들인 것 같아요."

"뭐라고?"

"계장님은 모르셨어요?"

부하는 불신에 찬 눈으로 히노를 보았다.

"몰랐어. 정말이야. 불법 투기 건은 엄중 주의로 넘어간 거 아니었나?"

"저도 그런 줄 알았어요. 게다가 임의가 아니라 체포 같아요."

"체포…… 누구한테 들었지?"

"신입한테요. 생활안전과에서 큰 소리가 나길래 들여다봤더니 신입과 눈이 마주쳐서, 왜 이렇게 시끄럽냐고 물으니까 체포한 사타케를 조사 중이라는 거예요. 그러고는 바보 같은 얼굴로 '한동안 집에 못 들어가겠네' 이러는 거 있죠."

"이리에, 말조심해."

회의가 끝난 뒤로 이리에는 심기가 영 불편했다.

"일단 가보자고."

1층으로 뛰어 내려가 이리에를 따라 생활안전과로 들어갔다. 졸린 듯한 신입 자리 뒤로 보이는 조사실에서 남자 둘의 고함이 새어 나왔다.

"무슨 일이야? 왜 사타케를 체포한……"

   6월 30일

신입에게 캐물으려던 찰나 방금 히노가 닫은 문이 열렸다. 돌아보니 한 남자가 몸을 떨며 복도에 서 있었다.

"사타케 와타루!"

이리에가 웬일로 버럭 소리쳤다.

"왜, 왜 여기 있지?"

"왜라니? 그쪽에서 불렀잖아!"

사타케 와타루도 같이 소리를 질렀다. 그러자 이번엔 조사실 문을 열고 하보로가 나왔다.

"왜 이렇게 시끄러운 거야?"

하보로만 평소와 다름없는 표정이었다. 울컥한 히노는 저도 모르게 가까이 다가갔다.

"사타케가 체포돼 조사 중이라길래 급하게 와본 거야. 신입이랑 입을 맞춰 거짓말을 하다니 무슨 속셈이지?"

"거짓말은 무슨. 지금 사타케 시치로를 조사 중이야."

"……시치로?"

"그 친구 부친이야."

그 친구라 불린 사타케 와타루는 여전히 몸을 떨며 안으로 들어왔다. 곧장 하보로에게 다가가 살짝 올려다보며 노려봤다.

"왜 아버지를 체포했지?"

"이유는 말했을 텐데."

"어차피 곧 석방할 거면서."

"그건 모를 일이지."

"돌아가면 아버지는 더 난폭해질 거야. 네 탓이라고 하면서 누나한테 무슨 짓을 할지 모른다고."

"그럼 또 체포해야지."

"누나는 간신히 버텨왔어. 아직 견딜 수 있는 범위였다고. 쓰레기를 모으는 데 불평하지 않고 우리가 순종적이기만 하면 아버지는 옛날의 다정한 모습 그대로였어. 하지만 이제 완전히 끝났어. 아버지를 혼자 둘 수는 없어. 누나는 앞으로도 아버지랑 살 수밖에 없다고. 그런데 대체 무슨 짓을 한 거냐고."

"범죄는 안 좋은 거야. 내가 할 수 있는 말은 그뿐이야."

하보로는 그 말을 남기고 조사실로 돌아갔다. 신입이 사타케 와타루에게 다가가, "저쪽 응접실에서 기다려주시겠습니까? 잠시 후에 이야기를 듣겠습니다"라고 말하며 여전히 분노에 몸부림치는 그를 안쪽 방으로 안내했다. 다시 돌아와 냉장고에서 음료수병을 꺼내는 신입을 향해 이리에가 물었다.

"잠깐, 무슨 일이에요?"

양손에 병을 든 신입은 돌아서면서 팔뚝으로 냉장고 문을 닫았다.

"사타케 시치로는 딸, 그러니까 사타케 와타루의 누나에게 폭력을 휘두르고 있었습니다. 하야토를 집에 데려다주고 오는 길에 과장님은 사타케의 본가에 들르기로 했습니다. 히노 계장님한테 쓰레기 집이라는 얘기를 듣고 현장을 확인하려고요. 무엇보다 그것 때문에 불법 투기를 했으니 내버려둘 수 없었던 거겠죠."

히노는 자신이 하보로에게 사타케 와타루에게 해줄 조언은 없느냐고 물었던 걸 떠올렸다.

하보로가 찾아갔을 때 현관에서 맞이한 건 역시 와타루의 누나였다고 한다.

"얼굴을 계속 손수건으로 가리는 게 신경 쓰였다고 합니다. 얼굴 좀 보자고 하니 입술에 아직 생긴 지 얼마 안 된 상처가 있었고요. 본인은 방금 넘어져서 생긴 거라고 변명했다는데 과장님은 집 안으로 들어갔습니다. 술 취한 시치로의 오른손 손가락에 피가 묻은 걸 발견하고 그 자리에서 긴급 체포한 거죠."

"누나는 지금?"

"과장님한테 연락을 받고 제가 병원으로 데려갔습니다. 얼굴 말고도 몇 군데 멍이 더 있고……."

어제 만났을 때의 차림을 떠올렸다. 더운 날씨에도 그녀는 두툼한 긴팔로 팔을 가리고 있었다.

"시치로는 과장님이 연행했고 와타루에게 경찰서로 오라고 연락했습니다. 그래서 조금 전 소동이 일어난 거고요."

그때 조사실 문을 열고 다시 하보로가 나왔다. 문이 닫히기 직전 "부모가 자식 혼내는 게 무슨 잘못이냐!"라는 우울한 대사가 들렸다. 신입은 음료수병을 손에 들고 와타루가 있는 응접실로 들어갔다.

히노와 하보로의 눈이 마주쳤다.

"나한테 사타케의 집안 상황을 들었을 때부터 알아챈 거야?"

"만나보지도 않았는데 어떻게 알겠어."

"저는 직접 얘기했는데 아무것도 눈치채지 못했어요."

그렇게 말하는 이리에의 목소리가 조금 떨리고 있었다.

"너희는 살인 사건을 수사하러 간 거잖아. 나는 이런 거 찾아내는 게 일이고."

"하보로. 사타케 와타루가 말한 대로 앞으로가 힘들 텐데."

"그렇겠지. 하지만 못 본 척할 수는 없어. 경찰로서 할 수 있는 일은 해야 하니까."

뭐라 대꾸할 말이 없어 히노는 하보로에게서 눈을 돌리고 응접실로 들어갔다. 와타루는 소파에 다리를 벌리고 앉아 팔꿈치로 허벅지를 짚은 채 두 손을 꽉 잡고 있었다.

히노는 그에게 말을 걸었다.

"하나만 물어보지."

이쪽을 보는 와타루의 눈에 눈물이 고여 있었다. 금방이라도 떨어질 것 같은데 결코 떨어지지 않았다. 경찰 앞에선 절대 울지 않겠다고 마음을 다잡은 것이다.

"야기 다쓰오라는 이름 알아?"

"몰라."

"알았어."

히노와 이리에는 생활안전과에서 나왔다. 수사계의 6월이 끝났다.

<h1 style="text-align:center">7월 1일</h1>

<h2 style="text-align:center">이지러지는 달</h2>

1

오전 8시 50분. 고마네 중앙병원 접수처에서 가키모토와 합류했다. 그의 손에는 고다 미쓰코에게 돌려줄 토트백이 들려 있었다. 한가운데에 물고기 로고 마크가 프린트된 가방이었다.

NPO 법인 카란의 대표는 개인 병실 침대에서 상반신만 일으켜 형사들을 맞이했다. 서향이라 창문으로 아침 햇살은 들어오지 않았다. 그래서일까, 일자로 가지런히 자른 검은 단발머리가 유난히 침울하고 무겁게 느껴졌다. 굳이 따지자면 마른 편에, 얼굴이 하얗고, 굽은 어깨 때문에 목이 길어 보였다. 그 탓인지 소독약 냄새와 병원 침대가 너무 잘 어울려서 더욱 안쓰러웠다.

"안녕하세요. 기분은 어떠십니까?"

"괜찮아요. 오후에 퇴원 예정이고요."

가키모토의 물음에 그녀는 미소를 잃지 않고 답했다.

"다행이네요. 아, 이건 저희가 맡아뒀던 물건입니다. 살인 사건 현장 부근에 있던 물건이라 허락 없이 내용물을 확인했습니다. 양해 부탁드립니다."

고다 미쓰코, 44세. 미혼. 갑자기 세상을 떠난 아버지의 회사를 물려받아 서른셋에 건축시공 회사 경영자가 됐다. 회사에서는 아버지 대부터 출소자를 많이 고용해 왔다고 한다. 8년 전 고향으로 돌아온 언니 부부에게 경영권을 넘기고 그때까지의 경험을 바탕으로 NPO 법인을 설립했다. 언니 부부는 그 후 이혼했고 전남편은 회사를 떠났다.

"그럼 바로 경위에 대해 여쭙겠습니다."

조사는 가키모토가 주도하기로 했다.

"네…… 저기, 시라카와 씨뿐 아니라 야기 씨도 돌아가셨다고 들었는데요."

"네. 야기 다쓰오 씨 쪽은 히메카미 시내에서 시신이 발견됐습니다. 시라카와 씨보다 먼저 살해되었다는 사실이 밝혀졌습니다. 두 사람의 죽음은 관련이 있다고 보고 수사를 진행하고 있습니다."

고다는 살짝 고개를 끄덕이고 당시 상황을 설명했다.

"먼저 사흘 전인 6월 28일의 일부터 말씀드리겠습니다. 그날 야기 씨와 면담이 예정되어 있었어요. 지원 대상자와는 일상적인 연락 말고도 대화의 자리를 정기적으로 마련하고 있거든요.

그런데 야기 씨는 약속한 오전 9시가 됐는데도 오지 않았어요. 과거에도 말없이 결석한 적이 있어서 이번에도 그런 줄 알았고, 황당하긴 했지만 그 시점에서 큰 문제가 생겼다고는 생각하지 않았습니다."

실제로는 이미 야기가 살해된 뒤였다.

"하지만 최근 저희가 알선한 일용직 일을 무단으로 결근한 적이 있어서 이번에는 조금 단호하게 주의를 줄 필요가 있다고 생각했어요. 출소한 지 곧 반년이라, 슬슬 앞으로의 일에 대해서도 계획을 세우게 할 필요가 있다고 본 거죠."

하지만 여러 차례 전화를 걸어도 연결되지 않았고 메시지를 보내도 답장이 없었다. 고다는 돌려받은 스마트폰 이력을 보여주며 말했다.

"그때는 집까지 찾아가지는 않으셨네요?"

"안 갔어요. 지금 생각하면 더 할 수 있는 게 있었을 텐데, 후회가 됩니다."

"아뇨, 본인을 탓하지 않으셔도 됩니다. 고다 씨도 바쁘셨을 텐데…… 사무소 직원에게 들었는데 외부 워크숍에 참석하셨다면서요?"

"네. 29일에 생계 곤란 계층 지원 워크숍이 있어서 28일에 사무소 차로 현지 호텔로 향했습니다. 야기 씨한테는 출발하기 전인 오후 1시와 호텔에 도착한 3시쯤에도 전화했는데 역시 연결이 안 됐어요. 심각한 지병이 있다는 얘기는 못 들었지만 낮에 대여섯 시간이나 스마트폰 전원이 꺼져 있으면 역시 걱정되잖아요. 그래서 만일의 사태에 대비해 집주인 시라카와 씨에게 연락했어요."

"안부를 확인해 달라고 부탁한 겁니까?"

"구체적으로 그렇게 해달라고는 안 했어요. 아침부터 연락이 안 된다는 얘기, 그리고 제가 사무소에 부재중이라는 걸 전화로 말씀드렸고……."

"과거에도 그런 일이 있었나요?"

"네. 야기 씨가 아니라 다른 거주자분에 대해 몇 번쯤."

"그때 시라카와 씨는?"

"바로 집으로 찾아가서 상황을 보고해 주셨어요."

"그럼 이번에도 같은 식으로 시라카와 씨가 야기 씨 집을 찾아갔을 가능성이 있겠네요? 고다 씨 쪽에서도 그걸 기대한 부분이 있었고."

가키모토가 확인하자 고다는 고개를 숙이며 두 손으로 얼굴을 감싸더니 혼잣말처럼 중얼거렸다.

"저 때문에 시라카와 씨가……."

"고다 씨 잘못이 아닙니다. 시라카와 씨한테는 몇 시쯤 전화하셨습니까?"

그녀는 다시 스마트폰 기록을 내밀었다. 오후 2시 58분에 발신 기록이 남아 있었다.

히노는 고마네서 수사관과 함께 탐문 조사를 나간 이리에에게 28일 오후 3시를 기점으로 몇 시간 안에 시라카와가 현장으로 갔을 가능성이 있다는 내용의 메시지를 보냈다.

"그 뒤에는?"

"저녁 식사를 하러 나간 것 말고는 호텔 방에서 다음 날 준비를 했어요. 그날은 야기 씨나 시라카와 씨에게 더 연락하지 않았어요. 다시 전화를 건 건 다음 날인 29일, 워크숍이 끝난 뒤였어요. 참가자 친목회가 끝나고 출발 직전인 오후 8시에 야기 씨에게 전화했어요. 근데 여전히 자동 응답 음성만 흘러나왔어요."

그녀는 이동 중 들른 편의점에서 야기에게 마지막 메시지를 보냈다. 내용은 '내일은 만날 수 있을까요? 연락 주세요'였다.

"몇 시쯤 도착하셨습니까?"

"사무소에 도착했을 때가 오후 11시 넘어서였어요."

"사무소에는 몇 시까지 계셨습니까?"

"아침까지요. 자리를 비운 동안의 업무 일지만 볼 생각이었는데 기진맥진해서 더는 움직이기 귀찮았어요. 사무소에서 집까지 딱 10분 거리인데도 응접실 소파에서 잠들었죠."

"다음 날인 30일 아침이 되어서 갑자기 야기 씨 집을 찾아가 봐야겠다고 생각한 겁니까?"

그 물음에 고다는 어깨를 떨궜다. 목이 더 길어 보였다.

"5시에 깨자마자 엄청나게 불안해졌어요. 시라카와 씨는 자상한 분이에요. 저희가 뭔가 걱정되는 점을 전달하면 언제나 바로 대응해 주셨거든요. 방금 전 형사님이 말씀하신 것처럼 시라카와 씨라면 28일에 전화를 받고 그날 분명 야기 씨 집을 찾아가셨을 거예요……. 그렇게 생각하니 이건 뭔가 큰일이 생긴 게 아닐까, 전날 밤에 확인하러 가지 않은 게 엄청난 실수처럼 느껴져서…… 그런 시간인데도 곧바로 야기 씨 집으로 향했어요.”

같은 고마네 시내에 있는 사무소에서 현장까지는 차로 10분 거리라고 했다.

“거기서 시라카와 씨 시신을 발견한 거죠?”

“네.”

“당시 상황을 가능한 한 자세히 설명해 주시겠습니까?”

“5시 40분쯤에 사무소를 나왔고, 다세대주택 옆 공터에다 차를 세우고 곧장 2층 집으로 올라갔어요. 초인종을 여러 번 눌렀지만 답이 없었어요. 그래서 어쩔 수 없이 사무소에서 가져온 열쇠로 문을 열었고…….”

“문은 확실히 잠겨 있었습니까?”

“네. 잠겨 있었어요. 안에 들어가니 왠지 불쾌한 냄새가 나는 것 같았어요. 부엌을 지나쳐 안쪽 방으로 이어지는 미닫이문을 열었더니 금고가 부자연스러운 위치에 있었고, 바닥은 빨갛다기보다 거무튀튀하다고 해야 하나, 얼룩져 있다는 것도 알아챘어요. 바닥에 길게 늘어진 그 얼룩이 오른쪽 벽장 쪽으로 이어져 있었고, 안을 들여다보니 시라카와 씨가 쓰러져 있었어요.”

“그다음엔?”

"놀라서라기보다 너무 무서워서 곧바로 집 밖으로 뛰쳐나갔어요."

"바로요?"

"왜냐면…… 갑자기 그런 시체를 보면 누구든 그 자리에서 도망치고 싶지 않을까요? 물론 먼저 신고했어야 했지만 도저히 그럴 여유가 없었어요……."

고다는 처음으로 동요한 모습을 보였다.

"가능한 한 당시 상황을 이해하려고 드리는 질문이니 양해 부탁드립니다."

가키모토가 그렇게 말하자 고다는 심호흡을 반복했다.

"……아뇨, 저야말로 죄송합니다. 그러고는 황급히 계단을 내려가려다 발을 헛디뎠고, 정신을 차렸을 때는 병원이었어요. 산책하던 부부가 구급차를 불러줬다고 들었습니다."

"네, 맞아요. 깨진 위스키 병을 보고 부부는 술에 취한 주정뱅이가 계단에서 굴러떨어진 줄 알았다더군요."

농담 섞인 말투에 고다가 얼굴을 붉혔다.

"그런, 주정뱅이라니. 그 술은 야기 씨한테 선물로 가져간 거예요."

"오…… 선물이라고요."

가키모토가 오른쪽 귓불을 당기며 고개를 갸웃했다.

"그런 물품도 지원하십니까?"

"평소엔 안 해요. 이번은 그…… 비위 맞추기라고 할까, 저희 얘기를 가급적 듣게 하기 위해서였어요."

"뭔가 큰일이 일어났을지도 모른다는 불길한 예감을 안고 찾아갔던 거죠? 그런데도 선물을 가져간 겁니까?"

"무슨 일이 일어났는지는 문 열기 전까진 모르잖아요? 야기 씨가 집에 멀쩡히 잘 있었으면 그 자리에서 이야기를 해볼 작정이었어요."

그녀는 거기서 한 번 말을 끊더니, "시간이 이르든 말든 상관없었어요"라고 추가적인 질문을 막듯 덧붙였다.

"위스키는 미리 사뒀던 겁니까?"

"네."

"깨져버렸으니 아까우시겠군요."

"아뇨. 저는 위스키 같은 거 안 마시니까요."

"고다 씨는 깨진 병 조각이 지금 어디 있는지 아십니까?"

"네? 아뇨……. 당연히 처분하신 줄……."

"그럴 리가요. 중요한 현장 압수품인데요. 저희 감식에서 꼼꼼하게 조사했습니다."

고다의 가느다란 목 좌우로 빳빳하게 힘줄이 섰다.

"개봉한 병을 선물로 가져갔다는 건 아무래도 좀 궁색한 설명 아닐까요?"

"……다른 병인 줄 알고 실수로 열어버렸어요. 하지만 내용물은 줄어들지 않았으니……."

"그럼 병 겉면에서 야기 다쓰오 씨의 지문이 검출된 사실은

　　　　　　　7월 1일

어떻게 해석해야 할까요? 당신이 어제 선물로 가져간 병에 야기 씨의 지문이 묻을 리 없습니다. 왜냐면 그는 이미 시신이 되어 히메카미서 안치실에 누워 있었으니까요."

"그건……."

"솔직하게 사정을 들려주시겠습니까?"

"……그 위스키는 제가 가져간 게 맞아요."

"고다 씨……."

"하지만 어제는 아니었어요."

그녀는 힘주어 말했다.

"예전에 연락도 없이 면담에 결석한 날, 집으로 찾아갔을 때 가져간 거예요. 이유는 조금 전 말씀드린 대로 야기 씨 비위를 맞추려고요. 어제 그 방에서 시라카와 씨 시신을 발견했고, 당연히 야기 씨가 사건에 관련되어 있다고 생각했어요. 신고하려는데 책상 위에 놓인 술병이 눈에 들어왔어요. 조금 전 형사님이 그런 물품도 지원하냐고 물으셨죠. 바로 그런 의심을 받는 게 두려웠어요. 사건 현장에 있던 술병에서 저와 야기 씨의 지문이 검출되는 건 단체 대표로서 피해야 한다고 생각했어요. 순간적으로 손을 뻗었고, 정신을 차려보니 병이 가방 안에……."

그녀의 두 손이 이불자락을 꼭 움켜쥐었다.

"……위스키 병을 차에 숨긴 뒤에 구급차를 부르려고 했어요."

가키모토는 그렇습니까, 하고 고개를 끄덕였다.

"퇴원하신 뒤에 다시 서에서 얘기를 듣겠습니다만 그때 지문 채취에 협조해 주시길 부탁드립니다. 현장에서 채취된 지문을 구별하는 데 씁니다. 시라카와 씨처럼 고다 씨도 맨손으로 여기저기 손을 댔을 테니까요."

그렇게 말하고 가키모토는 히노에게 시선을 돌렸다. 질문이 있으면 어서 하라는 표정이었다. 히노는 헛기침을 한 번 하고 오랜만에 입을 열었다.

"집으로 찾아갈 때 열쇠를 가져왔다는 건, 처음부터 응답이 없으면 문을 열 생각이었던 겁니까?"

"네. 긴급한 상황이라 판단될 경우, 허락 없이 집을 확인할 수 있다는 건 사전에 합의가 되어 있었거든요. 갑자기 몸 상태가 나빠지거나 정신적으로 불안정해져서 자살을 시도하는 분도 있으니까요."

"야기 씨는 항상 저녁에 집에서 술을 드십니까?"

"바에 가기도 한다고 들었어요. 예전부터 단골 가게라고 하던데."

"무슨 가게인지 아십니까?"

"……아, 아뇨. 시내에 있다고만 들었어요."

예전 공갈 관련 수사에 가게 기록이 있지 않을까? 그렇게 생각하며 가키모토를 보았지만 그는 미간을 찌푸리고 고개를 갸웃했다. 짚이는 게 없는 모양이다.

"야기 씨는 현재 뭔가 일을 하고 있었습니까?"

“구직 중이었어요. 가끔은 저희 활동을 도와주기도 하면서……”

“정말로 찾고 있었습니까?”

“사실…… 아주 열심이진 않았어요.”

“생활비 같은 건 어떻게 했습니까?”

“체포되기 전에 모아둔 돈이 있었던 것 같아요. 야기 씨는 피해자에게 금전적으로 배상하지 않았으니까요.”

“그 점에서는 반성하는 마음이 없었다고도 할 수 있겠군요.”

“그럴지도 모르지만 복역이라는 형태로 속죄한 건 사실이니까요.”

“사무소 직원분에 따르면 야기 씨 같은 타입의…… 사기나 공갈 같은 전과가 있는 출소자는 지금까지 지원 대상으로 삼지 않으셨다던데, 뭔가 심경의 변화가 있으셨던 겁니까?”

“복역 중에 변호사를 통해 야기 씨 쪽에서 저희 법인에 연락을 취했어요. 때마침 저도 지원 폭을 조금 더 넓혀도 되겠다고 생각하던 참이었고요. 야기 씨는 원래 고마네 시민이고, 저희가 지역에 기반한 활동을 오래 이어가려면 그런 분들을 받아들여야 한다고……”

여기서 가키모토가 초조한 기색으로 히노의 손에서 대화의 배턴을 뺏었다.

“그러고 보니 고다 씨. 사흘 전에 야기 씨와 면담 예정이었다고 말씀하셨는데, 그런 정보는 카란 사무소 내에서 공유가 안

됩니까?”

“정확히 무슨 말씀이신지…….”

“아니, 직원분이 고다 씨가 이른 아침에 야기 씨 집으로 찾아간 이유에 대해 짚이는 게 없다고 하더라고요. 만약 무단으로 면담에 오지 않은 걸 알고 있었다면 그 건으로 방문했을지도 모른다고 언급하지 않았을까요?”

가키모토의 추궁에 고다의 목에 다시 힘줄이 섰다.

“야기 씨 쪽에서 연락해서 갑자기 일정이 정해진 거라 직원한테 전달하는 걸 깜빡한 모양이에요.”

“그래도 사무소에서 야기 씨를 기다리고 있었다면 다들 알지 않았을까요?”

“밖에서 만나기로 했어요.”

“그게 어딥니까?”

“근처 카페예요. 야기 씨가 사무소를 싫어해서요.”

“……그렇군요. 뭐, 정보 공유는 모든 조직의 과제니까요. 사무소 얘기가 나왔으니 말입니다만, 야기 씨 안부 확인을 직원이 아니라 시라카와 씨한테 부탁한 이유가 뭡니까?”

“사무소 차는 제가 쓰고 있었고, 이번 주말은 출근한 직원이 한 명뿐이라서 부탁하면 사무소가 비게 되니까요. 게다가 젊은 여성 직원이라 혼자 남자 집을 찾아가게 하는 건 망설여지기도 했고요.”

고다는 다시 고개를 숙였고, 가키모토는 손목시계를 보았다. 너무 길어지지 않게 하라는 의사의 당부를 떠올린 것이다.

"슬슬 마무리하겠습니다만, 야기 씨 집에서 뭔가 없어진 건 없었습니까?"

"원래 집에 뭐가 있었는지 저는 몰라서요."

"예전에 위스키 들고 집으로 찾아갔을 때를 떠올려보시죠."

"그때는…… 현관 앞에서 이야기하고 끝났어요. 집 안까지는 거의 안 들어가요."

"그랬습니까. 그런데 이건 어떤 이벤트에서 촬영한 걸까요? 직원분한테 물어보는 걸 깜빡했습니다."

가키모토는 카란 직원에게서 빌린 사진을 내밀었다. 천막 아래 티셔츠 차림으로 부루퉁한 표정의 야기 다쓰오가 찍힌 그 사진이다.

"이건 올해 5월 자선 바자회에 출점했을 때예요. 판매는 저희 직원이 담당했지만 야기 씨나 다른 분들한테도 도움을 요청했어요."

"5월에 고마네에서 그런 이벤트가 열렸습니까?"

"히메카미 시내예요. 슈퍼 주차장을 빌려서 연 이벤트였어요. 협조를 부탁했는데 야기 씨만 준비할 때도, 철수할 때도 도와주지 않고 회장에도 자기 오토바이를 타고 바로 왔다가 끝나자마자 가버렸어요. 바자회 도중에는 슬그머니 빠져나가서 어디론가 사라졌었고……."

그 말을 들으며 히노는 사진 속에서 상품으로 진열된 티셔츠에 고다의 토트백에 프린트된 것과 같은 일러스트가 그려진 걸 알아채고 물었다.

"이 그림은 법인의 로고 같은 겁니까?"

"네. 물놀이하는 물고기인데 귀엽죠?"

물은 물고기 위의 수도꼭지에서 흘러나오고 있었다.•

"티셔츠나 가방, 파우치 같은 오리지널 상품을 만들어 판매하고 있어요. 이번 달에 고마네에서도 바자회를 하니까 와주세요."

기대되는군요, 가키모토는 마음에도 없는 소리를 하며 고다 미쓰코의 첫 조사를 마무리했다.

2

"저 말을 믿는다면 시라카와는 불행하게 사건에 휘말린 거겠죠."

병실을 나오자마자 가키모토가 말했다.

"고다가 워크숍에 참가했다는 건 확인됐습니까?"

"네. 고다의 증언과 방범 카메라 영상을 포함한 호텔 기록이나 워크숍 참가자 기억과 모순된 점은 없습니다. 카란 사무소

---

• '카란'은 수도꼭지를 의미하는 네덜란드어 'kraan'에서 유래했다.

입구에도 카메라가 설치되어 있는데, 그 영상과 경비 회사 기록으로는 29일 밤 11시 넘어 돌아온 것도 틀림없어요."

다만 야기 사건에 관해서는, 그는 고다가 호텔에 투숙하기 전에 살해됐다.

악덕 탐정 야기의 시신을 유기한 뒤 범인이 다시 그의 집으로 돌아간 목적이 집을 뒤지기 위해서였다는 가키모토의 가설은 타당하다. 그렇다면 범인은 그 목적을 달성할 수 있었을까? 악덕 탐정이 쥐고 있던 비밀을 무사히 회수할 수 있었을까?

만약 고다 미쓰코가 살인범이거나 공범 중 하나라면, 현장에서 평범한 위스키 한 병만 회수했을 리가 없다. 그럼 그 이전에 그녀는 이미 뭔가를 가져갔고, 최초 발견자를 가장하려고 현장을 다시 찾은 걸까? 히노의 사고는 정처 없이 헤매고 있었다.

"그러고 보니 아까 이야기에서 나온 야기의 단골 바라는 곳에 대해서는 전혀 정보가 없습니까?"

"네. 6년 전 공갈 사건 기록에 그런 정보는 없었던 걸로 기억합니다."

"야기는 사망 직전까지 술을 마신 것으로 보입니다. 집에서 위스키를 마셨을 수도 있지만……."

"고다 미쓰코하고요?"

히죽거리는 가키모토를 보고 히노도 덩달아 웃고 말았다.

"그럴 수도 있고 단골 바라는 곳에서 마셨을 수도 있죠. 후자의 경우, 가게를 알아내면 사망 직전 행적을 파악할 수 있을 겁니다.”

“다른 수사반에 연락해서 카란 관계자한테 짚이는 게 없는지 물어보라고 하겠습니다. 그리고 이웃 주민에게도.”

가키모토는 부하에게 전화로 지시를 내렸다.

“……이걸로 됐고. 자, 우리는 어떻게 할까요?”

히노는 잠시 생각한 끝에 변호사를 만나러 가면 어떻겠냐고 제안했다.

“그 둘을 연결해 준 사람이군요. 하지만 현시점에서 거기까지 조사 대상을 넓힐 필요가 있을까요?”

가키모토는 순간 떨떠름한 표정을 지었다.

“야기가 카란과 연락하게 된 경위가 궁금하지 않으십니까?”

“경위라…….”

그는 오른쪽 귓불을 당기며 시선을 내려 손목시계를 보았다.

“……뭐, 그렇게 말씀하시니 가보도록 하죠. 잇가쿠 법률사무소의 변호사입니다.”

잇가쿠 법률사무소는 하나모리시 중심부에 자리했다. 현청 소재지를 근거지로 삼은 그들은 현 내에서도 손꼽히는 변호사 집단이다. 히노가 전화를 걸자 담당 변호사는 언젠가 연락이 올 줄 알았다면서 방문을 쾌히 승낙했다. 히메카미시에서 발견된 시신의 신원이 판명되었다는 뉴스는 오늘 아침부터 각 언론에서 대대적으로 보도하고 있었다.

“여기서 40분은 걸리겠죠?”

"그렇겠군요. 그럼 히노 계장님, 현지에서 봅시다."

가키모토의 차는, 히노가 도착했을 때는 이미 꽉 차 있던 제1주차장 게이트 바로 옆에 주차되어 있었다. 히노는 황급히 뒤편에 있는 제4주차장으로 달려갔다.


야기의 재판을 담당한 건 겐비시라는 변호사였다. 잇가쿠 법률사무소에서는 소속 변호사마다 역할을 분담하고 있는데 그는 주로 형사 사건을 맡는다고 한다.

"공갈 사건에서는 제가 야기 씨를 변호했지만, 민사로 넘어가면 그를 상대로 사무소의 다른 팀이 소송을 제기할 예정이었습니다."

달콤한 향기를 흩뿌리며 태연하게 웃는 겐비시 변호사는 히노보다 다섯 살 연상인 마흔여섯이었다. 사무소 사이트 프로필란에 적은 '취미: 테니스, 좋아하는 음식: 아사이볼'이라는 말이 무색하지 않을 만큼 젊어 보였고, 정장 아래의 탄탄한 몸이 인상적인 미남이었다.

"여기서 잠깐 기다리시겠습니까."

가키모토와 히노를 응접실로 안내하고 그는 일단 방을 나갔다. 냉방이 잘되어 있어서 순식간에 땀이 식었다.

"경박해 보이는 남자네요."

"저도 비슷한 생각을 했습니다."

"이상한 향수를 뿌렸던데요."

“라벤더 같습니다.”

“오, 향수를 잘 아십니까?”

“홋카이도로 여행을 갔을 때, 집에 정원도 없는데 아내가 라벤더 모종을 사들이더라고요. 맞아, 그때 오타루에 갔는데 크루징 중에 아내가 실수로 차 키를…….”

“기다리게 해서 죄송합니다.”

겐비시가 찻잔 세 개를 쟁반에 받쳐 가져왔다.

“드시죠. 아세롤라 홍차입니다.”

“오, 귀한 차네요. 감사합니다.”

한 모금 마신 가키모토는 마치 매실절임을 먹은 듯한 표정을 지었다.

“고마네서 분이라면 아까 다른 변호사를 만나러 오셨던 것 같은데 그때도 가키모토 씨가 계셨습니까?”

겐비시가 하얀 이를 보이며 물었다. 가키모토는 “아뇨. 그쪽은 다른 사건이겠죠”라고 무뚝뚝하게 답한 뒤 “변호사님도 바쁘실 테니 바로 본론으로 들어갈까요”라며 히노에게 질문을 은근히 재촉했다. 이번에는 히노가 주도하기로 되어 있었다.

히노가 먼저 “시간 내주셔서 감사합니다”라고 인사를 건네자 겐비시는 “어쩌면 제가 이번 살인범을 변호하게 될지도 모르니, 경찰의 수법을 알아둘 수 있는 좋은 기회죠”라며 시원스럽게 다리를 꼬았다. 다음으로 사건 개요를 설명했지만 겐비시의 반응을 보아하니, 이미 대략 파악하고 있는 듯했다.

"겐비시 씨는 출소한 야기 다쓰오와 연락하신 적 있습니까?"

"몇 번 했습니다. 제가 고다 씨의 법인, 그러니까…… 카란이었죠? 그 단체와 연락을 주고받는 데 관여했으니까요. 애프터케어를 해야겠죠. 소장은 돈도 안 되는 일에 그렇게까지 할 필요 없다고 했지만, 인맥을 늘리기보다 있는 걸 잘 관리해야 한다는 게 제 지론이라서요."

"고다 씨와는 예전부터 아는 사이였습니까?"

"아뇨, 전혀요. 물론 카란이라는 단체가 있다는 건 알고 있었습니다."

"야기 쪽에서 카란에 먼저 연락했다고 들었는데요."

"맞습니다. 형기가 끝나기 반년 전에 편지가 왔습니다. 카란이라는 출소자 지원 단체가 있는 것 같은데 거기서 지원을 받을 수 있는지 상담하고 싶다는 내용이었어요. 좀 의외였죠. 당연히 출소 후에도 탐정사무소를 차릴 줄 알았으니까요."

"일정 기간은 개업 허가가 안 나오지 않나요?"

"그 사람이라면 무허가로 차리고도 남죠."

"변호인이 그런 말 해도 됩니까?"

"저는 재판 중에 야기 씨가 반성하고 있다는 말을 단 한 번도 하지 않았습니다."

"실제로 그 일을 다시 시작했다고 보십니까?"

"그래서 살해당한 거 아닙니까?"

히노는 점점 이 변호사에게 호감을 느꼈다.

"그랬다면 과거에 야기의 조사 대상이었고, 약점을 잡힌 인물이 유력한 용의자 후보겠죠. 하지만 6년 전에 체포됐을 때의 조사 자료를 찾을 수 없어서, 용의자를 색출하는 게 무척 곤란한 상황입니다. 겐비시 씨가 야기를 변호하면서 얻은 정보 중에, 이제는 저희 측에 제공해 주실 수 있는 게 있을까요?"

"유감이지만 검찰이 입건한 건 말고 저희가 알고도 감춘 여죄는 없습니다. 말해두는데 저는 정의로운 명분이 없는 거짓말은 안 합니다."

"야기 다쓰오는 어디서 카란에 대한 정보를 입수했을까요? 체포 전부터 알고 있었습니까?"

"본인 말로는 동료 수감자에게 듣고 알았답니다. 그 상대가 누군지까지는 모르고요. 출소 후에도 익숙한 고마네시에 생활 거점을 마련하고 싶다는 생각이 강해서 저한테 상담하게 됐다고 했어요. 어디까지 진심이었는지는 모를 일입니다만."

겐비시의 중개로 고다가 야기를 면회하러 갔고, 교류가 이어지면서 카란에서 지원하기로 했다고 한다.

"재범 가능성이 있는 사람을 카란 대표에게 연결하는 데 망설임은 없으셨습니까?"

"딱히 추천하진 않았습니다. 결정하는 건 당사자들이죠. 다만 고다 씨한테 조언은 했습니다. 의존 치료가 필요할 거라고요."

"의존이요?"

"야기 씨한테는 소위 말하는 의존증이 있습니다. 의사도 아닌데 그런 진단을 내려서는 안 되겠지만 지금까지 저는 많은 사례에, 즉 약물이나 행동에 깊이 의존을 가진 분들이 저지른 범죄에 관여해 왔거든요. 야기 씨 본인도 자신이 그렇다는 걸 알고 있었을 겁니다…… 아, 아세롤라 홍차 더 드릴까요?"

"아뇨, 괜찮습니다."

"그러십니까…… 아마 야기 씨는 알코올 섭취뿐 아니라 가학 행위에 대해서도 행동을 제어하지 못했을 겁니다. 본인이 비밀을 알고 있는 사람이 보이는 당혹, 절망, 애원…… 그것이야말로 야기 씨의 뇌에는 입막음비보다 더 달콤한 보상이었을 게 틀림없어요. 야기 씨가 합의에 전혀 응하지 않고, 의사의 진단을 받아보라는 제 권유를 거절한 것도 본인이 교도소 수감을 바랐기 때문이라고 생각합니다. 복역으로 억지로 의존을 끊으려 했던 거죠. 하지만 적절한 치료도 받지 않고 범죄에 이를 정도의 중독에서 벗어나기는 어렵죠. 제가 재판에서 했던 유일한 주장은 '교도소보다 병원으로'였습니다. 물론 야기 씨는 내키지 않아 했지만요."

변호사는 눈을 감고 고개를 저었다.

"염원하던 수감이 결정됐는데도 그는 첫걸음부터 비틀거렸습니다. 재판이 끝난 뒤에 저한테 뭐라고 했는지 아십니까? 바 주인한테 자기가 마시던 술을 보관해 달라고 전해달라, 그러는 거 아닙니까! 나 원 참, 그때만큼은 정말 어이가 없더라고요. 당신

징역 5년 6개월 받았습니다, 하고 진지하게 말해줬죠. 하하."

"……그래서? 바 주인한테 전달했습니까?"

"부탁받았으니 별수 있나요. 가게에서는 안 된다고 거절당했지만요."

"그 가게 이름이 어떻게 됩니까……?"

생각지도 못한 행운이었다. 아세롤라 홍차 빛깔로 혀가 물든 변호사는 야기가 다니던 가게를 알고 있었다. 고마네시에 있다는 바 '불러바드'였다.


불러바드는 고마네시 중심부에서 벗어난 역 근처에 있었다. 역 앞 주차장에 차를 세우고 먼저 도착해 있던 가키모토와 합류했다. 이용객이 적은 역인지 작은 로터리에는 택시도 찾아볼 수 없었다.

가게 간판에는 오후 5시 오픈이라고 쓰여 있었다. 아직 세 시간도 더 남았지만 마스터가 가게에 있다는 건 전화로 확인했다.

묵직한 나무 문을 열었다. 종소리가 나지막이 울렸다. 정면 카운터 너머에 마스터가 서 있었다. 왼손에는 바인더, 오른손에는 볼펜을 든 그는 주르륵 늘어선 술병들을 보며 뭔가 확인하고 있는 것 같았다. 외모로는 30대 중반쯤으로 보이는 젊은 사장이었다. 긴 머리를 하나로 묶고 있었다. 히노가 제멋대로 상상한 것과 달리 수염은 없었다.

"우리 손님인데."

야기의 사진을 훑어본 마스터는 그렇게 답했다. 가키모토는 사진을 카운터에 올려둔 채 질문을 시작했다.

"이름은 아나?"

"야기 씨잖아."

"그가 시신으로 발견되었다는 소식은?"

"뉴스에서 봤어."

수염뿐 아니라 살가움도 없는 마스터였다. 그는 입을 거의 움직이지 않고 혼잣말하듯 대답했다. 상대에 따라 질문의 어조를 바꾸는 게 가키모토의 스타일인지, 주인을 향한 질문은 점차 위압적인 어조로 바뀌어갔다.

"여기 오래 있었나?"

"나? 야기 씨?"

"둘 다."

"가게를 낸 게 11년 전이고, 야기 씨가 오기 시작한 게 7, 8년 전. 미행하는 중에 들렀는데 마음에 들었나 봐."

"야기가 사립 탐정이라는 걸 알고 있었군?"

"단골 되고 말해주더군."

"공갈과 사기로 붙잡힌 건?"

"지역에서 일어난 사건인데 모르는 게 이상하지."

마스터는 오른손에 든 볼펜을 빙글 돌렸다. 단골이라 해도 그 기간의 절반 이상을 야기는 교도소에서 보낸 셈이다.

"출소하고 바로 다시 여기 드나들었나?"

“그랬지.”

“술병을 새로 땄나?”

“응?”

“복역 중에도 보관해 달라고 부탁했잖아?”

“아, 그 얘기군. 위스키는 개봉해도 보관 가능하지만 반년 안에 오지 않으면 버리는 게 우리 가게 규칙.”

“야기가 마지막으로 찾아온 건?”

“나흘 전. 지난달 27일 밤.”

6월 27일, 가키모토의 옆얼굴에 긴장이 스쳐 지나갔다. 하지만 그는 변함없는 목소리로 마스터를 위협하듯 말했다.

“기억이 아주 선명하군그래.”

“나는 손님하고 달리 기억이 날아갈 만큼 안 마시니까. 야기 씨는 당신이 지금 기대고 있는 카운터에서 세 시간쯤 마셨어.”

“그게 몇 시쯤이었지?”

“밤 8시부터 11시.”

사망 추정 시각 범위 안이다.

“그동안 다른 손님도 있었나?”

“단골 부부 손님이 9시쯤 왔는데 야기 씨가 돌아갈 때도 계속 있었을 거야.”

“가게에 카메라는?”

“그런 흥 깨는 건 없어.”

“야기한테 이상한 점은 없었나?”

"평소처럼 조용히 마셨어."

"그래도 전혀 대화를 나누지 않은 건 아니겠지?"

"누구를 공갈 협박하고 있다는 얘기는 안 했어."

"농담이 나오나? 야기 다쓰오는 살해됐어. 우리는 그 단서를 찾는 중이고."

"나는 아무것도 못 들었어. 그 사람은 항상 노트북을 보면서 자기가 만든 미즈와리*를 묵묵히 마셨으니까."

"27일 이전이라도 상관없어. 뭔가 기억에 남는 얘기 없나?"

"술 주문 말고 손님이 한 말은 기억에 안 남겨."

"아까는 기억이 날아갈 일은 없다고 호언장담하지 않았나?"

"글쎄. 그것도 기억이 안 나네."

"야기가 컴퓨터를 갖고 왔다고. 그걸로 뭘 했지?"

"이쪽에서 그게 보이겠어?"

"다른 소지품은?"

"컴퓨터가 들어가는 크기의 가방. 스마트폰이랑 지갑도 거기서 꺼냈어."

"야기의 인간관계에 대해 아는 범위에서 말해줘."

"여기 있을 때의 모습밖에 몰라. 다른 단골손님 정보는 말할 수 없고."

"다시 말하는데 이건 살인 사건 수사다."


* 술에 물을 탄 것.

"우리는 서비스업이야. 한번 신뢰를 잃으면 끝이라고. 반복해서 불미스러운 일을 일으켜도 살아남을 수 있는 조직에 속해 있으면 그런 거 모르겠지만."

"뭐라고……."

"사진 보여주면서 '이 사람이 왔냐?'고 물으면 예, 아니요로 답해줄 수는 있지만 무작정 손님에 대해서 말하라고 하면 당연히 거절하지."

가키모토는 표정을 한껏 구기며 혀를 찼다. 그러고는 야기의 사진을 구기듯 카운터에서 집어 주머니에 쑤셔 넣었다.

"카란이라는 법인에 대해 들은 적 있나?"

"야기 씨가 지원받던 NPO잖아."

"그 단체 관계자가 가게에 온 적은?"

"있어."

"뭐? 그게 언제지?"

"작년 11월이나 12월."

야기가 출소하기 직전에 해당하는 시기다.

"뭐 하러 왔지?"

"야기 씨 이야기를 듣고 싶어서, 그런 느낌이었지, 아마."

"구체적으로는?"

"구체적인 얘기는 안 했어. 손님 이야기는 할 수 없다고 거절했으니까."

"이름은?"

"글쎄. 기억이 안 나네."

히노는 스마트폰에서 카란 사이트에 접속해 고다 미쓰코의 사진을 확대한 뒤 테이블에 놓았다. 마스터는 야기의 사진을 보았을 때보다는 다소 시간을 들여 찬찬히 보더니, "이 사람이야"라고 말했다.

고다는 야기의 단골 바를 모른다고 했다. 거짓말을 한 것이다.

마지막에 간신히 수확을 거둔 가키모토의 표정이 환해졌다.

"고마워. 역시 행운을 가져다주는 가게군. 그런데 이 사람이 가게에 왔다는 정보는 꽤 솔직하게 말해준 것 같은데 이유가 뭐지?"

"내가 의리를 지키는 건 손님한테만이야. 그 사람은 아무것도 주문 안 했어."


낮은 종소리를 들으며 두 형사가 가게에서 나왔다.

"가키모토 주임님, 아까 '행운을 가져다주는 가게'라는 게 무슨 말입니까?"

"그야 '파랑새'지 않습니까."

가키모토는 가게 이름 불러바드를 블루버드로 착각한 모양이었다.

"아, 대로라는 뜻이군요."

방금 전까지 마스터에게 으름장을 놓던 수사 주임은 술 마신 사람처럼 얼굴을 붉히며 귓불을 잡아당겼다.

"이제 어떻게 할까요? 다시 고다 미쓰코를 조사하는 방법도 있습니다만."

"그렇게 서두를 필요는 없지 않을까요. 퇴원하면 서로 부르겠습니다."

가키모토는 갑자기 느긋한 태도로 나왔다.

"이따 회의도 있으니 슬슬 식사나 하시죠? 벌써 2시네요."

두 사람은 역 앞의 작은 상점가로 돌아와 정식집에 들어갔다. 가키모토는 돼지고기생강구이를, 히노는 돈가스덮밥을 주문했다.

"아까 그 바가 단골이라면 야기의 집도 이 근처입니까?"

"가깝지는 않지만 걸어갈 수 있는 거리입니다."

가키모토는 다세대주택 뒤쪽의 오래된 공장 지대나 농지를 가로지르면 이 근처까지 30분쯤 걸릴 거라고 설명해 주었다.

"그러고 보니 시라카와 기요시가 살해된 날 수상한 여성 손님에게 표백제를 팔았다는 가게도……."

"네. 이 근처입니다."

히노가 도착하기 전에 가키모토가 들러봤지만 셔터가 내려져 있었다고 한다.

"아무튼 야기가 살해된 시간대를 좁힐 수 있던 건 큰 수확입니다."

아닌 게 아니라 그랬다. 지금까지는 6월 27일 오전 8시부터 28일 오전 8시까지 사망 추정 시각에 24시간 폭이 있었다. 하지

　　　　7월 1일

만 야기가 27일 오후 11시까지 바에서 마시고 있었다면 그 폭은 단번에 좁아진다.

"게다가 부검으로 야기가 죽기 조금 전까지 음식을 섭취했다는 사실이 밝혀졌지 않습니까. 그렇다면 블루…… 아니, 불러바드에서 귀가하자마자 살해됐다고 봐야겠죠."

바에서 야기의 집까지 걸어서 30분. 취한 상태였다면 조금 더 걸리겠지. 야기가 살해된 건 6월 27일에서 28일로 날짜가 바뀌는 자정 전후로 보아도 문제없을 것이다.

"우선 27일 밤에 바에서 귀가 중인 야기를 본 사람이 없는지. 만일 그때 누군가와 같이 걸어가는 모습이라도 목격됐다면…… 아, 그 전에."

가키모토가 스마트폰과 수첩을 테이블에서 치웠다.

"주문하신 식사 나왔습니다."

돼지고기생강구이의 고기는 삼겹살이었다. 가키모토는 등심보다 좋다며 만족스러워했다. 돈가스덮밥은 뜻밖에도 우스터소스가 뿌려져 있어, 일본식 간장소스를 기대했던 히노의 혀를 당혹스럽게 했다.

오후 4시에 예정된 회의에는 고마네서에서 참가하기로 하고, 그 전에 살해 현장을 둘러보기로 했다.

점심 식사를 마치고 역 앞 상점가를 나와 큰길 옆 샛길로 빠져 밭 가운데의 농로를 달렸다. 이윽고 황폐한 느낌의 공장 지대를 빠져나오자 목적지인 다세대주택이 나왔다.

사건 현장인 화이트하우스는 소박한 2층 건물로 중앙에 자리한 외부 계단을 사이에 두고 좌우 동이 하나의 건물을 이루고 있었다.

계단 아래에는 고다 미쓰코가 쓰러져 있던 콘크리트 공간이 있고, 좌우 벽을 따라 프로판가스 봄베가 네 개씩 늘어서 있었다. 각 층 통로는 건물 뒤쪽에 있어서 길에서는 여덟 세대의 창문과 베란다가 보이는 구조였다. 야기가 거주했던 세대를 포함해 절반인 네 세대에 세입자가 들어와 있다고 한다.

히노는 가키모토와 함께 왼쪽 동 2층 안쪽에 있는 201호실에 들어갔다. 실내에서 문을 잠그는 방식은 문손잡이의 잠금장치를 돌리는 일반적인 타입이었고, 도어체인도 흔히 보는 U자형이었다.

현관으로 들어서자 부엌을 겸한 짧은 복도가 뻗어 있고 왼쪽에는 싱크대, 오른쪽에는 화장실과 세트인 욕실이 있었다. 현관에서 살해한 야기의 시신을 이 좁은 욕실에서 훼손했다면 범인은 분명 불편했을 것이다.

안쪽에 세 평짜리 방이 있고 부엌과는 미닫이문으로 나뉘어 있었다. 수사를 위해 가재도구를 가져간 탓도 있어서인지 실내는 휑했다. 들어서자마자 오른쪽에 있는 벽장이 바로 시라카와의 시신이 발견된 현장이다.

"통신 기기기류는 발견되지 않았고, 유선 전화는 계약되어 있지 않았어요."

베란다로 나갈 수 있는 창 옆에 동그랗게 말린 이불이 있었다. 커튼은 얇은 레이스 소재의 속 커튼뿐이었다.

방을 나와 2층 외부 통로에서 뒤쪽의 공장 지대를 바라보았다. 조금 전 지나온 길을 이용하면 차량도 주택가를 지나지 않고 다세대주택에 접근하기 어렵지 않다. 부지 안으로 들어올 때도 굳이 도로와 접한 쪽으로 돌아갈 필요 없이 1층 외부 통로의 낮은 담을 넘으면 된다. 나갈 때도 마찬가지라 이 방법으로 시체를 내보내는 것도 가능하다. 계단을 오르내릴 때만 조심하면 남의 눈에 띄지 않고 야기의 집을 오갈 수 있을 것이다.

1층으로 내려가 도로에서 다시 건물을 돌아봤다. 다세대주택은 폐가와 공터 사이에 자리하고 있었다. 공터 일부는 주차장으로 쓰이고 있었는데, 가키모토와 히노가 타고 온 차량 두 대 말고도 고다 미쓰코가 타고 온 차, 그리고 야기 소유의 검은색 바이크가 세워져 있었다.

"체포되기 전부터 애용하던 바이크인 것 같습니다. 면허 갱신은 교도소에서 끝낸 모양이고요."

그때 주택가 쪽에서 차량이 다가와 주차장에 멈춰 섰다. 운전석에서 내린 건 고마네서의 젊은 수사관이었는데, 제법 날카로운 인상의 청년 형사였다. 가키모토는 "잠깐 실례합니다"라 하고는 그쪽으로 갔다.

조수석에서 내려 히노에게 달려온 이리에는 다짜고짜 "다른

서 수사관이랑 일하는 건 자극이 되네요"라고 열정적으로 말했다. 자기 들으라고 하는 소린가? 순간 그런 생각에 히노는 더욱 기분이 별로였다.

"뭐 좀 건졌어?"

"네. 시간대를 좁힌 덕에 시라카와 씨가 이쪽으로 올 때의 영상을 찾았습니다."

시라카와의 자택 근처 빌딩 카메라에 도로를 따라 이쪽 방면으로 걸어가는 그의 모습이 찍혔다고 한다. 빈손이었고 옷차림은 시신 발견 당시와 같았다. 시간은 6월 28일 오후 3시 40분이었다.

"빌딩에서 여기까지 걸어서 10분 남짓인데, 카메라에 찍힌 걸 보니 시라카와 씨의 걸음걸이는 느린 편이었지만 그래도 15분이면 충분할 것 같아요. 그 후 반대 방향으로 돌아가는 모습은 기록 안 됐고요."

확실히 상황으로 보아 시라카와 기요시가 다세대주택으로 가는 길에 찍힌 영상이 틀림없을 것이다. 고다 미쓰코가 호텔에서 그에게 연락해 야기 이야기를 했다는 건 거짓말이 아닌 듯했다.

히노는 생각을 이어갔다.

범인은 27일 밤에 바에서 막 돌아온 야기 다쓰오를 살해하고 신원을 알아내지 못하도록 시신을 훼손했다. 이때 범인은 최대한 범행 흔적을 남기지 않기 위해 피를 물로 흘려보낼 수 있는 욕실에서 작업했다.

하지만 비좁은 욕실에서 작업하느라 시간을 소비한 탓에 그날 밤 집 안을 뒤질 여유가 없었다. 6월 말은 동트는 게 이르다. 4시 반 전후로 해가 떴을 것이다. 범인은 해가 뜨기 전에 시체 유기만이라도 끝내고 싶었다.

새벽녘에 작업을 끝낸 범인은 집을 뒤지기 위해 다시 다세대 주택을 찾았다. 그게 28일 오후. 도로와 접한, 얇은 속 커튼만 쳐진 집이니, 밖에서 보이지 않도록 불을 켜지 않고 실내를 확인할 수 있는 편이 좋겠다 싶어서 왕래가 많은 출퇴근 시간을 피해 한낮에서 저녁 무렵까지의 시간대를 택했다.

마침내 시작된 수색. 하지만 도중에 예기치 못한 사건이 발생했다. 오후 4시 조금 전에 갑자기 집 초인종이 울렸다. 그것도 여러 번. 이어서 문을 두드리는 소리가 났다. 나이 든 남자 목소리가 "야기 씨, 집에 계신가?" 하고 불렀다.

당연히 범인은 문을 잠갔다. 그대로 넘어갈 수 있다고 생각했는데, 어찌 된 일인지 문 여는 소리가 들렸다.

열쇠를 갖고 있는 걸 보면 들어온 이는 관리인 같은 인물이 아닐까 짐작한다. 현관만 들여다보고 그대로 돌아가기를 기대했지만 남자는 야기를 찾으며 다가왔다.

2층이라 해도 베란다에서 뛰어내리는 건 위험하다. 어쩔 수 없이 범인은 방을 찾아온 그 남성, 시라카와 기요시 역시 살해하기로 한다.

범인은 안쪽 방에서 움직이지 않았다. 부엌으로 나가면 확실한 흉기, 식칼을 구할 수 있지만 미닫이문을 여는 순간 얼굴이 노출될 것이고 그대로 놓쳐버릴 가능성도 있다.

범인은 금고를 들어 올렸다. 문이 열린다. 안으로 들어온 시라카와가 인기척을 느끼고 오른쪽으로 얼굴을 돌리려 하는 순간, 힘껏 내리친다. 금고는 시라카와의 벗겨진 이마 부근을 직격하는데…….

"히노 계장님."

이름을 부르는 소리에 놀라 비명을 지를 뻔했다. 어느새 가키모토가 곁으로 다가와 있었다.

"죄송하지만 저는 먼저 서로 돌아가겠습니다. 그리고 회의 말인데요, 저희 사정으로 시작 시간이 오후 5시 반으로 변경됐습니다. 히노 계장님은 이리에 씨와 카란에 가주시겠습니까? 고다 미쓰코와 야기의 관계에 대해 직원이 뭔가 생각난 게 있을지도 모르니까요."

그 말을 남기고 가키모토는 먼저 출발했다.

"그럼 저희도 출발할까요."

청년 형사의 말에 히노는 손을 들어 그에게 답했다.

"나도 서에서 호출을 받아서 가봐야겠군."

히노의 대답에 이리에가 눈을 동그랗게 떴다.

"계장님, 무슨 일이에요?"

"그러니까 계속 둘이 조사해."

"무슨 일로 호출했는데요?"

"그야 가봐야 알지. 가봐, 청년이 기다리네."

재촉하는 히노를 이리에가 노려보며 말했다.

"설마 계장님, 이상한 데 신경 쓰시는 거…… 아니죠?"

"글쎄."

"혹시 하보로 과장님이랑 상관있어요?"

"그게 무슨……."

"부하한테 말 못 하는 단독 행동, 똑같잖아요."

"……됐고 얼른 가기나 해. 시간 낭비 말고."

히노는 손목시계를 보았다. 오후 3시 25분. 시간은 충분할 것 같았다.


3


이리에는 가끔 유독 예리할 때가 있다. 히노는 운전하며 부하의 직감에 혀를 내둘렀다.

어제 오누마 하야토를 만난 뒤로 히노는 하보로의 외출이 신경 쓰이기 시작했다.

수상한 인물이 초등학생에게 말을 건 사안에 대한 대응이 불충분하다고 호소하는 우에무라 교코. 그녀가 사는 지역에 하야토의 집이 있고 하보로는 오누마 집안의 사정을 잘 알고 있다. 하보로의 행적이 묘연해지는 저녁 시간은 초등학생의 하교 시간대에 해당하고…….

하보로는 결코 일을 못하거나, 하기 싫어하는 녀석이 아니다. 만일 그랬다면 그 시간에 굳이 사타케 와타루의 본가를 찾아갔겠는가. 무능한 논커리어* 경찰관은 과장이 될 수 없다.

그런 녀석이 어째서 수상한 인물이 있다는 제보를 받고도 할 수 있는 조치를 취하지 않았는가. 직접 물어봐도 하보로는 대답하지 않을 것이다. 신경 끄고 자기 일에나 전념하라고 할 게 뻔했다. 솔직히 지금 생활안전과 일에 끼어들 여유는 없다……라고 생각했지만 갑자기 시간을 자유롭게 쓸 수 있는 기회가 생겼다. 카란은 작은 법인이다. 형사 세 명이 달라붙어 조사할 것도 없다.

앞 유리창 너머로 무자비하게 쏟아지는 오후의 햇살을 받으며 히노가 운전하는 차는 히메카미 시내로 돌아왔다. 고마네시와 인접한 동부 데쓰난 지구로 들어섰다. 나란히 달리는 철로와 국도 위로 펼쳐진 고지대에 자리한 주택가다.

우선 히노는 국도변의 파출소를 찾았다. 수상한 인물과 마주친 소년의 가족이 처음 찾아온 곳이 바로 여기였다.

히노를 맞이한 건 야기의 시신이 발견된 기타야마 지구에서

---

* 각 도도부현 경찰 채용 시험을 통해 순사(순경)부터 시작하는 일반 경로를 말함. 국가공무원 시험으로 경찰청에 직접 채용되는 엘리트 코스인 '커리어'와 대비되는 개념으로, 승진 속도와 도달 가능한 직급에서 커리어와 상당한 차이가 있다.

        7월 1일

교통 규제를 했던 젊은 경관이었다.

"앗, 히노 계장님. 수고하십니다."

히노는 일부러 일어서 인사하는 경관에게 앉으라고 말했다.

"이틀 전 훗코위클리에 실린 투서 건 알지?"

경관의 표정이 굳어지더니 벌떡 일어섰다.

"네! 저희 대응이 미숙한 탓에 큰 폐를……."

"아니. 뭐라고 하려는 게 아니라."

황급히 어깨를 눌러 다시 앉혔다.

"그 전조 사안에 대한 초동 수사는 생활안전과에서 주도하기로 되어 있어. 지역과와 연계가 안 됐다면 그건 그쪽 책임이야."

"그렇다고 말씀드리긴 어렵습니다."

"문제의 사안에 대해 알려줬으면 하는데 시간 괜찮나?"

그는 "물론입니다"라고 대답하더니 결국 일어섰다. 투서 건으로 기록을 다시 살펴본 참이라며 막힘없이 설명을 이었다.

"초등학교 4학년 남학생인 나카야마 다이야에게 수상한 남성이 말을 걸어온 건 5월 13일 월요일 오후 4시 30분쯤이었습니다. 학교가 끝나고 친구 집에 놀러 갔다가 집으로 돌아오는 길에 근처 '이가구리 공원'에 들러 정글짐 위에서 게임용 카드를 정리하고 있었는데 성인 남성이 말을 걸어왔습니다."

"구체적으로 뭐라고 했지?"

"처음에는 '안녕'이고 다음이 '혼자 노니?'였습니다. 마스크에 선글라스, 거기다 모자까지 써서 자세히 보진 못했지만 다이야는 모르는 사람이었다고 단언했습니다.”

“아이는 그 질문에 답했나?”

“말을 걸어오자마자 정글짐에서 뛰어내려 ‘시끄러 멍청아’ 하고 소리치며 냅다 도망쳤습니다. 쫓아오는 듯한 기색은 없었고요.”

“피해 신고는 사안 발생 직후에 한 건가?”

“아뇨. 다음 날인 14일에 어머니가 저희 파출소로 찾아왔습니다. 아들이 착각한 걸지도 모르지만 혹시나 해서 왔다며 미안해했습니다.”

“고마워. 그 아이 집과 이가구리 공원 위치 좀 알려줄 수 있나?”

두 곳 다 걸어갈 수 있는 거리였다. 파출소에 차를 두고 히노는 주택가 언덕을 올랐다.

놀랍게도 이가구리 공원에 밤나무는 없었다.* 아까 경관은 이 사실을 알고 있을까. 히노는 돌아갈 때 물어봐야겠다고 생각했다. 공원은 단독주택이나 자취하는 학생들을 위한 다세대주택에 둘러싸여 있었지만, 다소 접시형으로 움푹 팬 지형과 밤나무가 아닌 활엽수들이 우거진 탓에 주민들의 시선에 상시 노출된 곳이라고는 할 수 없었다.

* 일본어로 이가구리는 밤송이 속에 들어 있는 송이밤을 의미한다.

공원에서 언덕길을 좀 더 올라 나카야마 다이야의 집까지 갔다. 주변에 비슷한 주택들이 늘어서 있었는데 차고가 넓고 정원도 있어서 비좁은 느낌은 아니었다. 노후 계획에 참고할 겸 주택 가격을 물어보고 싶군. 히노는 땀을 닦으며 그런 생각을 했다.

초인종을 누르자 여자 목소리가 대꾸했다. 5월에 발생한 일로 히메카미서에서 왔다고 말하며 인터폰 카메라에 경찰수첩을 들이대고 이름을 밝혔다. 잠시 뒤에 현관문이 열렸다. U자형 도어체인은 걸린 채였다.

"일전에 발생한 수상한 인물 건으로 불안해하시는 가운데, 경찰로서 충분히 대응하지 못한 점 진심으로 죄송합니다."

"네. 그 일이라면 이미 사과를 받았는데요."

"다시 한번 당시 얘기를 들을 수 있을까 해서요."

"네. 그것도 파출소의 경찰분께 이미 말씀드렸는데요."

"물론 그 이야기는 들었습니다. 다만 이번 신문에 실린 지적을 진지하게 받아들인 결과, 파출소에만 맡길 수는 없다고 생각해 찾아뵈었습니다."

"피해 신고 직후에 생활안전과 과장님과도 직접 얘기했는데……."

"아저씨 누구야!"

갑자기 뒤에서 누군가가 소리를 꽥 질렀다. 돌아보니 남자아이가 손가방을 무기처럼 휘두르며 히노를 향해 으름장을 놓았다.

"우리 엄마 괴롭히는 거야?"

“잠깐, 다이야.”

나카야마 다이야는 머리를 아주 짧게 자른, 정의감 넘치는 사내아이였다.

“네가 다이야구나. 수상한 사람과 마주친 일에 대해 묻고 싶은 게 있어서 왔단다.”

“아저씨도 수상한 사람이잖아.”

“아저씨는 형사야.”

“엄마, 진짜야?”

“그만하고 들어와.”

아이 덕에 도어체인이 풀렸다.

“현관에서 들어도 될까요?”

“감사합니다. 시간은 얼마 안 걸리니까 문은 열어두셔도 됩니다.”

“그러는 게 이웃들 볼까 더 신경 쓰여요.”

“하긴 그렇겠군요. 그럼 실례하겠습니다…… 가능하면 다이야에게도 얘기를 듣고 싶은데요.”

“정말? 바나나만 먹고 할게.”

신발을 벗으며 발꿈치로 히노를 차더니, 다이야는 복도를 달려가 집 안으로 사라졌다.

“죄송해요.”

“기운 넘쳐서 좋네요.”

“……궁금하신 게 뭔가요?”

우선 히노는 수상한 인물과 마주친 게 5월 13일의 일인데, 다음 날에 파출소로 찾아와 피해 상담을 한 사정에 대해 물었다. 어머니는 아들한테 밤 8시가 다 되어서야 이야기를 들었다는 걸 이유로 들었다.

"가급적 일찍 하려고 했는데 늦은 시간에 조사를 받게 되면 아이에게 부담이 클 것 같아서요. 게다가 남편이⋯⋯."

귀가한 남편은 다이야가 알아보지 못했을 뿐 근처에 사는 이웃일 가능성도 있지 않겠냐며 신중한 의견을 내놓았다. 그래서 더욱 신고를 망설였다고 한다.

"하지만 아이한테 다시 물으니까 절대 모르는 사람이었다고 하는 거예요. 일단 남편이 목욕하는 사이 지역 방범 봉사활동을 하시는 분한테 전화로 상담했어요. 그랬더니 역시 피해 보고는 해야 한다고 하더라고요. 그래서 남편이 없는 낮에 해야겠다고 생각하고 다음 날에⋯⋯."

"뭘 그렇게 집요하게 묻는 거야!"

바나나를 입에 쑤셔 넣은 사랑스럽고 정의감 넘치는 소년이 무어라 외치며 현관으로 다가왔다.

"다이야. 수상한 사람이 뭐라고 말했는지 지금도 기억하니?"

"내가 바보인 줄 알아? 안녕, 이랑⋯⋯ 음, '혼자 노니?'라고 했어."

"지금까지 비슷한 일을 겪은 적이 있니?"

"아뇨, 없어요. 그렇지?"

"없어. 엄마, 바나나 하나 더 먹어도 돼?"

"그래, 먹어."

다이야는 돌진해서 복도 안쪽으로 사라졌다.

"그날 아드님이 친구 집에서 놀다 왔다고 들었습니다."

"**오누마**라는 친구가 있는데요, 그 애 집에서 돌아오는 길에."

그 대답에 히노의 온몸에 열이 올랐다.

"4시 넘어서 오누 엄마가 일 나간다고 해서 집에 왔어!"

안쪽에서 다이야가 사정을 알려줬다. 경찰이 엄마를 괴롭히면 즉시 달려오려고 엿듣는 모양이었다.

"아, 오누는 오누마의 별명이에요. 다이야만 그렇게 부르는 것 같지만요. 엄마가 없을 때는 집에 친구를 안 들인다는 게 오누마 씨네 규칙이래요."

"확인차 여쭙습니다만, 오누마라면 오누마 하야토 말인가요?"

"아, 네. 맞아요."

"그 댁 어머니는 항상 늦은 시간에 일을 나가십니까?"

"매일 그런 건 아니고, 일찍 나가는 날도 있고 늦게 나가는 날도 있는 것 같아요. 수상한 사람이 다이야에게 말을 건 소식이 알려진 뒤, 바쁘신 와중에도 일부러 사과하러 오셨어요. 근무 시간이 늦은 날이라서 다이야를 돌려보내기로 했다고. 같이 집에서 나왔으니 데려다줄 걸 그랬다고. 하지만 저희 집과 호프마트는 반대 방향이니까……."

"호프마트라면 저 아래 국도변에 있는 슈퍼 말입니까?"

"네. 거기서 일하세요."

여기서 히노는 조금 힘주어 물었다.

"다이야가 오누마 씨 댁에서 나왔을 때 하야토도 같이 나왔나요?"

"오누하고는 현관에서 헤어졌어!"

히노와 어머니는 서로 마주 보고 소리 없이 웃었다.

"정말 죄송해요."

"끝으로 하나만 더 여쭙겠습니다. 아까 지인에게 전화해서 상담하셨다고 했는데, 그 지인이 혹시 우에무라 교코 씨인가요?"

"네. 맞아요. 정말 의지가 되는 분이라, 그 뒤로도 걱정해 주셨고, 최근엔 신문에 투서까지 보내서 항의하셨죠. 경찰분들께는 죄송하지만……."

"아닙니다. 귀한 의견 주셔서 감사하죠. 게다가 우에무라 씨는 평소에도 저희를 도와주고 계시니까요."

그렇게 답하자 어머니는 안도한 듯한 표정을 지었다.

"시간 내주셔서 감사합니다."

"잘 부탁드립니다."

"다이야도 고맙다!"

안쪽에서 다이야가 "빨리 가!"라고 격한 응원을 보냈다.


국도로 내려와 파출소를 향해 걸어갔다. 가다 보니 '호프마트 데쓰난점'이 보였다. 널찍한 주차장이 장을 보러 온 손님들을 차례로 빨아들였다가 다시 뱉어낸다. 슈퍼에는 임대 매장도 들어와 있었는데, 우동집 간판도 보였다. 하야토의 시에 등장한 우동집이 저곳일지도 모른다.

5월 11일에 시가 게재됐고, 13일에 수상한 인물이 나타났다.

히노는 하보로의 생각을 이해할 수 있을 것 같았다.

어쩌면 우에무라가 홋코위클리에 **투서를 보낸 의미**까지도.

파출소로 돌아온 히노를 젊은 경관이 경례로 맞이했다.

"고생하셨습니다."

"수고했어. 하나 더 궁금한 게 있는데."

"네. 말씀하시죠."

"하보로한테 뭐 부탁받은 거 없어?"

"아…… 없는데요."

"문제 삼으려는 거 아냐."

"……있습니다. 사흘 전까지 '순찰 중에 날 봐도 말 걸지 마'라고 하셨어요."

"고마워. 그런데 이가구리 공원에 밤나무 없는 거 알아?"

"알고 있습니다!" 경관은 기운차게 답했다. 오늘 들은 이야기 중에 가장 시시한 대답이었다.


급히 히메카미서로 돌아왔지만 수사 회의 시작 시간이 더 뒤로 미뤄졌다는 연락이 왔다. 이리에도 고마네서 수사관과 헤어

 7월 1일

져 이쪽으로 오는 중이라고 했다.

좋아, 지금밖에 없군. 이번에야말로. 히노는 자리에서 일어나 1층으로 내려갔다. 누구의 방해도 받지 않고 마침내 경무과 문을 열었다.

"위장약 받으러 왔습니다."

"수고 많으세요. 여기 신청서 작성 부탁드립니다."

이리에와 동갑이라는 사무 담당 행정 직원이 책상 위 투명 케이스에서 신청서를 꺼냈다.

"힘드시겠어요. 살인 사건이라니. 아야노 씨는 잘 지내나요?"

직원은 이리에를 이름으로 불렀다.

"곤란할 정도로 너무 잘 지내지."

작성한 신청서를 건네자 위장약은 한 번에 세 포까지만 신청할 수 있다며 웃으며 되돌려 주었다.

"많이 받고 싶었는데."

"심정은 이해해요."

"그러고 보니 위장약이 예방 역할도 하나?"

"미리 드시겠다고요?"

"그래. 미리 방어하는 거지."

히노가 파이팅 포즈를 취하자 직원은 벌어진 입을 왼손으로 가리며 웃었다.

"계장님은 재미있는 분이시네요."

"진지한 질문이었는데."

"죄송해요. 음, 세 포 드리면 되죠?"

직원은 히노의 손에서 종이를 가져가 숫자를 대신 고쳐 써줬다. 그녀의 손목시계가 곧 5시 20분을 가리키려 하고 있었다.

"퇴근 직전에 미안하네."

"신경 쓰지 마세요. 자, 여기요."

직원은 선반에서 꺼낸 위장약 세 포에 본인의 책상 서랍에서 꺼낸 세 포를 더해 히노에게 건넸다.

"사실 지난달 물품 대장을 확인해 보니 안 맞더라고요. 비밀로 해주세요."

작은 비밀을 가슴에 품고 기분 좋게 수사계로 돌아오니, 그 사이 돌아와 있던 이리에가 히노를 보자마자 벌떡 일어섰다.

"계장님!"

"왜 그래, 아야노."

기분이 좋아 놀리듯 이름을 부르자 이리에는 무시무시한 눈길로 노려봤다.

"무슨 일 있었어?"

"있는 정도가 아니에요. 고마네서에서 퇴원한 고다 미쓰코를 임의로 잡아들였어요."

"확실해?"

"방금 전 과장님께 연락이 왔어요."

"우선 최초 발견자를 의심하는 건가. 우리랑 똑같네."

"계장님처럼 되는대로 움직이는 게 아니라 어느 정도 증거를 모았대요."

이리에는 말에 가시를 숨기려 하지 않았다.

"합동 수사라고 하더니, 역시 따로 꿍꿍이가 있었던 거죠."

"······그러고 보니 좀 신경 쓰이는 일이 있긴 했어."

"뭐죠?"

"야기의 재판을 담당한 변호사를 만나러 갔었는데 이미 고마네서 수사관이 그 사무소를 찾아왔던 것 같더라고. 가키모토 주임은 별건이라고 했는데······."

"선수를 친 거죠. 어쩐지 수사본부 설치를 안 하더라니. 고마네서 형사과에선 초기 단계부터 유력 용의자를 특정해 두었고 현경 본부에서도 그걸 알고 있었던 거예요."

"어쩔 수 없지. 두 건 다 고마네서 관할 구역에서 일어난 살인이니까."

"어쩔 수 없지 않거든요? 시체가 유기된 건 우리 관할이라고요."

"수사에 이기고 지는 게 어디 있어. 고마네서도, 우리도 똑같이 사건을 해결한다는 목적을 가지고 있잖아. 그 과정에서 주도권은 고마네서로 넘어가는 거라고 과장님이 말씀하셨어. 그걸로 납득할 수 없나?"

그렇게 말하는 히노를 이리에는 가만히 바라보았다.

"······혹시 계장님, 일이 이렇게 되어서 안심하신 거예요?"

"뭐라고?"

"다카미야 검시관한테 압박받았다고 말씀하셨죠? 계장님이 히메카미서에 부임해 처음 맡는 살인 사건이에요. 거기에 홋코 위클리 투서도 겹쳤고요. 근데 수사의 중심이 고마네서로 옮겨 가, 우리가 을의 입장이 되면 계장님 책임은 그만큼 작아져요. 의견 충돌로 고마네서와 줄다리기하는 것보다 상대의 수사 방침에 따라 움직이면 득점은 못 하겠지만 실점도 없죠."

"이리에, 너……."

"물론 저도 좀처럼 없는 큰 사건에 들떠 있어요. 가능하면 공을 세우고 싶다는 속셈도 있고요. 그렇다고 계장님한테 무리한 요구를 하는 게 아니에요. 부하로서 상사한테 어쩔 수 없다는 말을 쉽게 듣고 싶지 않을 뿐이라고요. 진심으로 열혈 상사이길 바란 건 아니에요. 그래도 역시 조금 실망감이 드는 건 어쩔 수 없네요."

서로를 노려보며 말없이 있는데 과장이 나타났다.

"6시부터 회의 시작합니다."


회의에서 가키모토 주임의 입을 통해 새롭게 밝혀진 사실은 다음과 같았다.

우선 깨진 위스키 병에서 채취한 또 다른 지문은 당연하게도 고다 미쓰코의 지문으로 확인됐다.

문제는 지문뿐 아니라 맨발 족문까지 야기의 집 곳곳에서 채취되었다는 사실이었다. 선명한 것부터 흐릿한 것까지 그러데이

       7월 1일

선처럼 존재하는 족문은, 고다 미쓰코가 꽤 빈번하게, 여러 차례에 걸쳐 야기의 집을 찾아왔음을 시사했다. 이 점은 병원에서의 "집 안까지는 거의 안 들어가요"라는 진술과 크게 모순된다.

거기에 더해 이웃 주민에게서 "가끔 201호실을 찾아오는 여성이 있었다"라는 증언이 나왔다. 여성은 얼굴을 최대한 가렸지만 주차장에 세워놓은 차는 숨길 수 없었다. 주민이 기억하는 차종과 색상은 고다 미쓰코의 개인 차량과 일치했다.

또 하나, 6년 전 공갈 협박 사건 수사 자료를 면밀히 조사하다 보니, 관계자 중에 **미쓰코의 언니**가 포함되어 있다는 게 판명됐다. 당시 야기의 반년 치 통신 기록을 바탕으로 작성한 명단에 이름이 올라 있었다.

"그 무렵 미쓰코의 언니는 혼인 상태였고 명단에도 남편 성씨로 기록되어 있었기에 저희도 바로 눈치채지 못했어요. 의도적으로 정보를 숨긴 건 절대 아닙니다."

가키모토는 그렇게 변명했지만 히노는 곧이곧대로 믿을 수 없었다.

6년 전 수사에서 미쓰코의 언니는 경찰에 비협조적인 태도를 보였기에 야기와의 접점은 밝혀지지 않은 채 사건이 종결됐다. 하지만 이번에 다시 조사한 결과 야기가 공갈 협박 미수로 체포되기 넉 달 전쯤에 남편의 외도를 조사해 달라고 의뢰했다는 걸 인정했다.

"당시 조사 결과는요?"

이리에가 마치 싸움을 걸듯 다시 질문을 던졌다.

"야기에게 '외도 사실은 확인할 수 없었음'이라고 보고받았다고 하는데 결국 다음 해 가정불화를 이유로 이혼했어요."

"이혼 원인에 불륜 사실은 포함되지 않은 건가요?"

"그런 것 같습니다. 회사 경영에 관여했던 관계로 재산 분할을 둘러싸고 조정은 있었던 것 같습니다만."

"조정을 담당한 변호사에 대해서도 알고 계시죠?"

"네…… 잇카쿠 법률사무소의 민사 담당 변호사였습니다."

그런 거였군. 히노는 펜으로 제 이마를 쿡 찔렀다. 오늘 고다 미쓰코와 면회를 마치고 나서 가키모토가 변호사 사무소에 찾아가길 꺼리는 것처럼 보였던 건, 그 일로 조사를 나간 다른 반과 히노가 마주치는 상황을 피하고 싶었기 때문이다.

"미쓰코의 언니는 전남편의 불륜 상대에 대해 짚이는 게 있다고 하나요?"

이리에는 더욱 캐물었다.

"그건 말하지 않더군요."

"고마네서에서는 어떻게 생각하십니까?"

"사실 관계를 정리하는 중입니다."

"야기가 살해된 건 출소 후 협박을 했기 때문이다. 고마네서에서는 그렇게 생각하는 거죠? 이미 이혼했다 해도 불륜 사실이 있었다면 소급해서 위자료를 청구할 가능성이 있어요. 게다가 **불륜 상대가 가족이었다면** 당사자들로서는 더욱더 감추고 싶은 비밀이었을 테죠."

"확실히 **미쓰코가 형부와 불륜을 저질렀다면** 여러모로 설명이 쉬워지긴 해요. 그런 가능성도 포함해 조사하는 중입니다."

은근슬쩍 빠져나가는 대답이었다.

"하나 더 질문드려도 될까요? 현장에 남은 세척 흔적과 관련해 표백제를 구매한 여성이 수사선상에 올랐을 텐데, 그 사람이 목격된 건 미쓰코가 타 지역으로 출장을 갔을 때였습니다."

"확실히 그런 증언이 나왔지만 그 여성이 이번 사건에 관여했다는 확증이 있는 건 아닙니다."

회의가 진행될수록 가키모토의 목소리는 냉랭해졌다.

"자, 여기서부터는 보충 사항입니다만……."

시신 훼손이 난폭하게 이루어졌지만 현장 실내에서 범인과 연결되는 유류품은 발견되지 않았다. 다만 야기의 시신에 붙어 있던 AB형 모발은 모근에 소량이지만 조직이 붙어 있는 것이 확인되어 DNA를 채취할 수 있을 것 같다고 했다. 모질이나 혈액형 정보만으로는 용의자 후보를 선별할 수 있어도 개인을 특정하는 데까진 이르지 못한다. 하지만 DNA 감정에 쓸 수 있다면 증거로써 그 가치는 단번에 높아진다.

피해자의 스마트폰 통신 기록을 조회하니, 지난 반년간 야기가 통화한 상대는 고다 미쓰코나 NPO 관련 인물에 한정되어 있고 앱을 이용한 통신은 알 수 없었다. 시라카와의 통화 기록에도 수상한 점은 없었고 사건 직전에 고다 미쓰코와 통화한 기록이 그녀의 증언을 뒷받침하고 있었다.

"우리가 찾아낸 모발이 조금은 쓸모 있을 것 같아서 다행이
네."

회의가 끝난 뒤 히노는 기지개를 켜며 그렇게 말했다. 옆에
앉아 있던 이리에는 자료를 정리하며 일어나, 자기와 과장이 앉
았던 의자를 정리하고 TV 전원을 끈 뒤 "먼저 가보겠습니다"라
고 말하며 복도로 나갔다.


4


오후 8시 반. 바깥은 아직 더웠다. 옆문을 지나 주차장으로
나온 히노는 수사가 시작된 날 밤에 보이던 달이 오늘은 어디에
도 보이지 않는다는 걸 깨달았다. 발걸음은 차가 아니라 역으
로 향했다. 걸어가며 딸한테 전화를 걸었다.

"왜요?"

익숙한 첫마디가 들렸다. 딸은 오늘도 별일 없이 지낸 모양이다.

"오늘도 늦게 들어갈 것 같아."

"이미 늦었는데. 저녁은 어떡해."

"괜찮아. 먹고 들어가려고."

"그게 아니라 엄마가 만든 저녁밥 어떻게 할 거냐고요!"

"가서 그것도 먹을게."

“정말?”

“그래.”

“너무 많이 마시지 마세요.”

최근엔 절제하고 있지만 과거 히노는 취하면 잠든 딸의 얼굴을 들여다보는 나쁜 버릇이 있었다.

통화를 마친 뒤 스마트폰을 그대로 개찰구에 터치했다. 때마침 고마네 방면으로 가는 열차가 승강장으로 들어왔다. 목적지에서 내려 기억을 더듬어 바가 있는 골목을 찾았다. 금방 발견했지만 바 간판에는 불이 켜져 있지 않았다.

“젠장.”

히노는 저도 모르게 큰 소리로 중얼거렸다. 낮에 마스터가 가게에 있었기 때문에 당연히 영업일이라고 생각했던 것이다. 어깨를 떨구고 돌아서려던 때에 문 여는 소리가 났다. 살짝 열린 틈새로 티셔츠 차림의 주인이 얼굴을 내밀었다.

“미안하지만 오늘은 휴무…… 어, 형사님?”

“안녕하신가.”

“이런 시간에 조사하러 온 건가?”

똑바로 난 가는 눈썹이 귀찮다는 듯 기울었다.

“아니. 마시러 왔어. 영업일이라고 착각했네.”

“낮에는 6월의 재고 조사를 하고 있었지. 착각하게 해서 미안하군. 근데 히메카미서 형사라고 하지 않았나? 역시 술 마시러 왔다는 건 거짓말이군.”

"차는 두고 왔어. 드래프트 기네스가 마시고 싶어서."

"정말이야?"

"커피도 그렇고, 난 검은 액체를 좋아하거든."

흑맥주 중에서도 히노는 기네스에 정말 약했다.

짧은 침묵 후에 마스터가 문을 활짝 열었다.

"어쩔 수 없네. 1인분 정도라면 재고 수량을 수정하는 것도 그렇게 번거롭진 않겠지."

마스터를 따라 가게로 들어갔다. 카운터의 오일 램프가 갈색 액체가 담긴 잔을 비추고 있었다.

"장부와 재고가 안 맞아서. 그걸 조정하고 있었어."

히노는 웃었다. 어디든 하는 일은 비슷한 모양이다.

"드래프트 기네스지?"

카운터 끝에 있는 하프 모양의 맥주 서버 라이트를 켜며 마스터가 물었다.

"이 서버를 봤을 때 오늘 밤에 마시러 오기로 결심했지."

"준비하는 데 좀 걸릴 거야. 그때까지는 이걸로 참아줘."

마스터가 낯선 상표의 병맥주 마개를 땄다. 잔에 내용물을 다 따르자 물엿 빛깔의 액체가 얇은 거품층을 만들었다.

"오늘은 냉장고를 거의 열지 않아서 너무 차가워진 것 같네."

"첫 잔에는 그 정도가 좋지."

잔을 크게 기울였다. 거칠게 터진 거품이 입 안쪽을 자극했다. 차가운 맥주였지만, 그래도 에일 특유의 단단한 쓴맛이 히노의 혀를 충분히 즐겁게 했다.

"다시 살아난 기분이군."

진부하지만 지금 기분에 최고로 어울리는 대사였다.

"확실히 아까는 얼굴이 죽어 있더라고. 안주는?"

"재고 수량에 문제가 있는 걸로 쳐도 돼."

"고마운 말이네. 메뉴에는 없지만 저녁으로 양배추롤을 만들었으니 괜찮다면 이걸로 드릴까? 콩소메가 아니라 토마토수프를 사용했지만."

크림색 수프 그릇에 양배추롤을 담은 뒤, 이어서 잔에 기네스를 따랐다.

"양배추롤에 맞을지는 장담 못 해."

"토마토 베이스라면 잘 맞을 거야. 흑맥주와 토마토로 만든 '블랙 아이'랄까."•

"우리 집에서 블랙 아이는 흑맥주에 콜라인데…… 뭐, 드쇼."

블랙 아이, 히노는 하야토의 검은 눈동자를 순간 떠올렸다가 곧 머릿속 밖으로 몰아냈다.

"마스터도 한잔 어때?"

"형사한테 얻어먹는 건 처음이네."

마스터는 웃으며 잔에 기네스를 따랐다.

"고맙게 마실게. 건배라도 할까?"

• 맥주와 토마토주스로 만든 '레드 아이'라는 칵테일이 있다.

“건배할 만큼 알찬 하루도 아니었어.”

“갑자기 왜 그래. 그래도 오늘 밤을 즐길 권리 정도는 있지.”

“그러네. 그럼…… 달 없는 밤에 건배.”

서로 잔을 가볍게 들고 부딪치지 않은 채 각자 술잔을 기울였다. 두 번째 맥주는 거품의 촉감까지 최고였다. 음미하려고 했는데 순식간에 다 마셔버려서 다시 채워달라고 요청했다. 마스터는 안쪽으로 들어갔다가 다시 서버 앞에 섰다.

“여기.”

뜻밖에도 기네스가 커다란 맥주잔에 담겨 있었다.

“서비스? 아니면 취향이야?”

“일단 맛이나 봐.”

“이런 말 하는 것도 뭐하지만 낮에 왔을 때 인상이랑 꽤 다르네.”

“그건 서로 마찬가지 아닌가. 형사님.”

“히노야.”

“뭐라고?”

“내 이름.”

“외울지 말지는 생각해 볼게.”

양배추롤 역시 맛있었다. 먹고 마시다, 마지막은 단숨에 들이켜려고 잔을 기울였을 때 부드러운 뭔가가 입술에 닿았다. 놀라서 입을 뗐다.

“뭐야?”

잔 바닥에서 맥주에 젖은 노란 구체가 보였다.

"안에 뭐가 있는데?"

그렇게 말하자 마스터가 웃음을 터뜨렸다.

"느리네요. 이제 알아챈 거야?"

"이게 뭐야?"

"노른자."

히노는 맥주잔을 카운터에 내려놓았다.

"너무하네. 그렇게 형사가 싫어?"

"화내지 말고. 건배하는데 쓸쓸하게 '달 없는 밤에'라고 하길래 보름달 대신 노른자를 넣은 거라고. 말해두지만 이건 칵테일이야. 원래 이름은 '옐로 선셋'이라 달이 아니라 태양이지만."

"이거 때문에 큰 맥주잔으로 바꾼 거야?"

"흑맥주라도 슬림한 잔이면 노른자가 비칠 것 같아서."

"이건 당연히 마스터가 내는 거겠지?"

"앞으로 마시는 양에 따라서 생각해 봐야지."

*

조금 졸았던 걸까. 카운터에 엎드려 있던 히노는 천천히 얼굴을 들었다. 카운터 너머에 앉은 마스터는 눈을 감고 몸을 흔들고 있었다. 귀에 꽂은 무선 이어폰이 보였다.

"……뭘 듣는 건가?"

"라쿠고."

"만담을 들으며 몸을 들썩인다고?"

"술주정뱅이가 시체 옮기는 장면이거든."

"그런 이야기가 있어?"

"도중에 통에서 시체를 떨어뜨리는데, 주우러 돌아갔다가 실수로 살아 있는 사람을 통에 담아 화장하려고 해."

"결말은?"

"결말만 들으면 재미없잖아."

"궁금해."

"'찬술이라도 좋으니까 한 잔 더 줘'.•"

마스터는 잔 두 개에 차가운 맥주를 따랐다.

"안 돼. 더는 못 마셔."

"경찰관은 선배들한테 술 배우는 거 아니었나?"

"불경기가 길었잖아. 요즘 선배들은 싫다는 사람한테 억지로 아까운 술 마시게 하지 않는다고. 덕분에 다들 술이 약해졌지."

"그만 끝낼까?"

"그러자고."

"……있잖아, 히노 씨."

"왜?"

• 일본 고전 라쿠고 〈라쿠다らくだ〉의 마지막 대사. 화장당할 위기에 처한 사람이 "여긴 어디야?"라고 묻자 "일본 제일의 히야火屋(화장터)다"라는 대답이 돌아오고, "히야冷や(찬술)라도 좋으니 한 잔 더 줘"라는 말로 끝난다.

"사실은 궁금한 게 있어서 여기 온 거 아니야? 지금이라면 나도 말실수할지도 몰라."

마스터가 "취했을 때만이야"라고 웃으며 잔의 맥주를 비웠다. 히노는 손바닥으로 차가운 맥주잔의 감촉만 느꼈다.

"안 물어봐도 알 것 같은데."

"오. 재밌는 소리 하네."

"야기 다쓰오가 보관해 달라고 한 병은 아직 남아 있나?"

"응."

"내가 마시면 안 될까?"

"그렇게 해주면 다음 달 재고 조사 때 수고가 줄겠지."

마스터는 뒤쪽 선반에서 다루마 병을 꺼내 샷 글라스와 함께 카운터에 놓았다. 히노는 짧은 병목을 잡고 병을 살짝 흔들었다. 내용물은 거의 남아 있지 않았다. 뚜껑을 따서 잔에 따랐다.

"여기에는 없는 것 같네."

히노의 말에 마스터는 대답 대신 가볍게 어깨를 으쓱했다.

"6년 전, 체포되기 직전에 야기가 가게에 왔던 거지?"

"그래, 왔었어."

"징역을 살게 된 야기한테 병을 버리지 말라는 부탁을 받고 결국 어떻게 했나?"

"뭔가 특별한 이유가 있나 싶어서 보관 기간이 지난 뒤에 내용물을 확인했어. **그때 처음으로 알았지.** 정말이야."

"그래? 그걸 어떻게 했지?"

"재판도 끝났고 경찰한테 의리 지킬 이유도 없으니 딱히 신고할 생각은 없었어. 하지만 **그런 걸** 나한테 떠넘긴 야기 씨한테도 화가 났지. 그래서 지퍼를 살짝 열고 술에 넣어놨어. 그 상태로 5년 반 보관해 줬지. 특별히."

"그렇군. 지퍼 달린 비닐 백에 넣어뒀던 거군."

"둘둘 말아서 뚜껑처럼 병목에 쑤셔 넣어 놨더라고. 검은 병이라 겉에서는 잘 안 보이지. 출소 후에 회수했겠지만, 아마 데이터는 다 날아갔을 거야."

"최근에도 비슷한 걸 맡아줬나?"

"있었을 수도 있고 없었을 수도 있지. 한번 딴 병은 손님 거야. 반년이 지나서 폐기할 때까지는 손도, 입도 안 댄다고."

"좋은 마음가짐이군."

"그나저나 잘 알아챘네. 야기 씨의 비밀 장소를."

"알아챌 수 있게 힌트 준 거 아니었어?"

"내가?"

"옐로 선셋. 흑맥주에 가려서 노른자를 못 봤잖아."

마스터는 웃음을 터뜨렸다.

"우연이야. 형사들은 사고가 특이하네."

"그렇게 생각하면, **그 집에서 다루마 병을 가지고 나온 이유가 설명**되니까."

"뭐라고?"

"혼잣말이야."

히노는 비틀거리면서 일어나 간신히 계산을 마쳤다.

"들여보내 줘서 고마워."

"별말씀을."

"부탁이 하나 있는데 아무거나 봉투 좀 줄 수 있어?"

"설마 토하려고?"

"빨리."

"이게 무슨…… 이거면 돼?"

마스터는 계산대 밑에서 슈퍼에서 주는 하얀 비닐봉지를 꺼내 건넸다.

"아주 좋아. 아, 마스터."

"또 뭔데?"

"여기서 기네스를 마시고 싶었던 건 사실인데, 오늘 밤 오려고 했다는 건 거짓말이야."

히노의 손에서 하얀 봉지가 바스락거렸다.

"뭐든 상관없어. 바쁜 날이었다면서?"

"여러 일들이 있었지. 내 부하 중에 감이 좋은 녀석이 있거든…… 뭐, 여러 일들이 있었지."

"구체적으로 묻지 않는 게 좋은 거지?"

"물어봐도 한심해서 대답 못 해."


가게를 나온 히노는 밤길을 계속 걸었다. 비틀거리다 실수로 밭에 발이 쑥 빠졌다. 며칠이나 맑은 날이 계속되었는데도 흙은

축축했고 히노는 더욱 균형을 잃었다.

"아······."

기울어진 시선 끝으로 그저께 밤보다 더 여윈 달이 보였다.

아무도 없는 공장 지대를 빠져나오자 이내 야기가 살던 다세대주택이 나왔다. 취한 걸음이라 40분 이상 걸렸다. 부지로 들어가 좌우 건물 사이의 계단 아래에 있는 콘크리트 공간에 서서 계단을 등지고 무릎을 꿇은 뒤 몸을 바닥에 붙였다. 그 자세 그대로, 벽 쪽 프로판가스 봄베 쪽으로 오른손을 뻗었다.

봄베와 건물 벽 사이에는 바람 탓인지 낙엽과 모래가 쌓여 있었다. 히노는 낙엽 속에 손가락을 쑤셔 넣고 작은 모래 무더기를 헤집어 무너뜨렸다. 손끝에 뭔가 닿았다. 잡아서 꺼내니 지퍼가 달린 작은 검은색 비닐봉지였다. 히노는 일어나 바지 주머니에서 아까 받은 하얀 봉지를 꺼내 검은색 비닐봉지를 그 안에 넣었다.

막차 시간은 진작 지났다. 택시를 부르고 싶어도 스마트폰 배터리가 없었다. 히노는 도로를 향해 심야의 주택가를 걸었다.

# 7월 2일

## 뒤엉킨 과거

### 1

급탕실 옆에는 형사과 사람들이 수면실이라 부르는 누더기 커튼이 쳐진 공간이 있다. 잠에서 깬 히노는 자신이 그 안의 소파에서 자고 있다는 걸 바로 인식하지 못했다. 얼굴을 덮고 있는 양복 재킷을 치우려고 조금 몸을 움직였을 뿐인데 모든 뇌혈관이 동시에 맥을 치는 듯한 극심한 두통에 휩싸였다.

재킷이 떨어진 바닥에 스포츠 드링크 병 두 개가 놓여 있었다. 손목시계를 보았다. 오전 7시 40분. 이런. 벌써 다들 출근하는 시간이잖아.

경보처럼 켜졌다 꺼졌다 하는 두통 속에 히노는 어젯밤 주운 것을 떠올리고 바지 주머니를 만졌다. 없다. 재킷을 바닥에서 집어 모든 주머니에 손을 넣었다. 없다. 핏기가 가셨다. 소파에서 구르듯 내려와 흙과 먼지로 더러워진 바닥을 손으로 훑었다. 없다. 어디야, 어디서 떨어뜨린 거지?

갑자기 커튼이 젖혀졌다.

"계장님!"

놀란 나머지 히노는 소리를 꽥 질렀다. 이리에의 목소리와 자기 목소리, 둘 다 머릿속에 강렬하게 울렸다.

"제, 제발 좀 조용히……."

"뭐예요, 대체 어디서 구한 거예요, 그 USB 메모리!"

뭐라고……?

"그걸 어떻게 알아?"

"새벽 3시에 이런 메일 보내놓고 무슨 소리예요."

이리에가 스마트폰 화면을 얼굴에 들이댄다. '입니다. 책상 위에 쇼코祥子를 놨음'.

"무슨 암호인가 했어요. 쇼코가 누구예요?"

"그건 말 못 해."

"출근했더니 책상에 하얀 비닐봉지가 있길래 감식에 가져가서 내용물 확인했어요. 안에 지퍼 달린 작은 검은색 비닐봉지. 그 안에 USB 메모리."

조금씩 희미하게 기억이 되살아났다.

"……하얀 봉지는 버려도 돼."


• 일본어로 여성 이름인 쇼코와 증거証拠는 모두 '쇼코'로 발음이 같다.

“그래서 USB 내용물 확인했는데…… 계장님은 벌써 보셨어요?”

“안 봤어. 쇼코한테 메일 보내는 게 고작이었다고.”

“농담할 때가…… 많이 드셨어요?”

“이 스포츠 드링크는 네가 갖다준 거야?”

“많이 드셨네요?”

시선을 피하던 히노는 눈을 돌려 이리에를 보았다.

이리에는 이쪽을 똑바로 보고 있었다.

“이 꼴을 보면 그런 거겠지.”

“정말…….”

“이리에.”

“네.”

“못난 상사를 용서해 줘.”

이리에는 한숨을 쉬며 웃는 것 같았다.

“무슨 일이 있었는지 자세히 말씀해 주시겠어요?”


긴급 소집된 수사 회의에서 고마네서 사람들은 심기가 불편해 보였다. 그럴 법도 했다. 히메카미서의 형사가 고마네시에 있는 현장을 심야에 단독으로 방문해 증거품을 발견한 데다, 연락도 없이 가져갔으니 말이다. 그것은 또한 명백한 살해 현장인 201호실에만 정신이 팔려, 그 밖의 장소에 대한 감식 작업에 소홀했던 고마네서의 실태를 드러내는 행위이기도 했다.

술을 마시러 갔다가 우연히 생각난 거라고 설명해도 고마네 쪽에서는 어차피 자신들이 정보를 숨긴 데 대한 보복이겠거니 하고 받아들이지 않을 것이다. 애당초 야기의 단골 바에 술을 마시러 간 시점에서 당연히 마뜩잖아할 것이다.

"본인들이 못 찾고 넘어간 거잖아요."

"그만해, 이리에. 다 들린다고."

6년 전 야기가 보관한 술병에 숨긴 USB는 마스터가 망가뜨렸다. 이번에 발견된 건 출소 후에 구입했는지, 보존된 데이터도 최근 것들뿐이었다.

그 안에 들어 있던 건 스마트폰으로 촬영한 듯한 동영상과 캡처 화면까지 여러 건이었다. 동영상에는 고다 미쓰코가 찍혀 있었다. 보통 사진이 아니다. 영상 속의 그녀는 야기 방 이불에 누워 있었다.

"고다 미쓰코는 야기에게 협박당한 사실과 **이 USB를 처분할 목적으로** 야기의 집에서 술병을 가져가려 한 사실을 인정했습니다."

가키모토가 그렇게 보고했다. 히메카미서에서 데이터를 건네받은 고마네서는 즉시 고다 미쓰코를 다시 조사하기 시작했다. 히노가 발견한 증거로 수사가 진전됐다는 사실이 그들로서는 영 탐탁지 않은 것이다.

"고다 미쓰코의 진술에 근거한 사실 관계는 다음과 같습니다. 6년 전 미쓰코의 언니는 남편의 외도 조사를 야기 다쓰오에

　　　　　　7월 2일

게 의뢰했습니다. 야기는 '외도 사실은 확인할 수 없었음'이라고 보고했지만 실제로는 미쓰코와 불륜을 저지르고 있다는 사실을 알아내 남편을 공갈 협박했습니다."

야기는 겐비시 변호사에게 수감자 동료에게서 카란의 이야기를 들었다고 했지만 거짓말이었다.

"그 후 불륜 관계는 소멸했지만 그렇다고 언니 부부의 관계가 호전되지는 않았고 결국 이혼에 이르렀습니다. 이 조사 4개월 뒤 야기는 체포됐고, 출소 전에 변호사를 통해 고다 미쓰코와 연락해 면회를 오게 하는 데 성공했습니다."

미쓰코가 야기를 만난 건 이때가 처음이었다고 한다. 과거의 협박은 형부가 혼자 처리했던 것이다.

"야기에게 과거 불륜 사실을 언니에게 폭로하겠다고 협박을 받은 미쓰코는 그에게 NPO 지원을 약속했습니다. 주거지를 제공하고 금전적으로도 여러 차례 도와줬습니다. 더구나 동영상에 나온 행위를 강요받고, 그걸 촬영까지 당한 탓에 더욱더 말을 듣지 않을 수 없었습니다."

야기의 부름으로 여러 번 집을 찾은 과정에서 미쓰코는 야기가 데이터를 위스키 병에다 감추고 있을 가능성을 알아챘다.

그녀는 과거 겐비시 변호사와 이야기를 나누다가 야기가 알코올에 얼마나 집착하고 있는지, 그 예로 복역 중에도 단골 바에 술병을 보관해 달라고 부탁했다는 일화를 들었고, "그것이 힌트가 되었다"라고 말했다고 한다.

"위스키 뚜껑을 따서 들여다보자 병목에 쑤셔 넣은 검은 봉지를 발견했지만 손가락으로 꺼낼 수 없어서 병째 가져가기로 했다고 합니다."

계단에서 떨어진 직후 미쓰코가 의식이 있었던 건 신고자가 분명히 증언했다. 그녀는 깨진 병에서 튀어나온 검은 봉지에 손을 뻗어, 산책 중이던 부부가 달려오기 전이거나 신고하는 도중에 프로판가스와 벽 사이에 숨겼다. 자신이 정신을 잃으리라는 걸 예상하지는 못했겠지만, 경찰이 출동할 게 분명한 상황에서 훔친 물건을 주머니나 가방에 넣어두는 건 위험하다고 생각했던 게 틀림없다.

"야기의 단골 바에 대해 모른다고 거짓말한 건 병을 가져간 목적을 눈치채지 못하게 하려다 보니 과도한 경계심이 작동했기 때문이라고 변명하고 있습니다. 바를 찾은 이유는 변호사의 조언을 받아 야기의 음주 습관을 파악하기 위해서였다고…… 어쨌든 이것으로 고다 미쓰코에게 동기가 있다는 게 명백해졌습니다. 과거 불륜 상대와 공모해서 범행을 저질렀을 가능성도 고려됩니다."

"고다 미쓰코는 살인과 시신 유기에 관여한 것을 인정하고 있습니까?"

이리에가 가키모토에게 가장 중요한 점을 따져 물었다.

"그 점은 어제와 변함없습니다. 어디까지나 야기와 연락이 안 돼서, 상황을 살피러 갔다가 시라카와의 시체를 발견했을 뿐이라고요."

바로 신고하려고 했지만 자신을 촬영한 데이터가 집 안에 남아 있다면 그걸 챙길 필요가 있다고 생각했다. 정황상 야기가 시라카와 죽음에 관련된 게 틀림없고, 야기의 집에서 자신이 그에게 협박당하는 걸 보여주는 증거가 발견되면 곤란하다고 여겼다. 무엇보다 그런 영상을 아무에게도 보이고 싶지 않았다. 미쓰코는 그렇게 증언을 수정했다. 당연하게도 그 말을 곧이곧대로 믿는 수사관은 없었다.

고다 미쓰코를 중요 참고인으로, 불륜 관계였던 전 형부의 행방을 쫓는 데 주력한다. 그것이 고마네서의 수사 방침이었다.

여기서 히노는 오늘 처음으로 사과와 변명이 아닌 발언을 입 밖으로 냈다.

"저희 쪽은 동영상 말고 사진에 대해 조사하고 싶습니다."

그 요청에 가키모토가 고개를 갸웃했다.

"왜 그쪽에서 하겠다는 겁니까?"

"촬영 장소가 아마 히메카미 시내인 것 같습니다. 그러니까 이번엔 멋대로 고마네 시내를 휘젓는 건 아닐 겁니다."

말하고 나서야 비꼬는 투였다는 걸 깨달았다. 가키모토는 잠시 고마네서 사람들과 의견을 나눈 뒤, "그럼 부탁합니다" 하고 답했다. 수사의 중심에서 스스로 벗어나 준다면 오히려 잘됐다고 판단했는지도 모른다.

회의가 끝났지만 히노의 두통은 조금도 가라앉지 않았다. 아

직 자리에 앉아 있는 과장에게 다가가 최대한 머리를 흔들지 않
도록 주의하며 "폐를 끼쳤습니다" 하고 허리를 숙였다. 과장은
두 손으로 서류를 정리하며 냉랭한 목소리로 말했다.

"USB 건에 대해서는 고마네서 서장에게도 항의가 들어왔다
더군요."

"네. 죄송합니다."

"술기운에 저지른 행동이라는 점도 좋지 않았습니다. 바에서
마시기 전에 회수하러 갔다면 좀 더 냉정한 판단을 내릴 수 있
었을 텐데."

"네. 죄송합니다."

술을 마셔서 알아챌 수 있었던 거지만 그런 변명을 해봤자
소용없었다.

"본부의 다카미야 검시관까지 전화를 했더군요."

뒤에서 지휘하던 게 다카미야였다면 그럴 법도 하다. 히노는
점점 더 어깨를 움츠렸다.

"죄송합……."

"조금 다시 봤습니다."

"니다…… 네?"

"부임한 뒤로 얌전하게 말만 듣는 계장인가 했는데 가끔은
재미있는 짓도 저지르네요."

어떻게 반응해야 할지 알 수 없어서 히노는 입을 다물었다.

"뭐? 대단히 유감입니다? 다카미야 그놈. 부하를 어떻게 관리

  7월 2일

하는 겁니까? 나이도 어린놈이 건방지게 나불대는 건 여전하군."

과장은 가지런히 모은 서류를 긴 테이블 모서리에 내리쳤다. 갑자기 딴사람처럼 변한 모습에 히노는 당황했다.

"보조 요원으로 편리하게 부리던 히메카미서 수사계장이 고마네서를 제치고 중요한 증거를 찾았다니까 당연히 뿔이 났겠지. 이런, 매*에게는 뿔이 없나. 하하하."

과장은 자기가 한 농담에 웃음을 터뜨렸다. 같이 웃어도 될지 몰라서 히노는 곤혹스러울 따름이었다. 그러고 보니 다카미야도 과장을 별로 마뜩잖아하는 것 같았다. 둘 사이에 뭔가 원한 관계가 있는 걸까. 히노는 가능하면 알고 싶지 않다고 생각했다. 윗사람들 사이의 해묵은 감정까지 신경 쓰고 싶지 않았다.

"일부러 제치려던 게 아니라……."

"뭐, 아무리 다카미야가 떠들어대도 그 USB가 증거가 되어 입건으로 연결되면 본부의 1과장이나 형사부장까지 이러쿵저러쿵 떠들진 않겠죠. 그 녀석 말 같은 건 신경 쓰지 말고 하면 돼요……라고 해도, 고다 미쓰코는 고마네서에서 데리고 있으니까, 우리가 할 수 있는 건 유기 현장 주변에서 고다의 차량 목격 정보가 없는지 다시 조사해 보는 정도겠네요."

"그것도 당연히 할 거지만 방금 전 회의에서 제안한 대로 USB에 든 다른 사진 파일을 조사하고 싶습니다."


* 다카미야의 이름에 들어간 다카鷹는 매를 뜻한다.

"고마네서를 에둘러 비난하는 말인 줄 알았는데 달리 신경 쓰이는 점이라도 있습니까?"

"딱히 그런 건 아닙니다만……."

"그렇다면 조사할 가치가 있습니까?"

"일단 발견되었으니, 가능성을 제거하는 데도 만전을 기하고 싶습니다."

"그렇군요……."

과장은 뭔가 생각하듯 시선을 천장으로 돌렸다. 안경 렌즈가 조명을 반사해 하얗게 빛났다.

"히노 계장. 설마 저까지 제쳐두고 뭔가 꾸미는 건 아니겠죠?"

히노는 "그럴 리가요"라고 즉답했지만 목소리가 살짝 떨렸다.

과장이 천천히 안경을 벗었다.

"뭐, 좋습니다. 고마네서처럼 허술하게 수사할 수는 없으니까요."

과장은 평소의 모습으로 돌아와 꼼꼼하게 렌즈를 닦기 시작했다.


화장실에서 나오자마자 누군가가 등을 후려쳤다. 볼링공이라도 날아온 건가 싶어 돌아보니 하보로가 서 있었다.

"주정뱅이 아냐?"

"때리지 마. 머리 흔들면 깨질 것 같다고."

"공을 세웠다고?"

"주변에서 고마워해야 공이라고 할 수 있는 거 아냐?"

"열심히 해봐."

"기다려 하보로, 잠깐 할 얘기가 있으니까."

히노는 하보로를 화장실 안으로 끌어당겼다.

"뭐야? 사타케 시치로라면 검찰로 송치할 거야. 상습적인 폭력이 의심돼……."

"그게 아니라 오누마 겐 실종 건 말이야."

"그 건은 잊고 네 일에 집중해. 특히 숙취에 젖은 동안에는."

"오누마 겐은 살아 있다……."

히노의 말에 하보로는 입을 떡 벌린 채 순간 굳었다.

"……무슨 소리야?"

"너는 그렇게 생각했지?"

"갑자기 무슨 소리냐고."

"어제 데쓰난 지구 파출소에 들렀어. 피해 아동의 집도 찾아갔고."

"형사과에서 왜 멋대로……."

"네가 뭘 어떻게 생각했는지 알 것 같더라고. 5월에 나타난 수상한 인물은 소년이라면 누구든 상관없던 게 아니다. 혼자 공원에서 놀던 나카야마 다이야가 우연히 눈에 들어온 것도 아니다. **그의 목표는 하야토였다.** 10년 전에 모습을 감춘 그 남자는 성장한 아들의 얼굴을 모르니까. 오누마 구미와 같이 집에서

나온 나카야마 다이야를 **하야토라고 착각하고** 쫓아간 거다. 그
렇게 추측한 거 아냐?"

하보로의 표정이 어두워졌다.

"수상한 인물의 정체는 실종된 오누마 겐일지도 모른다. 그렇
게 생각해서 일부러 방범 태세를 강화하지 않았어. **오누마 겐이
하야토에게 접근하기 쉬운 환경을 유지하기 위해서.** 그리고 남
자가 나타난 시간대에 혼자 잠복 수사를 했고. 난 네 상사가 아
냐. 지금 네 선택이 옳았는지 잘못됐는지, 그 문제는 제쳐두자
고. 아니, 역시 난 문제라고 본다. 다만 그런 것보다 내가 얘기하
고 싶은 건……."

"계장님!"

복도에서 이리에가 부르는 소리가 들렸다.

"……무슨 말을 못 하겠군. 바로 훼방이 들어오네."

"가봐. 그 건은 형사과랑 상관없어."

"물론 **상관없다는 걸 확인하면** 다시는 언급 안 해."

히노는 회의 자료에서 종이 한 장을 꺼냈다. USB 메모리에
저장되어 있던 사진을 프린트한 것이었다. 그걸 본 하보로는 드
물게 긴장한 표정을 지었다.

"……이게 뭐지?"

"그걸 같이 생각해 달라고."

사진 속에는 두 사람이 찍혀 있었다. 긴 머리를 하나로 묶고
왼쪽 어깨에 가방을 멘 여성이 아이에게 오른손을 흔들고 있었

다. 아이는 금방이라도 달려나갈 것 같은 자세로 여성을 돌아보고 있었다.

히노는 그 소년이 누군지 안다. 물론 하보로도 안다.

"……나카야마 다이야."

하보로가 쥐어짜듯 아이의 이름을 입에 올렸다.

"여성 쪽은?"

"오누마 구미. 하야토의 어머니야."

"이건 오누마 구미의 집 앞이야?"

"그래. 다세대주택 1층에 살고 있어."

"촬영 일시는 5월 13일 오후 4시 15분. 공원에서 수상한 인물이 나카야마 다이야에게 말을 걸기 조금 전이지. 한 장 더 있어."

히노는 하보로에게 바자회에 참가한 야기의 사진을 내밀었다.

"이 부루퉁한 남자가 야기 다쓰오야. 사흘 전 기타야마 지구에서 발견된 시신이 이 남자지. 이자가 오누마 구미와 다이야의 사진을 찍었어."

"모르는 얼굴이야. 적어도 잠복 중에 본 적은……."

"그게 아니라, 여기가 어딘지 모르겠어?"

"……아, 호프마트군."

"그래. 분명히 데쓰난점이야."

어제 히노가 본 건물과 주차장이 찍혀 있었다.

"오누마 구미가 근무하는 곳이지."

히노가 그렇게 못을 박자 하보로는 말없이 노려봤다. 그의 불안이 전해졌다. 하지만 히노는 말할 수밖에 없었다.

"야기 다쓰오는 수상한 인물 건에 관여되어 있어. 그게 살인 사건과도 관련이 있는지는 모르겠어. 어쨌든 지금은 오누마 구미를 만나봐야겠어."

히노는 회의 자료를 파일째 하보로에게 건넸다. 그러고는 "시간 나면 의견 들려줘"라고 말한 뒤 당당하게…… 보이기를 바라며 화장실을 나왔다.


오전 11시 10분. 호프마트 데쓰난점의 넓은 주차장은 낮에 장을 보러 온 손님들로 거의 차려는 참이었다.

"야기의 사진과 수상한 인물이 연관되어 있다는 점을 왜 과장님한테 얘기 안 한 거예요?"

운전석에 앉은 이리에가 물었다. 이미 히노는 이리에에게 자신이 수상한 인물 건에 관여한 사실을 이야기했다. 그 건에서 하보로가 충분치 못한 대응을 하게 된 배경에 대해서도.

"야기와 수상한 인물이 같은 사람인지조차 확실하지 않은데, '수상한 인물의 목표는 오누마 하야토라는 소년이고, 여기 찍힌 건 그 어머니입니다'라고 얘기한들 대답 대신 안경이나 닦겠지. 아직 과장님에게 보고할 단계가 아냐."

아니면 영영 보고할 필요 없는 정보일지도 모른다. 그렇게 되기를 바라는 마음이 히노에게 있었고, 그것이 과장에게 보고하는 걸 주저하게 했다.

"이제 어떻게 할까. 직원이 바쁠 것 같은 시간대인데."

"아침 일찍 오는 것보다 지금이 나아요. 오늘은 달걀을 특가로 파는 날이었거든요."

"그런 것까지 조사했어?"

"수사를 위해서가 아니라 생활을 위해서요."

이리에를 따라 차에서 내려 마트 안의 서비스 카운터로 향했다. 갑자기 불러내서 오누마 구미뿐 아니라 가게에까지 폐를 끼치는 상황은 피하고 싶었다. 우선 점장을 불러서 이야기한 뒤 오누마 구미를 만나게 해달라고 부탁할 작정이었다.

"죄송합니다. 오늘 점장님은 안 계세요. 부점장님이라도 불러드릴까요?"

"상관없어요. 부탁합니다."

이리에가 그렇게 답하자 서비스 카운터의 직원이 내선 전화를 걸었다. 잠시 후 직원이 카운터에서 나와 말했다.

"제가 안내하겠습니다. 이쪽으로 오세요."

직원을 따라 조리식품 코너와 신선식품 매장 사이에 있는 문으로 들어갔다. 직원 전용 공간을 지나자 사무실 같은 곳이 나왔다.

"부점장님, 손님 모셔왔습니다."

안쪽 책상에서 컴퓨터 키보드를 두드리던 여성이 동작을 멈추고 일어섰다. 그녀가 오누마 구미였다.

2

오누마 구미는 사무실 안쪽의 더 작은 방으로 두 사람을 안내한 뒤 접이식 의자를 펼쳐 앉으라고 권했다. 두 형사는 감사 인사를 하고 낮은 테이블을 사이에 둔 채 그녀와 마주 앉았다.

"기타야마 지구에서 발견된 시신의 신원을 교코 씨가 확인하러 가주셨던 일은 들었어요. 근데 설마 하야토가 혼자서 경찰서에 찾아갔다니……."

하야토가 형사과를 찾아왔다는 이야기를 하자 구미는 녹색 머릿수건을 벗고 "폐를 끼쳤습니다"라며 고개를 숙였다.

"하야토가 우에무라 교코 씨에게 의지했던 건 알고 계셨죠?"

히노의 질문에 구미가 고개를 끄덕인다.

"교코 씨는 하야토가 조금 더 크면 자연스레 마음 정리를 하게 될 거라고 말해줬어요. 하지만 그때까지는 감정을 억누르게 하는 건 좋지 않다고도요. 그렇다고 제가 하야토와 함께 경찰서를 찾아가게 되면 무엇을 위한 실종 선고였는지 의미가 사라지고, 힘겹게 그은 선도 흐릿해지겠죠. 그래서 교코 씨가 괜한 오지랖일지도 모르지만 본인이 나서겠다고 말씀해 주신 거고요."

우에무라 교코는 하야토가 찾아올 때마다 구미에게 연락한 뒤 경찰서에 갔다고 한다. 그녀와 밀약을 맺고 있던 건 아들이 아니라 어머니 쪽이었다는 얘기다.

　　　　7월 2일

"오누마 씨는 데쓰난 지구에서 얼마나 사셨습니까?"

"지금 집은 결혼한 뒤…… 하야토가 태어나기 전에 이사 왔으니까 10년 넘게 살았어요."

"우에무라 씨와 그때부터 알고 지내셨습니까?"

"모두 합치면 20년 가까이 되겠네요."

"오랜 지인이시군요."

"교코 씨는 어머니가 초등학교 교사고 아버지가 중학교 교사셨어요. 제가 초등학교 5, 6학년 때 담임 선생님이 교코 씨 어머니셨죠. 졸업한 뒤 봄방학에 처음 선생님 댁에 놀러 갔다가 중학생이던 교코 씨와 친해졌어요. 그 뒤로도 학군은 달랐지만 자주 어울렸고요."

2년 선배인 우에무라 교코를 동경하는 마음에 오누마 구미도 중학교에서는 관악부에 들어갔다고 한다.

"제가 중학교 2학년 때, 우에무라 씨네 식구가 사정이 생겨 시외로 이사를 간 뒤로는 소원해졌고, 저도 타 지역 대학에 진학해서 이제 만날 일도 없겠구나 했는데……."

대학 4학년 때 아버지가 병으로 쓰러졌다. 어머니는 이미 세상을 떠났고 언니는 결혼해 홋카이도에서 살고 있었다. 집으로 돌아가기로 한 구미는 현 내에 일자리를 찾았고, 호프마트에 취직했다.

"근무지도 배려해 주시고요. 여기, 꽤 좋은 직장이에요."

"네. 상품 구성도 훌륭하고요."

"일을 시작하자마자 장을 보러 왔던 교코 씨랑 우연히 재회했어요. 제가 스물세 살 때니까…… 9년? 10년 만이었죠. 그렇게 서로 다시 연락하게 됐어요."

우에무라 교코는 당시 초등학교 교사였는데, 근무지 이동으로 히메카미 시내에 부임하게 되어 데쓰난 지구에 남아 있던 본가에 혼자 돌아왔다고 한다.

"그때부터 오늘까지 신세만 지고 있어요. 정말 친동생처럼 돌봐주셨어요. 다시 만난 이듬해에 아버지가 돌아가셨을 때도 교코 씨가 얼마나 위로해 주셨는데요."

그 후 결혼한 구미는 친정집을 처분하고 남편의 근무지였던 하나모리 시내로 이사했다. 그것이 12년 전, 그녀가 스물일곱 살 때였다.

"그때는 일을 어떻게 하셨습니까?"

"저요? 하나모리 시내 점포로 이동을 신청했는데 직장에서 받아줬어요."

"다시 히메카미로 돌아오신 건 무슨 사정이 있으셨던 겁니까?"

"네…… 사실 저희는 임신 사실을 알게 돼서 결혼하게 됐는데……."

"하야토 말입니까?"

그렇게 말하고 나서 계산이 맞지 않는다는 걸 깨달았다.

"아뇨. 그 아이는 유산했어요."

"그러셨군요."

"그래서 정신적으로 엄청 우울했어요. 직장도 못 나가게 됐고요. 남편도 걱정해 줬지만 그 사람은 그 사람대로 바빠서 퇴근이 늦고 주말 출근도 있다 보니, 낯선 곳에서 혼자인 시간만 많았는데…… 어느 날 교코 씨한테 전화해서 힘들다고 하니까 택시를 타고 달려와 줬어요."

이후 우에무라 교코는 자주 오누마 구미의 집을 찾아오게 되었다. 때마침 그녀는 초등학교 교사를 그만둔 직후라 자유로운 몸이었다.

"어느 날 제가 교코 씨와 있는 시간이 제일 안심된다고 했더니 히메카미로 돌아오면 좋을 텐데, 라고 하셨어요. 가벼운 농담이었거나, 제 말에 대꾸하는 정도였을지도 모르지만 저는 진심으로 그러고 싶더라고요."

구미는 남편에게 히메카미로 돌아가고 싶다고 부탁했다. 남편은 맥이 빠질 정도로 순순히 그 부탁을 들어줬고 지금의 집으로 이사를 오게 되었다. 회사가 멀어진 데다 낮에 구미가 차를 쓸 수 있도록 출퇴근을 전철로 하게 되면서 남편은 더욱 귀가가 늦어졌다. 구미는 그런 이야기를 들려줬다.

"남편이 행방불명됐을 때도 제게 의지가 되어준 건 교코 씨였어요. 그때 뱃속에 하야토가 있었고…… 지금은 돌봄교실에서 신세를 져서 선생님이라고 부르게 하지만, 어렸을 적에는 저는 '엄마', 교코 씨를 '교코 엄마'라고 불렀어요."

"오누마 겐 씨가 행방불명된 게 분명……."

"결혼한 지 2년이 지났을 때…… 2014년 3월이었습니다."

불쑥 구미가 정색하고 등허리를 펴더니 머리를 조아렸다.

"이번 일은 정말 죄송합니다. 수사로 바쁘신데 폐를 끼쳐서요. 그 애한테 단단히 일러둘 테니 이번 일은 제발……."

"아닙니다. 하야토가 혼자 서에 찾아온 걸로 뭐라 하려는 게 아닙니다. 제발 혼내지 마십시오."

"그 일로 오신 거 아닌가요?"

"아닙니다. 저희가 찾아뵌 건 어디까지나 지난달 29일 기타야마 지구에서 발견된 시신 때문입니다. 언론 보도를 보셨을지 모르겠지만 시신은 고마네시에 사는 야기 다쓰오라는 남자입니다. 이름을 듣고 짚이는 게 없으십니까?"

"……아뇨, 모르는 이름인데요."

이리에가 사진을 테이블에 올려놓았다. 바자회에 참가한, 부루퉁한 얼굴의 야기가 찍혀 있는 사진이다. 히노는 다시 물었다.

"이 사람이 야기 다쓰오입니다. 기억나지 않으십니까?"

"……정말 모르는 사람이에요. 왜 저한테 이 사람에 대해 물으시죠?"

오누마 구미의 표정과 말투에서 경계심이 느껴졌다. 보이지 않는 막이 그녀와 형사들 사이를 가로막고 있는 것 같았다.

"분명 여기 주차장에서 찍은 사진이라고 보는데요."

"……아, 네. 듣고 보니 그러네요."

"5월에 자선 바자회가 열렸다고 들었습니다."

"저소득층을 지원하는 여러 단체에서 정기적으로 여는 이벤트인데, 저희 주차장을 빌릴 수 없겠냐고 연락이 왔어요."

개최는 5월 13일 월요일. 오전 10시부터 오후 4시까지 열리는 이벤트였다.

"오누마 씨는 근무 중에 바자회를 둘러보셨습니까?"

"그날은 늦게 출근하는 날이라 제가 갔을 때는 이미 끝났지만…… 점심에 잠깐 들르긴 했어요."

"그럼 그날 야기와 마주쳤을 가능성은 있습니까?"

"없다고는 말 못 하지만…… 잠깐만요, 그런 걸로 저와 이 사람이 관련되었다고 보시는 건 아니죠?"

그 물음에는 답하지 않고 히노는 이리에를 향해 눈짓했다. 이리에는 사진을 한 장 더 꺼냈다.

"이게 야기 다쓰오가 촬영한 것으로 보이는 사진입니다."

히노가 말하기도 전에 구미의 표정이 180도 달라졌다.

"……저하고 다이야……."

"5월 13일 오후 4시 15분에 촬영한 사진입니다."

"출근할 때네요……."

"왜 야기는 이 사진을 찍은 걸까요?"

"저는 모르죠."

"이 직후 공원에서 수상한 남자가 다이야에게 말을 걸었습니다."

"그럼 야기라는 사람이 그날 만난 수상한 남자였네요."

"잘 생각해 보십시오. 야기 다쓰오라는 이름을…… 예를 들어 오누마 겐 씨에게 들었던 기억은 없으십니까?"

"왜 여기서 남편이 나오죠?"

구미는 앞으로 굽혔던 몸을 일으켜 가슴을 펴더니 목소리를 높였다.

"지금 저희는 야기가 살해된 이유를 찾고 있습니다. 사실대로 말씀드리면 수사가 난항을 겪고 있거든요. 온갖 사소한 것을, 그야말로 상관없어 보이는 것까지 낱낱이 조사하고 있습니다."

"사정은 알겠지만……."

"야기 다쓰오는 전직 사립 탐정입니다. 6년 전 공갈죄로 체포되어 올해 1월까지 복역했어요. 하지만 출소 후…… 아니 복역 중에 다시 협박을 저지른 게 밝혀졌습니다. 그 증거가 되는 영상과 함께 발견된 게 이 사진입니다. 즉 오누마 씨는 생각나는 게 없어도 야기 쪽은 뭔가 있었을지도 모릅니다. 그렇다면……."

"남편이 두 사람 사이를 잇는 게 아니냐고요?"

히노는 고개를 끄덕이며 구미가 찍힌 사진을 짚었다.

"야기는 오누마 씨에게 짚이는 게 있었습니다. 바자회에 참가한 그는 회장에 온 당신을 보고 아는 사람이라는 걸 알아챘어요. 저녁에 바자회가 끝나자 철수 작업도 돕지 않고 기억에 남아 있던 오누마 씨 댁으로 가서 출근하는 당신과 같이 나온 나카야마 다이야를 목격했죠. 거기서 야기는 착각을 했습니다. 다이야가 오누마 씨 아들인 줄 알았던 거죠. 일단 아이 얼굴을 기록해 두자. 그렇게 생각한 야기는 이 사진을 찍고……."

"아이를 쫓아가 공원에서 말을 걸었다. 저와 아들의 정보를 모으려고. 그런 건가요?"

"그럴지도 모릅니다."

"형사님 말씀대로면 그게 전부잖아요."

"다만 그렇다면 사립 탐정치고는 꽤 조심성 없는 행동이라 봐야겠죠. 아이한테 말을 걸어서 가정에 대해 이것저것 물어보면 당연히 수상한 어른을 만났다고 부모한테 바로 전달할 거 아닙니까. 탐정이 조사 대상에게 존재를 알리는 건 가장 피해야 할 사태인데요."

"하지만 수상한 남자가 다이야에게 말을 건 일은 사실이에요."

"그렇다면 수상한 남자가 야기였다고 단정할 수 없죠. **그 자리에 또 한 명**, 선글라스와 마스크를 끼고 두 사람을 지켜보던 남자가 있었다. 그렇게 생각하면 의문이 풀립니다. 야기의 관심은 그 나머지 한 명에게 있었습니다. 야기는 다이야를 미행한 게 아니라 **다이야를 쫓아가는 수수께끼의 남자**를 미행한 겁니다."

구미는 히노를 똑바로 노려봤다.

"한마디로 그게 남편이라고 말씀하시는 건가요?"

"제 추론에 비약이 많다는 건 자각하고 있습니다. 하지만 수상한 인물이 말을 걸었다는 이야기를 들었을 때, 오누마 씨도 비슷한 생각을 하신 거 아닙니까?”

“터무니없군요.”

“하지만 이 터무니없는 가설 사이로, 저희가 지금 혈안이 되어 찾고 있는 살인의 동기가 어렴풋이 보이는 것도 같습니다. 실종 선고까지 받은 오누마 겐 씨가, 사실은 아직 생존해 있다면? 하지만 그에게는 계속 실종 상태여야 할 절실한 이유가 있었다면? 그럼에도 그는 10년 동안 만나지 못한 아내와 성장한 아들을 한번 보고 싶어서, 집 근처에 모습을 드러냈습니다. 다른 아이를 하야토라고 착각하고 혼자 공원에서 노는 모습에 이성을 잃고 무심코 말을 걸어버렸죠. 그 모습을 공갈 협박 전문인 전직 사립 탐정에게 들켰고요.”

“그 사람이 야기라는 남자의 협박을 받은 끝에 죽였다고요?”

“최근 오누마 겐 씨한테서 연락 없었습니까?”

“있을 리 없잖아요.”

“그와 흥신소 사이의 접점은요? 짚이는 데가 없으십니까?”

“그만 돌아가 주시겠어요? 갑자기 찾아와서 남편이 사람을 죽였네 어쨌네, 더는 못 들어주겠네요.”

그녀는 일어나 의자를 접어 벽에 세웠다. 옅은 빛깔의 입술이 잘게 떨렸다.

아직 묻고 싶은 게 더 있었다. 예를 들어 제3금융권에 진 빚. 회삿돈 횡령. 그런 문제가 있던 남편이 실종된 이유에 정말 짚이는 게 없었는지…….

하지만 지금은 아직 그 일을 언급할 타이밍이 아닌 것 같았다. 닫혀 있는 여러 겹의 문을 열기에는 손에 쥔 열쇠가 너무 적었다. 두 형사도 자리에서 일어섰다.

"바쁘신 중에 실례가 많았습니다."

"이제 그만 찾아오세요. 동료들에게도 민폐고, 일에도 지장이 생깁니다."

"그건 약속 못 드립니다. 저희도 일이니까요."

작은 방에서 나오니, 조금 전 서비스 카운터에 있던 여성이 사무실 구석에 있는 방송 기기 앞에 앉아 특가 상품 광고를 무미건조하게 읽고 있었다.


호프마트 주차장을 나온 차는 온 길을 되돌아 히메카미서로 향했다.

"웬일로 도발적으로 나가셨네요, 계장님."

"……숙취로 속이 안 좋아서 그런가."

"사실은 우리가 강하게 나갔을 때 상대도 강하게 부정해 주길 바랐던 거 아니고요?"

히노는 대답 없이 눈을 감았다. 확실히 그랬을지도 모른다.

하야토의 아버지가 살인 사건에 관련되어 있다. 그러지 않기를 바랐다.

"계장님."

"응?"

"어제는 죄송했습니다."

갑작스러운 사과에 히노는 당황했다.

"제가 무례했어요."

"그만해. 난 부하한테 사과받는 게 제일 싫어. 부임 직후 나한테는 뭐든 거리낌 없이 말하라고 했잖아. 사과할 거라면 내가 해야지. 자네 말대로 난……."

"그만하세요. 상사한테 사과받는 건 기분 나빠요."

"그래?"

"네."

빨간불에 멈춰 섰다. 침묵을 견디지 못하고 히노는 말문을 열었다.

"……못난 꼴 보인 김에 하나 알려줄게."

"뭔데요?"

"경찰학교 시절에 내가 하보로한테 달려든 얘기 있잖아? 그건 딱히 나와 녀석의 정의관이 어쩌고 하는 고상한 이유가 아니었어."

"그럼 뭔데요?"

"좋아했거든. 그만둔 동기를."

이리에가 깜짝 놀란 얼굴로 히노를 보았다.

"계장님이요?"

"그래서 그놈한테 화가 났지."

히노는 웃으려 했지만 어색한 웃음만 나왔다. 이리에는 그런 상사의 얼굴에서 눈을 돌렸다.

"시시하지? 난 변한 게 아니라 처음부터 부하가 기대할 만한 형사가 아녔어."

"그래도 뭐, 인간미가 느껴지는 에피소드이긴 하네요."

"잘 받아주네."

"유능한 부하의 조건이니까요."

"고마워."

"그리고 사랑이란 원래 그런 거잖아요."

비슷한 구절을 어딘가에서 본 것 같았다. 하야토의 시다.

"그런 결론은 싫은데."

신호가 파란불로 바뀌었다. 히노는 조수석 창에 이마를 댔다.

"……하보로 과장님은 어떨까요?"

"뭐가?"

"변한 걸까요, 안 변한 걸까요. 사타케의 아버지는 가차 없이 잡아들였으면서, 억측으로 마음이 약해져서 수상한 인물에 대해서는 부적절한 대응을 취하기도 했잖아요."

"뭔가 하보로에 대해서도 오해하는 것 같군. 그 녀석은 예전부터 자로 잰 듯 고지식한 인간이 아니었어. 녀석이 따르는 건 자기 신조야. 그게 규칙과 일치해서 돌아가는 동안은 규율을 중시하는 우수한 경찰관처럼 보이는 거고."

히노는 경찰학교를 그만둔 동기와 딱 한 번 다시 만난 적이 있었다.

──교관이 집적거려서 괴로웠어. 하지만 그걸 받아들이지 않으면 안 된다고 생각하는 나도 있었어.

그때 그녀가 했던 말이 지금도 선명하게 떠올랐다.

──큰 조직 안에서 살아남으려면, 오히려 그걸 이용하는 강단을 가져야 한다고 생각했어. 근데 그런 생각으로 일을 계속했다면 나는 분명 상처받은 사람 곁에 설 수 없었을 거야. '당신이 나약해서 이렇게 된 거 아냐?'라고 피해자를 탓하는 경찰관이 됐을지도 몰라.

갑자기 입을 다문 자신을 힐끗 보는 이리에의 시선이 느껴졌다. 히노는 일부러 밝은 목소리를 냈다.

"다시 생각해 봐. 경찰학교 시절에 동기와 교관을 날려버린 놈이야. 앞뒤 가리지 않는 놈이라고."

"하긴, 취해서 현장을 휘젓고 다니는 형사만큼 비상식적이긴 해요."

"오냐오냐하니까."

"……만일 수상한 인물이 정말 오누마 겐이고, 그를 자기 손으로 붙잡는다면 그때 하보로 과장님은 어떻게 할 생각이었을까요?"

그건 히노도 알 수 없었다. 하보로에게 물을 때가 올지도 모른다. 다시 눈을 감고, 서에 도착할 때까지 침묵을 지켰다.

──그래서 지금은 하보로에게 구원받았다고 생각해.

그날 헤어지면서 그녀가 했던 말을 떠올렸다.

　　　　7월 2일

서로 돌아온 두 사람을 맞이한 건 하보로였다. 그는 홋코위클리를 찾아가 보는 게 어떻겠냐고 제안했다.

그 손에는 히노가 건넨 자료가 들려 있었다.

"오누마 겐이 사라진 건 10년 전, 2014년 3월이야. 이때 야기 다쓰오는 대형 흥신소에서 일하고 있었어. 야기가 퇴직한 건 2014년 5월이고. 그 직후 홋코위클리에 익명으로 보내진 형태로 고객 데이터가 유출됐지. 만약 오누마 겐과 야기 다쓰오가 조사상의 일로 관련되어 있다면, 그때 데이터에서 뭔가 단서를 찾을 수 있을지도 몰라."

야기 개인이 수집한 기록만 쫓고 있던 히노에게는 눈이 번쩍 뜨이는 지적이었다. 하나모리시의 홋코위클리 본사에는 이리에가 혼자 가겠다고 나섰다.

"가는 길에 고마네서에 들러 상사의 실수를 사과하고 오겠습니다."

"내가 직접 사과하러 가는 게 나을 것 같은데."

"계장님이 나서면 그쪽 심기만 불편해질 거예요. 서에서 책상 정리나 하고 계세요."

"홋코위클리에서 자료 제공을 꺼리면 억지로 밀어붙이지 마. 서에 민원이 들어오면 투서 건까지 해서 앞으로 움직이기 어려워지니까."

“알아요.”

“부탁한다.”

“계장님.”

“응?”

“왠지 우리, 형사라기보다 사립 탐정 같아졌네요.”

“하. 악덕 탐정이 되지 않도록 조심하자고.”


도중에 고마네서에 들렀다가 홋코위클리 본사로 간다면, 단순 왕복만으로도 두 시간 반은 걸린다.

이리에가 돌아올 때까지 히노는 책상 정리가 아니라 오누마 겐의 실종 기록을 조사해 보기로 했다. 장소는 형사과장의 눈이 닿지 않는 생활안전과 응접실. 하보로가 보관실에서 수사 자료를 철한 파일을 들고 왔다.

“바쁜데 미안하군.”

“애초에 이 건을 너한테 가져간 건 나니까.”

“일이 이렇게 돼서 후회해?”

하보로는 대답하지 않았다.

행방불명자 신고가 취하된 탓에 오누마 구미가 제공한 물품은 반환됐지만, 히메카미서에서 작성한 기록은 일정 기간 보관된다. 히노가 파일을 펼치자 하보로는 말없이 맞은편 소파에 앉았다. 먼저 실종 경위에 대해 훑어봤다.

2014년 3월 6일 목요일. 오누마 겐은 평소와 마찬가지로 오전 7시 15분경 히메카미시의 자택, 현재도 구미와 하야토가 살고 있는 그 집을 나와 직장으로 향했다.

"배송업체에서 일했다고 했지?"

히노는 눈앞의 하보로에게 물었다.

"하야 택배라고, 2017년에 도산했는데 법인 대상 배달 하청업체였어. 예를 들면 호프마트 같은 슈퍼와 계약해서 택배 서비스를 담당했지. 큰 회사는 아니었지만 현 내 몇 곳에 영업소가 있었어. 본사 겸 영업본부는 하나모리시에 있었고, 오누마 겐은 거기서 영업을 담당했어. 구미와는 일하다 알게 됐을 거야."

오후 4시 40분, 구미의 스마트폰에 남편이 보낸 메시지가 도착했다. '야근 때문에 늦을 테니 저녁은 먹고 들어갈게'라는 내용이었다. 조서에 따르면 이것이 겐에게서 온 마지막 연락이었다. 이후 구미가 몇 번인가 메시지를 보냈지만 답장은 없었다. '귀가가 아주 늦어지는 날도 있고 회사에서 묵는 날도 있어서, 그때는 그다지 걱정하지 않았다'라는 진술이 보였다.

다음 날인 3월 7일 금요일. 구미는 오전 9시에 자신의 직장인 호프마트 데쓰난점에서 하야 택배 본사에 전화를 걸어 남편이 출근하지 않았다는 걸 알았다. 전날 오누마 겐은 외근을 중심으로 업무를 처리한 뒤, 오후 5시경 거래처에서 회사로 복귀했다. 그 뒤 업무 일지를 정리하고, 거의 정시인 오후 5시 35분에 퇴근했다는 사실이 동료의 증언으로 밝혀졌다.

구미가 처음 경찰서를 찾은 건 다음 날인 토요일이었다. 오전에 상담하고, 오후에는 사진 여러 장을 첨부해 행방불명자 신고를 제출했다. 그로부터 이틀 뒤에는 개인 식별을 위한 자료로 건강검진이나 헌혈했을 때의 혈액 검사 결과, 치과 진료 기록 등을 가져왔다.

행방불명자 정보는 경찰 조직에서 공유되었지만, 구미의 신고 내용으로는 긴급성이 있다고 판단되지 않아 수색이 적극적으로 이루어지지 않았다.

히노가 물었다.

"횡령 건은?"

"그건 하야토가 가져온 메모를 읽고 나도 처음 알았어."

구미의 면담 청취록에는 횡령에 관한 내용은 없었다.

하보로가 주머니에서 수첩을 꺼냈다. 꼼꼼한 성격의 생활안전과장은 히노와 달리 제대로 메모를 옮겨두고 있었다.

**2014년**

> **3월 21일**　하야 택배에서 전화. 횡령 혐의로 조사 중. 피해 약 220만
>
> **3월 24일**　하야 택배에서 전화. 대부업체에서 남편을 찾는 연락이
>
> 　　　　　있었다고
>
> **4월 3일**　제3금융권 4곳. 원금 총 190만
>
> **4월 11일**　남편 휴직 수속. 횡령액 224만. 매월 5만 이상 상환.
>
> 　　　　　상담 철회. 피해 신고 제출 보류하기로 답

**4월 23일　시모가 200만 보냄**

**4월 25일　빚 청산**

남편의 횡령 혐의를 알게 된 건 행방불명된 지 약 2주 뒤의 일이었다. 그 직후 소비자금융에서 상환 독촉이 시작된 모양이었다. 빚에 관해서는 경찰 자료에도 기록이 남아 있었다. 당시 생활안전과 주임이 돈을 빌린 각 금융사에 찾아가 추심 상황을 확인했던 것이다.

그에 따르면 빚을 진 건 행방불명이 되기 전년 7월부터인데, 처음에는 몇만 엔 정도였던 금액이 상환과 대출을 반복하는 사이 차츰 커져서 이듬해 1월에는 한 번에 수십만 엔으로 불어나 있었다. 모두 무인계약기를 통한 대출이었고, 네 곳 중 세 곳에서 한도액인 50만 엔에 이르렀다. 하지만 행방을 알 수 없게 된 3월까지는 매달 상환 기일에 금액의 많고 적음은 있어도 입금이 이루어져 문제가 될 만한 연체는 발생하지 않았다.

따라서 금융 회사와 오누마 겐 사이에 본 실종 사건과 직결되는 문제가 있었다고 보이진 않는다는 것이 당시 주임의 결론이었다.

구미의 메모를 통해 시어머니, 즉 오누마 겐의 어머니의 도움으로 빚 문제를 해결했다는 걸 알 수 있었다. 한편 횡령에 대해서는 구미와 하야 택배 사이에 상환에 관한 약정이 체결된 것 같았다.

"상환할 테니 경찰에 피해 신고하는 걸 보류해 달라고 했다. 그렇게 읽히는군."

하보로의 말에 히노가 물었다.

"그럼 '상담 철회' 부분은 어떻게 해석해? 피해 신고까지는 하지 않았지만 경찰에 **상담은** 했다. 그런 의미 아닐까?"

"만약 그랬다면 그 기록이 우리한테 남아 있어야 말이 되지."

"회사 소재지로 보면 하나모리 중앙서 관할 아닌가?"

"행방불명자 정보는 공유되잖아. 상담만 했다 해도 중앙서에서 오누마 겐의 횡령 혐의를 알았다면, 그걸 실종과 전혀 연결 짓지 않았을 리가 없지."

하보로는 신음하며 팔짱을 끼더니, 곧 동그란 눈을 부릅떴다.

"뭐야. 간단하잖아."

"나도 알려줘, 아이디어맨."

"그딴 소리 지껄이기 전에 그 숙취에 찌든 머리를 좀 굴려보라고. 꼭 경찰에 상담했다고 볼 수는 없지. 특히 이런 안건의 경우에는 말이야."

"……변호사인가."

"하야 택배 파산 건을 맡았던 사무소가 하나모리시에 있었어. 그곳과 전부터 교류가 있었을지도 몰라."

하보로가 바위 같은 이마를 바위 같은 주먹으로 쳤다.

"꽤 큰 곳이었는데…… 젠장, 이름이 생각나지 않네."

"혹시 잇카쿠 법률사무소야?"

 7월 2일

하보로의 주먹이 딱 멈췄다.

"맞아, 거기야."

"문의해 봐야겠어. 마침 거기 변호사랑 만나고 온 참이거든."

"문의한다고? 횡령 건으로 하야 택배에서 상담을 받은 적이 있냐고 물어볼 셈이야? 그 변호사가 얼마나 허술한 놈인지는 모르겠지만, 아무리 멍청해도 말해주지 않을걸."

"전 직원 연락처쯤은 무심코 흘릴지도 모르지."

스마트폰으로 '하야 택배 파산'이라고 검색하니, 전 사장 이름이 하야미라는 사실은 금방 알아낼 수 있었다. 하야 택배라는 건 '빠른° 택배'의 줄임말인 줄 알았는데, 창업 당시의 사명인 '하야미 택배'의 줄임말이었다.

"하지만 빚에 횡령 금액을 다 합쳐도 400만 엔이야. 확실히 큰돈이긴 하지만, 행방을 감추고 그 후의 인생을 망칠 정도의 금액은 아니잖아."

"손에 들어오는 게 돈뿐이라면 네 말이 맞아. 하지만 만약 야기 다쓰오와 오누마 겐의 접점이 흥신소 조사를 통해 생긴 거라면……?"

히노의 물음에 하보로는 미간에 깊은 주름을 잡았다.

"……여자인가."

조사 내용으로도, 돈이 필요해지는 이유로도 가장 흔한 것

- 일본어로 '빠르다'는 하야이ﾊﾔｲ이다.

이 불륜이다.

"하야 택배의 전 직원에게 그 부분에 대해 짚이는 게 있는지 물어보고 싶어."

히노는 잇카쿠 법률사무소에 전화를 걸었다. 신호음이 두 번 울린 뒤 상대가 전화를 받았다.

"히메카미서의 히노입니다. 어제 그쪽 사무소의 겐비시 변호사님께 말씀을 여쭌 적이 있습니다만……."

"네, 물론 기억합니다. 안녕하세요, 어쩐 일이십니까?"

"아, 겐비시 변호사님이시군요. 안녕하십니까. 전화도 직접 받으시네요."

"조직에서 전화 응대를 싫어하는 인간은 출세하지 못합니다. 제 지론이죠."

겐비시의 말투는 여전했다.

"그 후로 수사에 진전은 좀 있습니까?"

"다소 진전됐습니다. 협조해 주셔서 감사드립니다."

"감사 인사로 배가 부르진 않습니다만, 어쨌든 다행입니다."

"사실 긴히 상담드릴 게 있어서요."

"아이고. 경찰과 검찰에서 그렇게 말하면 좋은 일이 없는데."

"이 세상에 좋은 상담이 어디 있겠습니까."

"놀랍군요. 진리를 말하는 경찰관도 세상에 존재하지 않는 줄 알았습니다만. 무슨 일이십니까?"

"7년 전에 도산한 하야 택배라는 회사를 아십니까?"

"네, 압니다."

"그 회사 파산 신청 수속에 그쪽 사무소가 관여하지 않았습니까?"

"어라. 오늘은 야기 다쓰오 건이 아니군요."

"파산 건과 관련이 있는지 알고 싶습니다."

"그러시군요. 하지만 민사는 제 담당이 아니라 저한테 물으셔도……."

"그 건을 담당했던 변호사를 소개해 주실 수 없을까요?"

"일단 뭘 알고 싶으신지 말씀해 주시죠. 이래 봬도 사무소에서는 나름대로 지위가 있습니다. 독립 못 하고 오래 다닌 덕에."

"하야 택배의 전 사장, 혹은 전 직원의 연락처입니다."

그렇게 말하자 스마트폰 너머에서 겐비시가 시원하게 웃음을 터뜨렸다.

"변호사가 의뢰인의 정보를 줄줄 떠들면 끝입니다. 은행원이 대여 금고에서 고객이 보관한 금품을 훔치는 꼴이라고요."

"어렵겠습니까?"

"당연한 거 아니겠습니까?"

"그럼, 그쪽에서 전 관계자에게 연락을 취해주실 수는 없겠습니까? 그래서 10년 혹은 그 이전에 발각된 어떤 직원의 횡령 건에 대해 경찰에 이야기해 줄 수 있는 분이 있으면 그 연락처를 알려주시면 됩니다."

"잠깐만요."

겐비시도 흐트러질 때가 있는 모양이다. 그는 웬일로 당황한 목소리로 물었다.

"그 횡령이라는 게 무슨 말입니까?"

"그 건에 대해서도 하야 택배에서 그쪽 사무소에 상담했을 거라고 추측하고 있습니다."

"아하…… 알고 싶다는 게 그거군요. 그 악덕 탐정이 악덕 직원의 횡령에 대해 조사를 했는지?"

"혹은, 횡령을 하게 된 이유를요."

"……그렇군요. 하기야 뭐, 품은 사랑의 수만큼 예금 계좌가 필요한 법이죠. 이건 제 지론이 아니라 진리에 가깝습니다."

눈치 빠른 변호사는 웬일로 입을 다물고 뭔가 생각에 잠긴 것 같았다.

"시간을 좀 주시겠습니까. 당시 담당했던 사람에게 말은 전해 두겠습니다. 여기서는 제 다음가는 고참이거든요. 다만 좋은 답변은 기대하지 마십시오. 무려 그 사람은 저 다음으로 고지식한 사람이라서요."

자신 있는 농담이었는지 겐비시는 또다시 상쾌하게 웃음을 터뜨리더니 느닷없이 전화를 뚝 끊었다.


"될 것 같아?"

하보로의 물음에 히노는 모르겠다고만 답했다. 이렇다 할 수확을 거두지 못한 채 다시 자료에 집중했다. 거기에는 그저께 신경 쓰였지만 일단 방치해 두었던 것의 답이 적혀 있었다.

하야토가 찾아온 뒤, 히노는 2014년 3월 이후 인근 지역에서 발견되어 현재도 신원 불명으로 남아 있는 시신들을 검색했다. 그 결과, 같은 해 6월 히메카미시의 하천 부지에서 발견된 시신 〈14B〉의 특징, 성별, 추정 연령, 혈액형이 오누마 겐과 일치한다는 걸 알아챘다. 발견 당시 죽은 지 수개월에서 수년이 지난 것으로 추정되었고, 만일 실종 직후에 사망했다면 그 점도 모순이라 할 수 없었다.

히노가 알고 싶었던 건 이 시신이 오누마 겐이 아니라는 검증이 확실히 이루어졌는지였다. 자료에 따르면, 치과 진료 기록과 대조 및 DNA 감정 결과에 기초하여 **시신은 오누마 겐과는 다른 사람**이라고 단정 짓고 있었다.

이때 오누마 겐의 DNA 시료는 그가 사용했던 빗과 칫솔에서 채취한 것이었고, 그에 더해 당시에는 생존해 있던 친어머니의 구강 점막을 채취해 비교용 샘플을 제조했다.

나아가 자료에는 히노가 신경 쓰던 또 다른 시신에 대한 기술도 있었다.

고마네시 산중에 묻혀 있던 시신 〈16A〉의 특징은 자연 곱슬기가 있는, 귀를 덮는 길이의 머리카락이다. 그러나 당시 구미의 증언에 따르면, 오누마 겐의 머리는 그 정도로 길지 않았고 곱슬머리도 아니었다. 무엇보다 시신의 혈액형이 O형이었기에 DNA 감정을 할 것도 없이 다른 사람으로 보고 있었다.

문득 또다시 하야토의 말이 머리를 스치고 지나갔다.

오누마 겐은 정말 AB형이었을까.

틀릴 리가 없다. 히노는 기우라고 코웃음을 쳤다.

"하보로. 실종 선고 신청은 행방불명으로부터 7년이 지난 직후에 이루어졌나?"

"그래. 선고가 내려진 건 그 이듬해였고."

고개를 끄덕이며 히노는 자료를 덮었다.

"그러고 보니 사타케 와타루의 아버지는 어떻게 됐어?"

"장기간에 걸쳐 딸에게 폭력을 휘두르고 있었어. 엄중 처분 의견으로 검찰 송치할 거야."

"반성하는 태도는 안 보이고?"

"일시적으로 기가 죽었긴 한데, 조금이라도 술을 마시면 도로 아미타불이야."

히노는 자리에서 일어서며 하보로의 협조에 감사를 표했다.

"이다음은 어쩔 셈이야?"

"우에무라 교코가 근무하는 돌봄교실 위치 좀 알려줘."

"……우에무라 교코도 만날 거야?"

하보로는 약간 싫은 티를 냈다.

"아직 약속을 지키지 못했잖아."

"무슨 약속?"

"너 대신 머리 숙여주겠다고 한 약속."

## 4

히노는 몇 시간 만에 다시 데쓰난 지구를 찾았다. 초등학교와 중학교는 고지대 위에 자리하고 있다. 학교 건물을 지나 반대편으로 내려가자 아동센터가 나왔다. 센터에 병설된 형태로 방과 후 돌봄교실이 운영되고 있다고 한다.

입구 문을 열자 현관홀에서 놀던 아이들은 낯선 어른이 나타난 걸 보고 일제히 어디론가 흩어졌다. 대신 무릎길이의 치노 팬츠를 입은 짧은 머리의 여성이 오른쪽 다리를 살짝 끌며 사무실에서 나왔다.

"히메카미서에서 나왔는데요, 우에무라 교코 씨 계십니까?"

사실 물을 것도 없었다. 이틀 전, 똑같이 오른쪽 다리를 살짝 저는 여성이 생활안전과에 들어가던 모습을 히노는 기억하고 있었다.

"네. 접니다."

부드럽게 아치형을 그린 눈썹 아래 자리한 눈꼬리에 잔주름이 잡혔다. 투서를 읽고 멋대로 상상했던 이미지와 달리 온화한 미소였다.

"수사계 히노 형사님이시죠?"

"절 어떻게 아십니까?"

"점심때 구미, 오누마 구미 씨한테 연락이 와서, 혹시 그분인가 싶었어요."

“무례한 형사가 찾아갈 테니 조심하라고요?”

“비슷해요. 하야토가 혼자서 경찰서에 찾아갔다면서요?”

“덕분에 즐거운 시간을 보냈습니다.”

“그래서 내버려둘 수 없다고 생각하신 거군요. 착한 아이죠?”

“착한 아이가 아니라도 경찰은 방치하지 않습니다.”

“그러기를 바랍니다.”

우에무라의 하얀 티셔츠는 왼쪽 자락만 늘어나 있었는데, 갈색 얼룩이 묻어 있었다. 히노의 시선을 알아챈 그녀는, “아이들이 간식 먹은 손으로 잡아당겨서요”라며 다시 미소 지었다.

“일단 들어오세요.”

내어준 슬리퍼로 갈아 신고 사무실 안쪽의 공간으로 들어갔다. 테이블 양쪽에 철제 의자가 놓여 있었다.

“여기서 잠시만 기다려 주세요.”

“너무 신경 쓰지 마십시오.”

히노는 사양했지만 우에무라는 결국 페트병에 든 음료수를 들고 왔다.

“차가운 차 괜찮으세요?”

“감사합니다.”

“오늘은 어떻게 오셨죠?”

우에무라도 철제 의자에 앉았다.

“지난번 생활안전과의 대응에 대해 사과드리러 왔습니다.”

“농담이시죠?”

"반드시 그런 건 아닙니다."

"그럼 비꼬는 거네요."

"제가 뭘 신경 쓰고 있는지, 오누마 씨가 말씀 안 하셨습니까?"

우에무라는 잠깐 말을 망설이듯 입을 삐죽였다.

"하야토 아버지 일, 이제 와서 열심히 찾기 시작하셨다면서요."

"다이야에게 말을 건 남자의 정체가 오누마 겐 씨라면, 그렇게 되겠죠."

그렇게 말하는 히노를 우에무라는 살짝 노려봤다.

"정황상 그 남자가 다이야를 하야토로 착각했을 가능성은 있습니다. 하보로도 그렇게 생각했고, 그래서 원칙대로 대응하지 못했죠. 그 녀석이 하야토를 생각하는 마음은 훨씬 더 크니까요."

히노는 반응을 유도하듯 웃어 보였지만, 우에무라의 표정은 변하지 않았다.

"하보로가 그 일에 대대적으로 조치하지 않은 건 물론 태만했기 때문은 아닙니다. 그 녀석은 일부러 순찰을 허술하게 돌아서 남자를 다시 유인하려 했습니다. 말하자면 함정을 파놓은 거죠. 물론 경찰관으로서 좋은 선택은 아닙니다. 변명의 여지가 있다고 생각하지 않고, 우에무라 씨의 민원이 잘못되었다고 말할 생각도 없습니다. 왜냐하면 당신은 아마 그런 사정을 다 알고 투서를 보냈을 테니까요."

"단정 지으시는군요."

"당신은 수상한 남자가 오누마 겐 씨일까 봐 두려웠어요. 그의 신병이 확보되는 게 두려웠던 거죠. 하보로는 남자를 붙잡으려 했지만, 당신은 남자를 달아나게 해야 한다고 생각했어요. 당신은 경찰에 대한 민원을 신문에 싣는 방법으로 하보로가 개인적으로 순찰을 돌지 못하게 하는 동시에 **수상한 자에게 경고를 날렸**습니다. 이 지역에 더는 접근하지 말라는 뜻이었죠. 당신은 수상한 남자가 홋코위클리를 읽는다고 확신했습니다. 왜냐하면 수상한 남자가 나타난 타이밍이 **너무나 딱 맞아떨어졌**으니까요. 홋코위클리에 하야토의 시가 실린 건 5월 11일이에요. 수상한 남자가 나타난 건 그로부터 불과 이틀 후인 13일의 일이었죠."

우에무라는 페트병 뚜껑을 열고 차가운 녹차를 마셨다. 창문에서 들어오는 햇살이 그녀의 하얀 목을 더욱 희게 물들였다.

"당신도 하보로도, 그리고 아마 구미 씨도 수상한 남자와 오누마 겐 씨를 연결 지어 생각했을 거예요. 그가 홋코위클리에 실린 하야토의 이름을 보고 잠깐이라도 만나고 싶어져서 모습을 드러낸 게 아닌가 하고요."

"겐 씨는 하야토가 태어나기 전에 집을 나갔어요."

녹차로 적셔졌을 우에무라의 목소리가 왠지 조금 갈라져 있었다.

"겐 씨는 하야토의 이름을 몰라요. 아니, 아들이 있다는 것
도 모를 거예요."

"그렇다면 **더욱더** 그렇게 생각하지 않았겠습니까? 신문에는
하야토의 성씨뿐 아니라 다니는 초등학교 이름과 학년까지 적
혀 있었습니다. 혹시 내 아이가 아닐까…… 그렇게 의심하기 충
분한 정보죠. 그리고 의심한 이상 확인하지 않고는 못 배기게
되어서……."

"구미 씨는 계속 괴로워해 왔어요."

우에무라가 강한 어조로 히노의 말을 끊었다.

"어느 날 갑자기 남편을 잃고, 홀몸으로 아이를 낳아 키우다
겨우 마무리를 지었어요. 그런데 이제 와서 과거의 망령이 나타
나다니, 그런 일이 있어서는 안 돼요."

"오누마 겐 씨가 살아 있다고 생각하시는 거군요?"

"안 해요. 그래서 망령이라고 한 거예요."

"하지만 망령이 공원에서 아이한테 말을 걸거나 하진 않죠."

"그렇죠. 그러니까 그 수상한 남자는 오누마 겐 씨가 아니에
요. 간단한 이치잖아요? 제가 민원을 넣은 건 순수하게, 경찰이
해야 할 일을 해줬으면 하는 마음에서예요."

"알겠습니다. 그런데 아까 좀 신경 쓰이는 말씀을 하셨는데
요. 오누마 겐 씨는 자기에게 아들이 있다는 사실도 모를 거라
고요…… 제가 들은 바로는, 그가 행방불명이 된 시점에서 오누
마 구미 씨는 이미 임신 중이었을 텐데요."

"겐 씨한테는 말하지 않았대요."

"왜죠?"

"……제가 그 질문에 대답하지 않으면 구미 씨한테 같은 질문을 하실 건가요?"

"필요하다고 생각되면 할 수도 있습니다."

우에무라는 아주 잠시 망설이다 말을 이었다.

"하야토가 태어나기 전에 구미 씨는 유산을 했어요. 그래서 하야토 때는 안정기에 들어설 때까지 남편에게 비밀로 해두기로 했나 봐요. 기대하게 해놓고 또 실망시키면 남편도 상처받고, 본인은 더 상처받으니까요."

"죄송합니다. 남의 비밀을 폭로하게 해서."

"그걸로 경찰이 구미 씨에게 접근하는 횟수가 줄어든다면, 폭로한 보람이 있죠. 그 가족이 제발 평온하게 지냈으면 하니까요."

우에무라 교코는 확실히 오누마 구미의 언니이자 하야토의 이모 같았다.

"오누마 겐 씨가 실종된 이유에 대해 뭔가 짐작 가는 게 없으십니까?"

"없습니다."

"구미 씨한테 남편에 관한 고민을 들은 기억은요?"

"글쎄요. 부부 관계에 관한 불평불만은 흘려들었으니까요."

"남편에게 여자 문제가 있었을 가능성은 없습니까?"

          7월 2일

"가능성이야 누구한테나 있는 거 아닐까요?"

언니 모드로 들어간 우에무라는 가드를 올려 완전히 수비 태세를 굳혔다.

"두 분은 어렸을 때부터 알고 지냈다고 들었는데요."

이 질문에 그녀의 표정이 살짝 누그러졌다.

"구미 씨가 중학교에 입학하기 직전 봄방학에요. 저는 중학교 3학년이 될 즈음이었죠. 학교는 달랐지만요."

"당신을 동경해서 관악부에 들어갔다는데요."

"거짓말이에요. 제가 억지로 권했죠."

"지금도 악기를 연주하십니까?"

"아뇨. 고등학교에 들어가서 부상을 입어 그만뒀어요."

"심하게 다치셨습니까?"

"손목하고 무릎을요."

그 말을 들은 히노의 시선이 무심코 테이블 아래로 보이는 그녀의 다리로 옮겨갔다. 우에무라는 시선을 알아채고 말했다.

"오른쪽 다리는 그때 후유증으로 이렇게 됐죠."

"실례했습니다."

"아니에요."

"심하게 다치셨네요."

"자전거에 치였거든요."

"어쩌다 그런 일이……."

"어머…… 제 아버지 일을 모르시는군요?"

우에무라는 뜻밖이라는 듯 눈을 동그랗게 떴다.

"아버지 일이요?"

"저희 아버지가 경찰에 신세를 진 적이 있거든요. 그런 것까지 다 조사하고 오신 줄 알았는데."

"날마다 조사 대상이 줄 서서 기다리는 상황이라서요. 오누마 씨에게 아버님이 중학교 교사셨다는 얘기는 들었습니다만."

"배구부 고문이셨는데, 지도 명목으로 체벌을 했습니다. 학교 측에서 공표하지 않고 일을 덮으려고 했다가 다친 학생의 보호자가 직접 교육위원회에 호소해서 일이 더 커졌죠. 상해 사건으로 아버지는 송치되었고, 피해자 가족과 합의해서 불기소 처분을 받았지만 교직은 그만두셨어요. 저는 폭력 교사의 딸이 되었고……."

"공격 대상이 됐군요?"

"따돌림이라고 해야 할지, 괴롭힘이라고 해야 할지, 저는 그런 일을 당해도 당연하다는 분위기가 조성됐어요. 아마 그 연장선상에서 벌어진 일이었을 거예요. 어느 날 하굣길에 뒤에서 달려온 자전거에 치여 도로 배수로에 떨어졌어요. 그런 일을 당한 걸 부모님한테 알리기 싫어서 숨기려 했는데, 무릎에는 좋지 않은 선택이었죠."

"골절되셨는데 참으신 겁니까?"

"물론 며칠 못 갔지만요."

"그 뒤로 학교는 어떻게 하셨습니까?"

"반년 휴학했다가 다른 지역 학교로 편입했어요. 휴학 중에 가족이 다 같이 히메카미를 떠났고요."

그러고 보니 오누마 구미가, 우에무라 가족은 사정이 생겨 다른 지역으로 이사했다고 했었다.

"지금 사시는 곳은……."

"이사 전까지 살았던 본가예요. 저도 초등학교 교사였는데, 16년 전에 히메카미시의 학교로 발령받아서 돌아왔어요."

"지금은 혼자 사십니까?"

"네."

"부모님은 같이 안 사시고요?"

"아버지는 돌아가셨어요. 어머니는 이제 여기로 다시는 돌아오고 싶지 않으신 모양이에요."

"교사를 그만두신 건 뭔가 특별한 이유가 있어서입니까?"

"초등학교는 기본적으로 담임교사 한 명이 전 과목을 지도하는 시스템이잖아요. 그러다 보니 제 경우 아무래도 소홀해지는 부분이 생겨서요."

"그래도 일할 수 있는 환경을 만드는 걸 학교가 아이들에게 보여줘야 하지 않습니까?"

"경찰은 그게 되나요? 시민에게 모범이 되는 노동 환경을 조성하고 있어요?"

"다른 건 몰라도 제 책상은 보여드릴 수 없겠군요."

우에무라가 오랜만에 미소를 지었다.

"그냥 저 스스로 왠지 일하기 힘들다는 느낌이 들었어요. 그런 타이밍에 아버지가 돌아가셔서 유산이 조금 들어왔고요."

"숨 돌릴 수 있는 환경이 만들어졌군요."

"네, 그렇게 됐죠. 그즈음부터 방범 자원봉사에 참가하기도 하고."

그렇게 말하며 우에무라는 벽시계로 시선을 돌렸다. 그 모습을 보고 히노는 자리에서 일어났다.

"바쁘신 와중에 갑자기 찾아와서 죄송했습니다."

"또 오실 일이 있을 것 같나요?"

"오누마 구미 씨한테 여쭙기 어려운 일이 있으면요."

"비겁하시네요."

죄송하다고 말하며 히노는 창밖으로 눈을 돌렸다. 작은 운동장에서 아이들이 축구를 하며 놀고 있는 줄은 알았지만, 그 안에 하야토가 있다는 건 이제야 알았다. 하야토는 공에 몰려드는 무리에서 조금 뒤처져 움직이고 있었다.

주머니에서 스마트폰이 울렸다.

"잠시 실례하겠습니다."

우에무라에게 고개를 숙이고 창가로 다가갔다. 이리에의 전화였다.

"어, 수고."

"수고하십니다. 지금 어디 계세요?"

"곧 서로 돌아가려던 참이야. 그쪽은?"

"저는 복귀했어요."

"빠르네. 성과는 없나 보군."

"그런 말씀 마세요. 애초에 우리랑 관계가 틀어졌잖아요."

"어느 쪽 말이야?"

"둘 다 아닐까요?"

하야토는 아이들에게 손을 흔들며 열심히 패스를 요구했지만, 좀처럼 공을 보내주지 않았다. 그러다 어깨를 씩씩거리기 시작하더니 멈춰 서는 일이 많아졌다.

"고마네서 쪽은 그렇다 치고, 홋코위클리는 쉽게 정보를 줄 생각이 없어 보여요. 10년 전, 시리우스 탐정사의 고객 명단이 익명으로 날아왔을 때, 홋코에서 시리우스에 취재를 신청했지만 거절당했대요."

하야토가 기침을 하기 시작했다.

"그래서 홋코는 독자적으로 조사해서 명단에 신빙성이 있다고 판단하고, 정보 유출이 있었다는 걸 공표하려고 했어요. 하지만 그 타이밍에 현경 본부에서 기사로 내지 말라는 요청이 들어와서……."

기침은 점점 심해졌고, 하야토는 바지 주머니를 뒤적였다.

"……계장님, 듣고 계세요?"

"그래, 듣고 있어. 왜 거기에 현경이 끼어들었대?"

"시리우스 고문 중에 전직 현경 간부가 있었다고 해요."

끝내 하야토는 무릎을 꿇고 허리를 굽힌 자세로 그 자리에

웅크렸다.

보통 일이 아니다. 히노는 스마트폰을 귀에서 떼고, 창밖에 시선을 고정한 채 뒤에 있는 우에무라에게 외쳤다.

"큰일입니다. 하야토가……!"

여차하면 창문으로 뛰쳐나가려고 잠금장치를 풀었을 때, 한 소년이 가방을 휘두르며 하야토 곁으로 달려갔다. 나카야마 다이야였다. 다이야는 작은 체구의 하야토를 부축해 벤치까지 데려가서 가방에서 꺼낸 하얀 것을 건넸다. 하야토는 그걸 입에 댔다.

뒤돌아보자 우에무라는 미소 지으며 고개를 끄덕였다.

이리에가 부르는 소리가 들렸다. 히노는 스마트폰을 다시 귀에 가져갔다.

"계장님, 괜찮으세요? 방금 그 비명은 뭐예요?"

"괜찮아. 하던 얘기 계속해."

"……현경 본부는 시리우스에서 명예훼손으로 상담을 요청했다며 홋코에 명단 제출을 요구했지만, 홋코 측이 이를 거부하고 기사를 냈어요. 홋코는 기자 클럽에서 배제됐고 관계가 악화된 채 현재에 이르렀죠. 제가 문의하니 또 일방적으로 요구하냐고 하더라고요."

"일방적인 게 아니라면 고려의 여지가 있다는 뜻인가? 하지만 이 시점에서 신문사에 제공할 만한 정보는 없어."

"물론이죠. 멋대로 그랬다가는 이번에야말로 수사에서 배제

될지도 몰라요. 하보로 과장님한테 뭔가 좋은 방법 없겠냐고 조언을 구해봤는데요, 자기한테 그런 게 있겠냐고 노려보기만 했어요.”

“어떻게 할지 좀 생각해 보자고.”

“네. 그럼 조심히 오십시오.”

통화를 끝낸 히노를 향해 우에무라가 말했다.

“천식이 있어요, 저 아이.”

“자주 발작합니까?”

“격하게 움직이면 가끔요. 다행히 흡입제를 쓰면 금방 가라 앉아서, 구미 씨하고 상의해서 어느 정도는 마음대로 하게 두고 있어요.”

듣자 하니 다이야가 가져온 건 하야토의 가방이었던 모양이다. 그러고 보니 히메카미서에서도 같은 가방을 어깨에 메고 있었다. 발작은 금방 가라앉지 않았고 지금도 계속해서 기침을 하고 있었다. 그런 상황에서도 하야토는 자신을 걱정하는 다이야를 보며 웃으려 했다.

히노는 창문의 잠금장치를 잠갔다.

“나카야마 다이야도 방과 후 돌봄교실에 다닙니까?”

“다이야는 아동센터에 온 거예요…… 그런데 히노 씨. 제 투서가 큰 문제가 됐나요?”

“네?”

“방금 전화요. 홋코가 어쩌고 하는 소리가 들렸거든요.”

"아뇨, 다른 건입니다. 신경 쓰지 마세요."

"저도 마음이 편치는 않아요."

"네. 우에무라 씨는 좋은 분이십니다."

"갑자기요?"

"하나 알아주셨으면 하는 건, 저래 봬도 하보로 역시 의외로 괜찮은 녀석이라는 겁니다."

"말씀 안 하셔도 알아요. 그 사람은 다정한 사람이니까요."

그렇게 말하며 우에무라는 창밖으로 시선을 돌렸다. 문득, 하보로가 담배를 끊은 게 하야토 때문일지도 모른다는 생각이 들었다.

"전달하겠습니다. 분명 기뻐할 겁니다."

"몇 번이나 말했거든요. 근데 제 말은 별로 마음에 안 와닿는 모양이에요."

"가슴둘레가 장난이 아니니까요."

우에무라는 손뼉을 치며 웃었다.


5


저녁 수사 회의. 텔레비전 화면에는 찡그린 얼굴들이 늘어서 있었다. 아마 저쪽도 이쪽을 보며 똑같은 생각을 하고 있을 게 틀림없다. 임의 조사에서 고다 미쓰코는 살인에 관여한 적이 없다며 계속 부인하고 있었다.

사법 해부 소견에 불러바드의 마스터 증언을 더하면, 야기 다쓰오 살해와 유기는 6월 27일 오후 11시 이후 몇 시간 안에 이루어졌을 가능성이 높다. 영상 분석을 담당한 히노의 부하 형사들은 이 시간대에 초점을 맞춰 히메카미시 내에서 고다의 승용차 또는 카란의 업무용 차량의 주행 기록을 찾고 있지만, 지금까지 성과는 없었다.

한편 시라카와 기요시는 28일에 살해되었지만, 방범 카메라 영상으로 오후 3시 40분까지의 생존이 확인되었으며, 이때 고다는 이미 다른 지역에 있었다. 그래서 고마네서는 그녀의 전 형부이자 예전 불륜 상대를 공범으로 상정했는데, 수사 결과 그는 이미 2년 전에 사망한 것으로 밝혀졌다. 이 사실을 보고한 가키모토 주임은 귓불을 잡아당기며 힘없이 자리에 앉았다.

다음으로 히노가 일어나서 USB 속 사진에 찍힌 인물, 오누마 구미와 나카야마 다이야에 대해 설명했다. 구미의 가족 구성 이야기를 꺼내자 가키모토가 "실종?" 하고 반응했다.

"네. 10년 전 3월, 오누마 구미의 남편은 퇴근 후 연락이 끊겼고 그대로 증발했습니다. 곧 행방불명자로 신고했지만 끝내 발견하지 못했습니다."

"사건에 휘말렸을 가능성은 없었습니까?"

"빚이 있었지만 다 합해 채 200만 엔이 안 됐고, 당시 각 금융사에 문의한 결과 상환을 둘러싸고 문제가 생겼을 가능성은 낮다는 결론을 내렸습니다.”

“야기 다쓰오와 관련됐을 가능성은요?”

“현재 나카야마, 오누마 집안과의 관련성을 조사 중인데, 현 시점에서 보고드릴 내용은 올라오지 않았습니다.”

히노는 상사인 과장에게도 같은 보고를 했다. 실제로 구체적으로 확인된 내용은 없는 것이나 다름없었다.

“이번 사건에 관련되었을 가능성이 있으면 신속하게 정보 공유 부탁드립니다.”

가키모토가 그렇게 못을 박았다. 그는 떨떠름한 표정으로 여전히 귓불을 잡아당기고 있었다. 보아하니 고다 미쓰코 범인설을 포기하기 직전인 것 같았다.


“오늘은 이쯤 하자고.”

히노는 이리에에게 잇카쿠 법률사무소에서 연락이 오기를 기다려보고, 홋코위클리 쪽은 다시 생각해 보자고 전했다.

“오늘은 술 마시러 가지 마세요.”

“당연하지. 바로 집에 갈 거야.”

거짓말로 대답하고, 히노는 결국 집이 아닌 곳으로 향했다. 바에 들른 건 아니다. 사흘 만에 사타케 와타루의 본가를 찾아갔다. 초인종을 누르자 “네, 지금 나가요”라는 답이 돌아왔다. 당황했다기보다는 어딘가 겁먹은 듯한 목소리였다. 문을 20센티미터쯤 열고, 와타루의 누나가 손수건으로 가린 얼굴을 반쯤 내밀었다.

"아."

"안녕하세요. 갑자기 찾아와서 죄송합니다."

"정말 매번 갑자기 오시네요."

그 말을 듣고서야, 수사하러 온 게 아니니 미리 전화하고 올 걸 반성했다.

"다치신 곳은 좀 어떠십니까?"

"아무렇지도 않아요. 처음부터 별로 아프지도 않았고요. 아버지도 진심으로 때린 게 아니라고 할까, 옛날에는 학교에서도 아무렇지 않게 체벌…… 아니 지도, 그런 식으로 지도했잖아요. 아버지도 그런 마음이었겠죠. 스트레스를 푼다든가 저를 아프게 하려던 마음은 없었을 거예요. 아니, 없었어요. 전 알아요."

손수건 끝자락 아래로 노란 멍이 보였지만 그녀는 계속 말을 이었다.

"그러니까 아버지는 아무 잘못도 없다고 해야 할까. 아, 아뇨, 아무 잘못도 없는 건 아니죠. 집도 이 모양이고, 이웃분들한테 폐도 끼치고, 와타루한테도 불법을 저지르게 했으니까요. 하지만 그건 아버지 혼자만의 책임이 아니고. 솔직히 저런 아버지를 제가 어떻게든 해야 했는데, 어머니가 떠나시고 제가 장녀니까, 어떻게든 해야 했는데, 그러지 못해서."

어느새 입가의 손수건은 흘러내리는 눈물을 빨아들이고 있었다.

"그런 말씀 마십시오. 노력하셨지 않습니까."

"아니에요. 제 잘못이에요. 그러니까 아버지를, 아버지를 집에 돌려보내 주세요. 아버지가 재판에 회부되다니, 만약 감옥에라도 들어가게 되면, 저는 어머니한테 뭐라고 해야……."

"잘 들으십시오. 실형을 피하려면 반성하는 모습을 보이는 게 중요합니다. 아버님이 진심으로 반성하고, 교도소에 들어가지 않아도 갱생할 수 있다, 그런 모습을 보여줘야……."

"엄마가 돌아가시기 전에 그러셨어요. 아버지를 부탁한다고. 그때 제가 그랬어요. 걱정하지 말라고요. 아버지도, 와타루도 제가 잘 보살피겠다고. 전 맏이에요. 엄마하고 약속했어요. 엄마한테, 아버지를, 엄마…… 아빠……."

그녀는 손수건을 꼭 움켜쥐고 시뻘건 눈으로 히노를 올려다보았다.

"죄송해요. 너무 혼란스러워서."

"아뇨. 저야말로 죄송합니다."

"저희는 정말 어떻게 해야……."

"사타케 씨, 아버님을 위하신다면 가족분들도 변해야 합니다. 지금까지의 방식이나 생각을 바꿀 필요가 있습니다. 오늘은 그 말씀을 드리러 왔습니다."

히노는 진심을 다해 말했다. 하지만 눈앞의 여성은 애매하게 고개만 끄덕일 뿐, 별로 와닿지 않는 모양이었다. "앞으로 가족끼리 노력할게요" 하고 고개를 숙이더니, "죄송해요. 냄비를 불에 올려놓고 와서"라고 말하며 문을 탁 닫았다.

집으로 돌아오니 딸은 이미 자기 방에 있었다. 닫힌 문 너머로 말을 걸었다.

"어젯밤에는 혼자 둬서 아빠가 미안해."

오늘 아침 아내에게서 메시지가 와 있었다. 집에 돌아오지 않아서가 아니라, 집에 오지 못한다는 사실을 딸에게 전하지 않은 것에 화가 난 모양이었다.

야간 근무를 마치고 새벽에 귀가하는 아내를 위해, 현관문은 잠금장치만 채우고 항상 안전고리는 걸어두지 않는다. 하지만 그건 집에 아버지가 있다는 전제하에서이고, 아버지가 몇 시에 돌아올지 모르면 딸은 혼자서 불안한 상태로 잠자리에 들어야 한다.

"세상에는 별의별 사건이 있다고 잘난 척 말했으면서……."

근무 중간중간에 딸에게 여러 차례 메시지를 보냈지만, 답장은 한 번도 오지 않았다. 지금도 방 안에서 아무 답이 없었다. 몇 번이나 부르다 포기하고 발길을 돌리려 했을 때, 다다닥 발소리가 들렸다. 닫힌 문 너머에서 딸이 말했다.

"그보다 엄마가 해놓은 저녁 안 먹은 거 사과했어요?"

"……안 했어."

"그럼 안 되지."

"그래. 안 되지."

“사과할 거야?”

“할게.”

문이 열렸다.

“근데 안전고리까지 걸어버리면, 엄마도 못 들어오잖아.”

“초인종 누르겠지.”

“나 깨잖아요.”

“피곤한 몸으로 돌아오는 엄마를 위해 가끔은 일찍 일어나 줘.”

“아빠도 피곤하죠?”

“응?”

“어제도 일이 바빴던 거죠?”

결과적으로는 일이었지만, 술을 마셨으니 역시 놀러 간 거라고 봐야겠지. 대답을 망설이자, 딸이 오른손을 뻗어와 이마를 살짝 쳤다.

“뭘 진지하게 생각해요. 그냥 일이었다고 하면 되잖아.”

“그래. 바빴어. 하지만 못 들어갈 것 같으면 연락했어야지. 아빠가 잘못했어.”

“알면 됐어요. 냉장고에 저녁밥 넣어놨어.”

주방으로 가서 냉장고를 열었다. 저녁은 토마토가 아니라 콩소메로 끓인 양배추롤이었다.

# 7월 3일

## 명단의 이름

1

수요일. 출근하자 이리에가 웃는 낯으로 달려왔다.

"무슨 일인데 그렇게 히죽거려? 별자리 운세 1위라도 했어?"

"안 봤는데요, 아마 그랬겠죠. 홋코에서 메일이 왔어요. 자료는 줄 수 없지만 보여줄 수는 있대요."

"무슨 바람이 불었지? 좀 무섭네."

그때 히노의 스마트폰이 울렸다. 잇카쿠 법률사무소에서 온 전화였다. 겐비시 변호사는 아침부터 기운이 넘쳤다. 아세롤라 홍차와 아사이볼 덕분이겠지. 인사를 나눈 뒤, 그는 느닷없이 "오늘 이쪽으로 와주실 수 있으세요?" 하고 본론으로 들어갔다.

"하야 택배의 하야미 전 사장이 오후에 오시기로 했습니다."

"만나주시는 겁니까?"

"그런 것 같습니다. 어제 말씀드린 저희 담당자가 하야미 씨 하고 연락이 안 돼서 음성 메시지를 남겨둔 모양인데요. 그걸 들은 하야미 씨가 아까 사무소에 전화했습니다. '그러면 일단 그쪽으로 가겠다'고 고집을 부리시는 겁니다. 제 쪽에서 경찰에 먼저 연락을 넣고 오시라고 말렸는데, 오후 1시에 가겠다고 하시더군요. 아무래도 성격이 급하신 분인 모양입니다. 성급한 성격의 소유자는 경영자에 적합하지 않다는 게 제 지론인데, 그걸 증명해 주시는군요."

"알겠습니다. 그럼 1시에 찾아뵙겠습니다."

"아 맞다, 망고푸딩."

"……네?"

"하야미 씨가 좋아한다고 하네요. 담당자한테 들었습니다."

"감사합니다. 변호사님도 망고푸딩 괜찮으십니까?"

"저는 그릭요거트? 아, 아닙니다, 농담이에요. 신경 쓰지 않으셔도 됩니다. 와주시기만 하면 저희는 그걸로 충분합니다."

히노는 이리에를 손짓해 불러서 그릭요거트가 뭔지 물었다.


홋코위클리에 도착하자 부편집장이라는 인물이 히노와 이리에를 맞이했다. 경찰에게 선물을 받아본 적이 없는지, 망고푸딩을 손에 든 그는 조금 당황한 기색이었다. 작은 회의실 같은 방으로 들어가니 하얀 테이블 위에 B4 크기 종이를 넣은 대형 클리어 파일이 놓여 있었다.



7월 3일

"요청하신 자료입니다."

"이틀 전만 해도 안 된다고 하시더니, 어쩌다 갑자기 보여주시기로 한 겁니까?"

히노는 의문스러웠던 점을 물어봤지만, 부편집장은 애매한 표정으로 내부에서 검토한 결과라는 애매한 대답만 했다. 영 수상했지만 그런 것까지 캐물을 시간은 없었다.

"좌우지간 허가가 떨어졌으니 보시죠."

"알겠습니다. 저기…… 복사기는."

"복사는 곤란합니다."

"그럼 사진을……."

"그것도 불가합니다. 여기 사외비 표시 안 보이십니까? 이런 명단의 복사본이나 사진이 그쪽 실수로 무심코 유출되기라도 하면, 저희로서는 엄청난 문제가 됩니다."

"보기만 하라는 겁니까?"

"내용을 옮겨 적은 메모는 가져가셔도 됩니다."

운세는 기껏해야 4위 정도겠군. 히노는 이리에에게 그렇게 속삭였다.


명단은 전부 다섯 장이었다. 컴퓨터 스프레드시트 프로그램으로 작성된 것으로 보였다. 한 줄에 의뢰인의 성명, 주소, 전화번호와 메일 주소가 있고, 항목별로 적은 의뢰 내용과 조사 기간, 보고 완료일과 보고 형식, 마지막으로 조사 비용이 이어졌지만 구체적인 보고 내용은 언급되지 않았다. 의뢰 내용이 '불륜 조사'라는 건 알 수 있어도, 조사 결과 불륜 사실이 있었는지까지는 알 수 없었다.

야기가 시리우스 탐정사를 그만둔 게 2014년 5월. 명단은 2013년 4월부터 2014년 3월까지 1년 동안의 것이었다. 해당 기간의 의뢰가 모두 기재되었는지는 알 수 없었지만, 장당 40에서 50건의 정보가 실려 있었고 다섯 장에 200건이 조금 더 됐다.

훑어보니 의뢰인 이름에 오누마나 나카야마 성은 없었고, 다른 걸리는 이름도 눈에 띄지 않았다. 조사 대상의 이름이 기재되어 있지 않으니, 가령 오누마 겐이 조사당하는 쪽이었다 해도 이 명단만 가지고 그를 찾아내는 건 불가능했다. 조사 담당자 이름도 적혀 있지 않아서 야기의 이름으로 좁힐 수도 없었다.

그렇지만 히노와 이리에는 명단을 끝까지 필사했다.

"글씨가 엄청 동글동글하네."

"계장님이야말로 책받침 부수를 이상하게 쓰시네요."

홋코에 도착한 게 오전 10시였는데 명단을 다 옮겨 적자 어느덧 오후였다. 잇카쿠 법률사무소를 가기 전에 점심 먹을 시간을 내지는 못할 것 같았다. 히노가 인사하자 방구석에서 두 사람을 감시하던 부편집장이 의자에서 일어섰다.

"수사에 도움이 되길 바랍니다."

"진전이 있으면 제일 먼저 알려드리겠습니다."

"신경 쓰지 마세요. 저희 뉴스는 속도보다 밀도 중시니까요.

게다가 보답은 이미 받았습니다."

부편집장은 빈 푸딩 용기를 손에 들고 그렇게 말했다. 아픈 손목을 주무르며 두 사람은 차에 올랐다.

오후 1시 정각에 아슬아슬하게 잇카쿠 법률사무소에 도착했다. 웃는 얼굴로 마중 나온 겐비시가 그저께 안내했던 응접실로 두 형사를 데려갔다. 겐비시가 소개하자 하야 택배의 사장이었던 하야미가 소파에서 일어나 옅은 회색 헌팅캡을 벗고 인사했다. 나이는 분명 올해로 예순다섯이었다.

"그럼 저는 실례하겠습니다."

아세롤라 홍차 석 잔을 테이블에 놓고 방을 나가려는 겐비시에게 요거트를 건넸다. 변호사는 씩 웃더니 "그래놀라 넣어서 점심으로 먹어야겠군요" 하고 자리를 떴다.

히노와 이리에도 소파에 앉았다. 하야미가 아세롤라 홍차에 입을 대더니 깜짝 놀란 얼굴로 "뭐가 이렇게 시지"라고 했다. 이리에가 이어서 잔을 입에 가져가며 "정말 시네요" 하고 맞장구쳤다. 망고푸딩을 건네기 전에 나름 훈훈한 분위기가 되었다.

"10년 전 횡령 건으로 궁금한 게 있으시다고요."

"그렇습니다. 오누마 겐 씨가 관련된 것으로 보이는……."

"오랜만에 듣는 이름이네요. 그 사람, 그 후로 찾았습니까?"

"아뇨, 유감이지만."

"옛날 사진이라도 한 장 가져왔으면 좋았을 텐데, 회사를 떠올리게 하는 건 죄다 처분했거든요. 아니, 도산 직후엔 오히려 아무것도 못 버리고, 회사에 있는 건 닥치는 대로 집에 가져왔을 정도예요. 뭐랄까요, 마음 깊은 곳에서는 회사가 없어졌다는 걸 인정하기 싫었던 걸까요. 그랬더니 그때부터는 회사랑 상관 없는 것까지 못 버리겠더라고요. 거의 2년쯤 그러고 살았나, 저도 그때 기억이 별로 안 남았는데, 사람들이 말하는 쓰레기 집에서 살았습니다. 내내 홀몸이라 뭐라 하는 가족도 없어서."

때로는 가족이 있어도 쓰레기 집이 생긴다는 걸 히노는 알고 있었다. 하지만 그 이유가 상실감 때문이라는 점에서 사타케 시치로와 하야미는 공통점을 가졌을지도 모른다.

"장부와 실제 현금이 안 맞는다는 사실을 알아챈 건 2014년 2월 중순이었습니다. 긴급한 상황에 대비해 목돈을 어느 정도 본사 금고에 넣어 관리하고 있었거든요."

그 현금이 부족하다는 사실을 알아챘다.

"3월 결산 전이기도 해서 제가 직접 금고를 봤는데 전혀 안 맞는 겁니다. 믿을 수 있는 직원이랑 둘이서 조사해 보니, 역시 금고를 관리하는 오누마 군을 의심할 수밖에 없더군요. 그래서 2월 말이었나? 이 변호사 사무소에 상담을 했습니다. 다짜고짜 경찰에 신고하는 것도 좀 그러니까, 원만하게 해결하려면 어떻게 하는 게 좋겠냐고요."

"오누마 씨한테 직접 추궁하신 적은 없으십니까?"

"그 기회를 노리는 사이에 사라져 버렸죠. 물론 의심받고 있다는 건 눈치챘을 거라고 생각합니다만."

"오누마 씨가 행방불명됐다고 들었을 때 무슨 생각을 하셨습니까?"

"타이밍이 타이밍이니만큼, 횡령 건으로 잠적했다고 생각했죠."

"지금은 어떠십니까?"

"뭐, 회사에는 볼 낯이 없겠지만 가족까지 버릴 정도인가 싶습니다. 빚도 있었다는데, 기껏해야 수백만 엔이잖아요? 그 정도로 실종이면 저 같은 사람은 목을 매야 합니다."

하야미는 지금 택시 운전기사를 하면서 사업 실패로 생긴 빚을 계속 갚고 있다고 한다.

"그럼 자취를 감춘 원인에 대해 달리 짐작 가는 게 있으십니까?"

"글쎄요……. 부인이 유산했다는 얘기는 소문으로 들었고, 그 때문에 마음이 무거운 것 같긴 했지만, 그 일로 사이가 나빠진 것 같지는 않았고요. 부인을 배려해서 하나모리에서 히메카미로 이사하기도 했고, 자상한 사람이었습니다."

"야근이나 주말 출근이 많았다고 들었는데요."

"아뇨, 그런 거 없었습니다. 항상 일을 효율적으로 처리하려던 친구였거든요."

구미의 증언과 어긋나는 부분이 있었다. 오누마 겐이 아내에게 거짓말을 했다는 건가.

“뭐, 횡령까지 효율적으로 해버리면 곤란하지만.”

“결국 경찰에 피해 신고를 제출하지는 않으셨죠?”

“부인이 찾아와 상환하기로 약속했습니다. 실제로 조금만 더 갚았으면 완납이었어요. 안타깝게도 그 전에 저희가 도산해 버려서 흐지부지됐죠.”

하야미는 웃으면서 다시 아세롤라 홍차에 입을 댔지만, 금방 포기하고 잔을 테이블 끝으로 밀어냈다.

“그런데 오누마 겐 씨에 대해서만 물어보시는데, 이번 사건에 그 친구가 무슨 관계가 있습니까?”

“이번 사건이라고 하시면요?”

하야미의 질문에 이리에가 반문했다.

“아니, 살해당했다고, 뉴스에서 봐서…….”

이리에의 표정이 굳어졌다. 히노도 내심 놀랐다. 하야미에게는 횡령 건으로 이야기를 듣고 싶다는 이야기만 했을 것이다. 그런데 왜…….

“아이고, 경찰도 힘드시겠네요. 큰 사건이라 10년도 더 지난 옛날 일까지 조사해야 한다니.”

“저기, 하야미 씨. 저희가 살인 사건 수사를 하고 있다는 걸 어떻게 아시는 겁니까?”

이리에의 질문에 하야미는 팔짱을 끼고 몸을 앞으로 숙였다.

“옛날 횡령 건이 이번 사건과 관계가 있을까요? 가정불화 때문에 찔린 것 같던데, 그게 아닐 가능성이 나온 건가요?”

히노는 불안에 휩싸였다. **대화가 맞물리지 않는다.** 이리에도 그렇게 느낀 모양이었다. 왠지 초조한 기색으로 연이어 질문을 던졌다.

"잠깐만요. 찔렀다니, 누구 말씀하시는 겁니까? 그리고 가정 불화라니, 대체 무슨 말씀을 하시는 건지……."

"그쪽이야말로 이제 와서 왜 시치미를 떼시는 겁니까?"

하야미도 이야기가 통하지 않는다는 사실을 깨달았는지, 팔짱을 풀고 짜증스레 언성을 높였다.

"당연히 **쓰지 가나** 얘기죠. 지금 그 사건을 조사하고 계신 거 아닙니까?"

갑자기 등장한 쓰지 가나라는 인물에 이리에는 당혹스러운 표정을 보였다. 히노 역시 당황한 건 마찬가지였다. 하지만 히노의 경우는 쓰지 가나라는 이름이 **어째서인지 기억을 자극한** 것에 대한 당혹감이었다.

"쓰지 가나는 당시 우리 회사 경리였습니다. 오누마 군이 횡령을 저지른 것으로 보이는 기간에 그 친구와 함께 금고 확인도 담당했죠. 예전 회사 직원과 같은 이름을 가진 여자가 뉴스에 나와서, 설마 했습니다. 그런 때 경찰에서 만나고 싶다고 해서, 이렇게 달려온 거 아니겠습니까. 지금 생각하면 분명 그 친구도 횡령에 관여했을지 모릅니다. 하지만 당시에는 그런 생각은 못 했어요. 나도 참 순진했죠. 순진했으니까 회사도 그렇게 됐겠지만. 그나저나 **쓰지가 남편한테 찔리다니.**"

순간 머릿속에서 기억이 꿈틀거렸다.

"아."

"저기, 하야미 씨."

히노의 작은 목소리는 이리에의 목소리에 묻혀 사라졌다. 이리에가 몸을 내밀며 하야미에게 질문을 던졌다. 히노는 테이블 아래에서 스마트폰으로 검색했다.

"조금 더 자세히 말씀해 주시겠어요? 오누마 씨의 횡령을 그 여성이 도왔다는 말씀이신가요? 저희는 오누마 씨의 여성 관계에 관한 단서를 조사하고 있는데……."

"죄송하지만 잠시 실례하겠습니다."

히노는 그렇게 말하며 일어서서 이리에의 팔을 잡아당겼다. 이리에는 어리둥절한 얼굴로 상사를 올려다봤다.

"……계장님, 뭡니까?"

"급한 일이야."

억지로 방 밖으로 끌려 나온 이리에는 문을 닫자마자 작은 목소리로 힘껏 불평불만을 늘어놓았다.

"뭐 하시는 거예요! 방금 하야미 씨 입에서 중요한 증언이 나오려던 참이었다고요. 왜 그 타이밍에 말을 끊는 거예요? 하야미 씨 심기가 틀어지기라도 하면……."

히노는 이리에의 입을 막는 대신 스마트폰을 그녀의 얼굴에 들이밀었다.

"하야미 씨는 우리가 **이 사건**을 조사하고 있다고 생각하고

 7월 3일

있어. 어긋난 채 이야기를 진행하는 게 오히려 상대 기분을 상하게 할걸."

"네?"

"이거나 읽어봐."

"아내를 찌른 혐의로 남편을 체포. B현경 난부서는 28일 밤 난부시 다나이초에 사는 39세의 용의자 쓰지 세이이치를 37세의 아내 가나 씨를 찌른 상해 혐의로 체포했다……."

불만에 찬 이리에의 얼굴에 점점 놀라움이 번져갔다.

"6월 29일, 야기의 시신이 발견된 날 홋코위클리에 실린 기사야. 지면에서 그 기사는 우에무라 교코의 투서 바로 옆에 배치되어 있었어. 하보로를 놀리면서 나도 똑같이 읽어줬는데…… 이걸 베껴 쓸 때 생각났으면 좋았을 텐데."

히노는 주머니에서 홋코에서 옮겨 적은 명단을 꺼냈다. 의뢰인 칸에 쓰지 세이이치라는 이름이 책받침 부수를 이상하게 쓰는 히노 특유의 필치로 적혀 있었다.

두 사람은 하야미에게 다시 한번 쓰지 가나에 대한 이야기를 들었다.

"횡령을 알아채지 못한 건 자기 책임이라면서, 입사 1년 만에 퇴직했습니다. 금고 입출금 관리는 오누마 군과 쓰지 씨 둘이서 하기로 되어 있었는데, 쓰지 씨 말로는 오누마 군이 혼자서 입출금을 하면서 여기는 원래 이렇다며 그녀에게 도장만 찍게 했다더군요. 당시에는 중도 입사한 신입 직원을 오누마 군이 교묘하게 이용했다고 생각했지만, 지금에 와서 보면 그 말이 과연 사실이었는지……."

쓰지 가나는 2014년 4월 말에 퇴직했다. 오누마 겐이 행방불명된 다음 달이자, 횡령 피해 신고 제출이 보류된 달이었다.

"그 직원과 오누마 겐 씨 사이에 수상한 분위기는 없었습니까?"

히노의 질문에 하야미는 고개를 갸웃거렸다.

"그런 느낌은 아니었습니다."

"쓰지 가나 씨가 가정불화에 대해 언급했다거나 한 적은요?"

"……굳이 말하자면, 쓰지 씨 입사 환영회에서 분위기가 좀 이상해져서, 누군가가 부부 사이에 대해 물었거든요. 그랬더니 그녀가 '잘못된 선택이었을지도 몰라요. AB형과 O형은 궁합이 안 맞거든요'라고 했습니다. 쓰지가 AB형이라서, O형이 아닌 남자들이 신나서 일제히 손을 들었어요. 저도 포함해서요."

가나는 "그럼 사장님으로 갈아탈까요"라며 옆에 있던 하야미의 팔을 잡았다고 한다. 그게 기뻐서 지금도 기억에 남아 있다고 전 사장은 머리를 툭 치며 말했다.


오후 1시 40분. 잇카쿠 법률사무소를 나온 두 형사는 과장에게 연락을 넣은 뒤, 히메카미 방면으로 달리고 있었다.

"이어졌네요. 야기 다쓰오와 오누마 겐."

운전석의 이리에가 답지 않게 낮은 목소리로 말했다.

사라진 오누마 겐의 직장에는 쓰지 가나라는 동료 직원이 있었다.

가나의 남편 쓰지 세이이치는 아내의 불륜 조사를 의뢰했다.

그가 의뢰한 홍신소는 야기 다쓰오가 근무하던 곳이었다.

세이이치의 의뢰를 담당한 게 야기였다고 단정 지을 수는 없다. 그렇지만 히노 역시 연결고리를 찾아냈다고 생각했다.

"쓰지 가나의 불륜 상대가 오누마 겐이라면……."

운전대를 꺾으며 이리에가 혼잣말처럼 중얼거렸다.

"……그녀는 오누마 겐에게 속은 게 아니라 자진해서 횡령에 협력했을 가능성도 있어요. 그리고 두 사람의 불륜 조사를 담당한 게 야기였다면, 갑자기 400만이나 되는 돈이 필요해진 이유는……."

"입막음 비용. 두 사람은 야기에게 협박당한 거야."

홋코위클리에서 옮겨 적은 명단에 따르면 쓰지 세이이치의 의뢰를 받아 조사한 기간은 2013년 12월 말부터 약 일주일간이었다. 히노가 하보로와 다시 살펴본 기록에서는 그 직후인 1월에 오누마 겐의 빚 액수가 껑충 불어났다. 그것으로도 부족해서 두 사람은 회삿돈에 손을 댄 것이다.

"그렇다면 쓰지 세이이치에게 불륜 사실이 전해지지 않았다는 거네요."

"그래서 세이이치와 가나는 불과 며칠 전까지 결혼 생활을 계속할 수 있었던 거야."

"하지만 불씨는 남아 있었고, 그게 10년이 지난 지금 폭발했어요. 대부분의 의뢰인은 탐정에게 조사를 의뢰하는 시점에서 자기 의심에 확신을 갖고 있죠. 하지만 스스로는 증거를 모을 수 없으니까 흥신소에 의뢰하는 거예요. 의혹을 부정당하고도 세이이치는 완전히 믿지 못했겠죠."

"문제는 그 폭발의 불똥이 야기에게 튀었는가의 여부지."

"10년 전에는 불륜 사실이 드러나지 않았어요. 그건 곧 정보가 가치를 유지한 채 남겨졌다는 뜻이죠. 바자회장에서 우연히 오누마 구미 씨를 본 야기는, 그녀가 한때 조사 대상이었던 남자의 아내라는 걸 알아챘어요. 그 조사를 거짓 보고로 끝냈던 걸 떠올리고, 자신이 쥔 비밀이 10년도 더 지난 지금도 협박거리가 될 수 있는지 알고 싶어졌어요. 오누마 구미에서 오누마 겐, 그리고 쓰지 부부로 재조사의 그물을 넓힐 작정이었죠."

"말이 돼. 하지만 그렇다면 나카야마 다이야에게 말을 건 건 누구지? 오누마 구미와 만났을 때도 말했지만, 수상한 인물에 대한 정보는 금방 퍼지고 경계가 강화돼. 야기는 사립 탐정이야. 그렇게 쉽게 자기 행동이 제한되는 짓을 저지를까?"

"야기가 아니라면, 계장님은 누구라고 생각하세요?"

"오누마 겐일 가능성은 여전히 남아 있어."

"정말 그가 살아 있다고 생각하세요?"

이리에의 언성이 높아졌다.

"아까 이야기로 돌아가 보자고요. 아내의 불륜에 확신을 품었지만, 탐정이 증거를 가져오지 못했을 때 남편은 어떤 기분이 들었을까요. 말 그대로 이성을 잃고 자기 힘으로 어떻게든 해야겠다고 생각하지 않았을까요."

이리에의 물음에 히노는 앞차에 시선을 고정한 채 반문했다.

**"10년 전에도 폭발이 일어났다**는 건가."

"불륜을 완전히 뒷수습했다면, 다시 한번 결혼 생활을 시작할 수도 있죠."

완전히 뒷수습했다. 그건 곧…….

"이성을 잃은 **쓰지 세이이치가 오누마 겐을 죽였다**. 그렇게 말하고 싶은 거야?"

"그것도 하나의 가능성이죠."

"데쓰난 지구에 나타난 수상한 자는 누구지?"

"쓰지 세이이치예요."

"왜 그가 다이야에게 말을 걸지?"

"다이야를 하야토로 착각했으니까요. 자기가 죽인 남자에게 아내뿐 아니라 아이까지 있었다는 사실을 알게 됐어요…… 조금이라도 양심이 있다면, 남겨진 가족이 어떻게 살고 있는지 확인하고 싶어져도 이상할 건 없다고 생각해요. 쓰지 세이이치는 홋코위클리에서 오누마 하야토의 이름을 발견하고, 오누마 겐의 아들일지도 모른다고 생각해서 확인하러 온 거예요. 10년 전에 직접 아내의 불륜 상대를 찾아냈다면, 당연히 자택 위치는 파악하고 있었을 테니까요."


2


야기가 소지하고 있던 사진을 통해 쓰지 부부에 이른 일련의 경위는 히메카미서에서 고마네서, 그리고 J현경 본부로 전해졌고, B현경과의 광역 합동 수사에 관한 조정이 시작됐다. 이 시점에서 훗코위클리에서 제공한 명단에 기재되어 있던 쓰지 세이이치라는 인물의 주소와 체포된 쓰지 세이이치의 과거 거주지가 일치하는 것이 확인됐다.

이어서 난부서에서 쓰지 세이이치와 가나의 사진이 도착했다. 세이이치는 면허증 사진과 체포 시 촬영된 사진. 가나는 면허증 사진과 시신 사진이었다.

부부는 모두 마른 체구에 광대뼈가 앞으로 튀어나와 있었으며, 안경 안쪽의 눈은 움푹 꺼져 보였다. 둘 다 머리카락은 어깨까지 오는 길이였고, 세이이치는 제멋대로 자란 콧수염이 인상적이었다.

저녁에 긴급 수사 회의가 잡혔다.

아직 시간은 있다. 히노와 이리에는 다시 히메카미서를 나와 데쓰난 지구로 향했다.

오누마 구미는 집에 있었다. 환영하는 표정은 아니었지만 그래도 안으로 들여보내 줬다. 부엌 식탁에 앉자, 냉장고에 붙여 놓은 근무표가 눈에 들어왔다.

"하야토는요?"

"친구하고 놀러 나갔어요. 오늘은 무슨 볼일이시죠?"

앞선 만남은 좋게 마무리되지 않았다.

히노는 이리에에게 이 자리를 맡기기로 했다.

"수상한 인물에 대한 건을 조사하던 중에 새로 용의선상에 오른 인물이 있습니다. 그 인물에 대해 짐작 가는 바가 있는지 여쭙고 싶어서 왔습니다."

이리에가 그렇게 말하며 쓰지 세이이치의 사진을 탁상에 올려놓았다. 오누마 구미는 손을 무릎에 올린 채 등을 구부리고, 목을 내밀어 사진을 가까이 보았다. 어제보다는 시간을 들여 살펴보는 것 같았지만, 결국 대답은 같았다.

"……모르는 사람이에요."

"그러시군요."

"어떤 사람이죠?"

이리에가 사진을 뒤집었다. 거기에 쓰지 세이이치라는 이름이 적혀 있었다.

"쓰지 씨라면, 혹시 남편의 회사 동료였던 분인가요?"

구미가 물었다. 이번에는 이리에가 몸을 앞으로 내밀었다.

"아십니까?"

"이름만요."

"실제로는 이 사람의 부인이 오누마 겐 씨의 동료 직원이었습니다. 쓰지 가나 씨라고 합니다."

"아, 여자분이셨군요…… 남편이 성으로만 불러서, 저는 그만……."

"어떤 상황에서 쓰지 씨 이름이 나왔는지 기억나세요?"

"처음엔 스마트폰에서 봤어요. 남편이 목욕하는 중에 메시지가 와서 말했더니 '회사 부하야', '이 밤중에 무슨 일이야'. 아, 그리고 '무능한 놈이야' 같은 식으로 말해서 남자인 줄 알았어요."

"그게 언제쯤인지 기억나세요?"

"아마…… 남편이 사라진 전해 여름이었던 것 같아요."

그렇다면 상대는 틀림없이 세이이치가 아니라 가나일 것이다. 만약 세이이치가 접촉을 시도했다면, 흥신소 조사가 끝난 12월 이후라 봐야겠지.

"그 쓰지 세이이치라는 사람이 다이야에게 말을 건 수상한 인물인가요?"

"그건 아직 모릅니다. 다만, 그가 가나 씨의 불륜을 의심하고 있었던 건 사실이에요. 앞서 말씀드린 야기 다쓰오라는 탐정이 근무하던 흥신소에 불륜 조사를 의뢰했어요. 어쩌면 그 불륜 상대라는 게……."

"남편이었을지도 모른다고요?"

이리에는 조심스럽게 고개를 끄덕이며, 오누마 겐과 쓰지 가나 두 사람이 공모해서 횡령했을 가능성에 대해 언급했다. 그 이야기를 하야 택배의 전 사장에게서 들었다는 사실도.

"하나 더요. 쓰지 세이이치는 현재 체포되어 구류 중입니다. 자택에서 가나 씨를 찔러 숨지게 했어요. 그 사건이 일어난 건 야기가 살해됐다고 추정되는 날의 다음 날이에요. 저희도 자세한 상황은 파악하지 못했지만, 타이밍으로 봐서 쓰지 세이이치가 야기 살해 건에도 관여한 것으로 보입니다."

"그렇다 해도, 제 남편이 그 일에 어떻게 관련됐다는 건가요?"

"그걸 지금부터 조사할 겁니다."

"남편은 이미 죽었어요."

"하지만 시신은 아직 발견되지 않았습니다. 만약 정말로 돌아가셨다면, 남편분을 찾아 드리는 게 오누마 씨에게도 그렇고 하야토에게도……."

"멋대로 말하지 마세요!"

구미의 왼손이 쓰지의 사진을 쳐냈다. 옅은 색 입술 사이로 거친 숨이 새어 나왔다.

의자에서 일어난 이리에는 몸을 굽혀 바닥에 떨어진 사진을 주워서 테이블에 다시 올려놓았다. 그러고는 선 채로 구미에게 물었다.

"집 안에 남편분 불단 같은 게 있나요?"

"……있긴 있는데요."

"좀 봐도 될까요?"

이리에가 바닥에 놓은 가방에서 흰색과 노란색의 작은 꽃다발을 꺼내며 물었다.

구미는 작게 한숨을 내쉬고 "이쪽으로 오세요" 하며 자리에서 일어섰다.

안쪽의 2.5평쯤 되는 썰렁한 방에 작은 불단이 놓여 있었다. 영정 속의 그는 통통한 체구에 동그란 얼굴이었다. 그 사실을 신경 쓴 건 아니겠지만 비스듬한 자세로 카메라를 보며 입가에 미소를 띠고 있었다.

합장을 올린 뒤, 이리에는 "사진을 빌릴 수 있을까요"라고 구미에게 물었다. 그녀는 약간 망설이는 기색을 보였지만, 영정과 같은 사진을 프린트해서 이리에에게 내밀었다.

"행방불명됐을 때도 이 사진을 경찰에 드렸어요."

"표정이 좋네요."

"사귈 때 제가 찍은 사진이에요. 결혼하고 나서는 이런 얼굴로 웃은 적이 없었을지도…… 저기, 이제 됐죠? 곧 아이가 돌아올 시간이에요."

두 형사는 인사를 하고 현관으로 나갔다.

신발을 신은 히노는 문손잡이에 손을 얹었다가 떼고 구미를 돌아보았다.

"마지막으로 하나만 더 여쭙겠습니다."

"말씀하세요."

"횡령 사실을 알았을 때, 왜 비밀리에 처리하셨습니까? 회사에서 피해 신고를 했다면, 경찰에서도 남편분의 실종을 범죄와 연결 지어 조금 더 다른 형태의 수사가 이루어졌을지도 모릅니다."

"뱃속에 있던 하야토를 위해서였어요."

구미는 즉시 그렇게 대답했다.

"우에무라 교코 씨를 만나셨죠. 그분이 다리를 저는 걸 보셨나요?"

"고등학교 때 자전거에 치였다고 하더군요. 그 원인으로 추정되는 우에무라 씨 아버지 사건에 대해서도 들었습니다."

"교코 씨는 아버지 때문에 지워지지 않는 상처를 입었어요. 몸과 마음 모두에. 과거에도, 미래에도요. 저는 하야토를 범죄자의 자식으로 만들고 싶지 않았어요. 클릭 한 번으로 과거를 파헤칠 수 있는 시대에, 부모가 범죄자라는 사실을 남기지 않을 수 있다면 그러고 싶지 않나요? 저는 제 아이가 교코 씨 같은 일을 당하지 않길 바랐어요. 교코 씨처럼 되게 하고 싶지 않았어요."

"그렇군요. 이만 실례하겠습니다."

현관을 나와 문을 닫았다. 바로 문을 잠그는 소리가 들렸다. U자형 안전고리를 거는 소리까지 똑똑히.

그 소리에 히노는 바에서 만취해 쓰러진 날 밤을 떠올렸다.

한심한 아버지 때문에 딸은 밤새 안전고리도 걸지 못하고, 불안한 밤을 보내야 했다.

자신은 그날 분명 딸을 위험에 노출시킨 것이다. 뒤늦게 공포에 휩싸인 순간, **마찬가지로 허술했던** 범행 현장의 풍경이 문득 히노의 머릿속에 떠올랐다.


오누마 구미의 집에서 나온 두 사람은 다음으로 나카야마 다이야의 집을 방문했다.

"어머. 안녕하세요."

다이야의 어머니가 이번에는 망설이지 않고 문을 열어줬다.

"또 여쭙고 싶은 게 생겨서요. 다이야 집에 있습니까?"

"네. 조금 전에 왔어요."

민감하게 기척을 느꼈는지 2층에서 쿵쿵거리는 발소리가 들렸다.

"앗, 형사다!"

다이야가 "헙!" 하고 외치며 계단 중간에서 점프했다.

"이번엔 둘이서 엄마 괴롭히러 온 거야? 계속 이러면 아빠한테 일러바칠 거야."

"오늘만 봐줄래? 다이야한테 보여주고 싶은 게 있어서."

소년은 찬찬히 사진을 번갈아 보더니, 쓰지 쪽이 자신이 마주친 수상한 인물에 더 가깝다고 증언한 뒤, 야기의 사진에 대해서는 "이렇게 배 안 나왔어"라고 말했다.

 7월 3일

“고마워. 도움이 됐어.”

“있잖아, 경찰서에서 나 부를 거야?”

“다이야. 무슨 바보 같은 소리니.”

“주르륵 세워놓고 ‘너한테 말 건 사람은 몇 번이지?’ 이런 거 안 물어봐?”

그 말을 듣고 이리에가 웃음을 터뜨렸다.

“죄송해요, 형사님. 다이야, 그만 좀 해.”

“다이야의 도움이 필요하면 부탁하러 올게.”

“아줌마가 데리러 오는 거야?”

“아줌……마가 올게. 순찰차 타고.”

“사이렌 울리면서?”

“그래그래.”

“이리에. 너까지 장단 맞추면 어떡해.”

“엄마, 오누도 데려가 줄까?”

웃으면서 그 이름을 말하는 다이야의 얼굴을 보고, 돌봄교실을 찾았을 때 운동장에서 보았던 광경이 떠올랐다.

“있잖아, 다이야.”

쓸데없는 짓이라고 생각하면서도…… 어른이 아이에게 강요하듯 물을 일이 아니라고 생각하면서도, 히노는 그만 다이야에게 묻고야 말았다.

“앞으로도 오누가 힘들어하면, 곁에 있어줄 수 있겠니?”

“당연하지. 형사 아저씨는 절친 없어?”

히노는 웃었다.

"못 당하겠네."

"나 있잖아, 같은 반 애를 괴롭혔었어."

갑작스러운 고백에 히노는 순간 잘못 들은 줄 알았다.

"3학년 때, 친한 친구를 시켜서 개를 왕따시키고, 많이 괴롭히기도 했어. 그러다 선생님한테 들켜서 혼났는데, 그때부터는 내가 왕따가 됐어."

"……."

"학교에서도, 학교가 끝난 뒤에도 매일 혼자였어. 그랬더니 집에 가는 길에 오누가 먼저 말을 걸어줬어. 오누하고는 다른 반인데……."

"2학년까지는 같은 반이었잖아."

어머니가 말했다.

"그건 그런데 같이 논 적은 별로 없었어. 그때는 아직 '오누마'라고 불렀어. 그리고 있잖아, 내가 괴롭혔던 애하고는 계속 같은 반이었거든, 그러니까 오누도 2학년까지는 그 애랑 같은 반이었고…… 알겠어?"

"응. 알겠어."

"오누도 내가 무슨 짓을 했는지 알고 있었고, '사과했어?' 하고 물어봐서 학급 회의에서 사과했다고 했더니, 집에 사과하러 가자고 했어. 가기 싫었는데, 오누가 자기도 같이 가줄 테니 다시 제대로 사과하자고 끈질기게 졸라서 어쩔 수 없이 갔어. 집에 걔 혼자 있으면 좋겠다고 생각했는데, 엄마도 있었어. 아무튼 정식으로 사과했어. 가길 잘했다고 생각했어. 돌아와서 아빠랑 엄마한테도 말하고, 다음 날 반 애들한테도 사과했어."

말을 잇는 다이야의 어깨에 어머니는 살며시 손을 올렸다.

"그 애도, 다른 애들도 물론 전부 용서해 주진 않았지만, 그래도 같이 축구는 해. 오누 덕이야."

"그렇구나. 말해줘서 고마워."

"형사 아저씨도 절친 생기면 좋겠다. 그렇다고 나 따라 하면 안 돼."

히노는 다시 웃었다.

"그럼 이만 실례하겠습니다. 협조해 주셔서 감사합니다."

"형사 아저씨 잘 가!"

"그래, 잘 있어."


서로 돌아왔을 때는 회의 시각이 가까워져 있었다. 고마네서와 시스템이 연결되자마자 화면에 가키모토 주임의 얼굴이 크게 비쳤다.

"히노 계장님. 이번에도 또 한 방 먹은 것 같군요."

가키모토는 히죽거리고 있었다.

"가키모토 주임님, 왠지 똑같은 변명만 하는 것 같은데, 그럴 의도는 없었습니다."

"그렇게 곁가지에서 본론으로 연결시키는 수사 방식, 다음에 꼭 배우고 싶군요.”

단순히 비아냥거리는 걸지도 모르지만, 그래도 히노는 당황스러울 뿐이었다. 그러자 가키모토는 갑자기 진지한 표정으로 “솔직히 도움이 됐습니다”라며 뜻밖의 말을 꺼냈다.

“말할 것도 없이 고다 미쓰코 쪽은 완전히 막혔습니다.”

가키모토가 귓불을 잡아당겼다.

“그렇다고 이제 와서 수사본부를 차리면 초동 수사 실패를 대대적으로 인정하는 꼴이 됩니다. 현경 본부로서는 유력 용의자를 조사 중이라는 스탠스를 유지하고 싶은 거죠.”

“체면에 죽고 사는 게 경찰이니까요.”

“히노 계장님은 이해심이 깊으시군요.”

“이래 봬도 조직에 뼈를 묻은 몸입니다. 부하는 사립 탐정을 동경하는 모양이지만.”

“계장님, 무슨 말씀이세요.”

“그럼 가키모토 주임님, 고다 미쓰코 취조는 이제……?”

“살인 혐의로는 없습니다.”

고마네서 회의실에 사람들이 하나둘 들어왔다. 히노가 있는 곳에도 과장을 포함한 수사계 멤버들이 모여들었다. 히노는 과장 옆자리를 하나 띄우고 이리에 옆에 앉았다.

시작 1분 전, 현경 본부와 통신이 연결되자 다카미야 검시관의 험악한 얼굴이 화면 윗부분을 차지했다.

정식 수사본부가 발족된 건 아니지만, 그 형식을 따르는 모양새로 직책상 관리관인 다카미야가 회의를 주도하는 것 같았다. 그 옆에는 형사부 수사1과의 오가타 계장이 앉아 있었다. 30대 중반에 검은 테 안경을 쓴 그는 형사라기보다 사무관 같은 분위기를 풍겼다.

먼저 다카미야가 합동 수사 체제가 갖춰지는 중에 히메카미서의 독자적인 수사가 튀는 행보를 보였다며 쓴소리를 했다.

"정보 공유에 관해 문제가 있었던 점이 사건 해결 지연으로 이어졌다는 우려가 있으며……."

히노는 묵묵히 비난을 감내했다. 과장도 눈을 감고 있었다. 오가타 계장이 "그 점은 수사 종결 후 총괄에서 검증해 보면 어떻겠습니까"라고 끼어들어 겨우 진행안대로 이어질 수 있었다.

"그럼 고마네서부터 보고하시죠."

가키모토 주임은 고다 미쓰코를 피의자로 삼을 만한 증거를 입수하지 못했다고 진술했다. 고마네서는 최종적으로 미쓰코의 언니에게까지 의심을 뻗쳤지만, 그 역시 허탕으로 끝났다. 언니에게는 사귀는 사람이 있었고, 범행이 일어난 기간 동안 둘은 먼 곳으로 여행을 떠나 있었다. 혈액형은 자매 모두 A형이라, 야기의 시신에 부착되어 있던 AB형 모발과도 일치하지 않았다.

"고다 미쓰코의 살인 혐의에 대해서는 조사를 종료하고,

USB 절도 혐의에 대해서만 수사를 계속하고 있습니다. 다만 그에 관해서도 참작할 만한 사정이 많아 송치는 보류할 방침입니다. 이상입니다.”

“그럼 이어서 히메카미서 보고를 들어보죠. 히노 계장.”

“그 전에 제가 한 말씀 올리겠습니다.”

갑자기 과장이 두 손으로 테이블을 짚고 일어섰다.

“이번 수사에서 고마네서 및 현경 본부에 대단히 폐를 끼친 점, 깊이 사과드립니다. 그 원인 중 하나로 저희 수사관이 **조직의 지휘 계통을 이탈한 명령에 어쩔 수 없이 따랐다**는 정보가 들어왔는데, 이 점을 포함해 총괄 때 검토하는 것으로 해주시면 감사하겠습니다. 이상입니다.”

화면 너머 다카미야의 표정이 한껏 일그러졌지만, 자리에 앉은 과장은 이미 안경을 닦고 있었다. 히노는 과장에게 고개만 숙이고 보고를 시작했다.

야기가 갖고 있던 사진에서 시작해, 수상한 인물 건과 이번 사건의 관련성을 어떻게 수사하게 되었는지, 경위에 대해 다시 설명했다. 그 결과, 시라카와 기요시 살해와 같은 날 일어난 다른 현의 사건이 수사선상에 떠올랐다는 사실…….

일이 어째서 이렇게 됐는지 순서대로 이야기하면서도, 가끔 자신도 헷갈렸다.

“……오누마 구미는 남편의 동료 중에 쓰지라는 사람이 있었던 건 기억하지만, 여성인 줄은 몰랐다고 합니다. 이상입니다.”

그렇게 말하고 자리에 앉자 바로 다카미야가 입을 열었다.

"히메카미서에서 수상한 인물 건을 쫓다가 쓰지에 도달한 건 확실하지만, 수상한 인물의 정체가 누구이고 그 남자가 이 사건에 실제로 관여하고 있는지는 여전히 알 수 없다는 거군."

다이야가 쓰지와 수상한 자의 인상이 비슷하다고 증언하기는 했지만, 근거로 들기에는 약해서 히노는 언급을 피했다.

"그럼 오가타 계장, 난부시 상해 치사 사건에 대해 B현경에서 얻은 정보를 보고하게."

"네."

안경을 올리며 오가타가 일어섰다.

"과거 쓰지 부부가 우리 현에 거주했던 적이 있어 사건 발생 직후에 난부서에서 수사 협력 신청이 있었습니다. 하지만 난부서 수사관이 우리 현 내에서 활동하는 것에 대한 허락을 구하는 내용이었고 우리 현경은 수사에 직접 관여하지 않았습니다."

그렇게 전제한 뒤 오가타는 자세한 사건 개요를 보고했다.

"6월 28일 오후 9시. 휴대전화로 110번 신고가 들어왔습니다. 남자 목소리가 '아내를 찔렀다'고 말했고, B현경에서는 가까운 파출소 순경을 현장으로 보내는 동시에 난부서 수사관을 급히 파견했습니다. 아울러 소방서에 구급차 출동을 요청했습니다."

쓰지 부부는 난부시 교외의 마을에 낡은 단독주택을 빌려 살고 있었다.

"도착한 순경이 쓰러져 있는 여성을 발견했고, 이어서 도착한 구급대가 여성을 병원으로 이송했습니다. 그 후 난부서 수사관이 현장에 도착해 방 안에 있던 남자를 상해 혐의로 체포했습니다."

운전면허증이나 마이넘버 카드[*]를 통해 남자는 해당 주택에 거주하는 쓰지 세이이치로 확인됐다. 마찬가지로 피해자는 세이이치의 아내 가나라는 사실이 밝혀졌다. 가족 구성은 부부 둘뿐이었고, 가나가 당일 사망하면서 세이이치의 혐의는 상해 치사로 변경됐다.

사인은 출혈성 쇼크. 상처는 왼쪽 가슴에 한 곳으로, 흉기는 식칼이었다. 세이이치의 진술에 따르면 오후 8시 넘어 아내와 말다툼이 시작됐고, 격앙한 그녀가 부엌에서 식칼을 가져왔다. 다툼은 이윽고 몸싸움으로 번져 실랑이하는 와중에 칼이 아내의 가슴을 찔렀다며 세이이치는 고의성을 부인했다.

"말다툼의 원인에 대해서는 침묵을 지켰지만, 가나가 산부인과에 다녔다는 사실이 밝혀지면서 수사관이 그것을 언급하자, '아이를 바라는 마음에 온도 차가 있어 가끔 다퉜다'고 진술했다고 합니다. 또한 가나는 10년 전에 유산한 기록이 있습니다."

주민등록표에 따르면 쓰지 부부는 2014년 5월 10일에 하나모리시에서 난부시로 이사했다. 유산한 건 이사한 지 불과 이틀

---

* 일본의 개인번호가 기재된 신분증으로 한국의 주민등록증에 해당한다. 2016년부터 발급이 시작되었다.

　　　7월 3일

뒤의 일로, 당시 임신 21주였다고 한다.

여기서 이리에가 손을 들어 발언 허가를 구했다.

"그때 유산한 아이가 쓰지 세이이치의 아이였다는 확증이 있습니까?"

거슬러 올라가면 착상 시기는 2013년 12월 말. 바로 세이이치가 아내와 오누마 겐의 불륜을 의심하고 시리우스 탐정사에 의뢰해 조사를 시작한 무렵이었다. 오가타가 수중의 자료를 넘기며 답했다.

"자택에서 압수한 물품 중에 태아와 세이이치의 출생 전 친자 감정 보고서가 있었습니다. 그 보고서에 따르면 **태아가 세이이치의 아이라는 건 증명**되었습니다."

감정은 2014년 3월 중순, 하나모리시의 클리닉을 통해 이루어졌다. 간호사가 가나와 함께 내원한 세이이치에게서 샘플 조제용 구강 점막을 채취했다고 한다.

"물론 **왜 그러한 감정이 필요했는지**에 대해서는 수사관도 관심을 가졌고, 내원한 남자가 세이이치 본인이 맞는지도 확인했습니다. 그 결과, 남자가 의사 앞에서 작성한 감정 동의서의 필적과 엄지손가락 지문이 체포된 쓰지 세이이치의 것과 일치했습니다."

적어도 가나는 오누마 겐의 아이를 임신한 건 아니었다. 히노는 그 사실에 약간 구원받은 듯한 느낌이었다.

"난부서는 사건의 동기를, 10년 전에 아이를 갖지 못했던 일이 부부 사이에 오래 그림자를 남겼고, 그게 이번 사건으로까지 이어졌다는 쪽으로 해석하고 있었습니다. 세이이치의 진술과 가나의 시신을 확인하러 온 그녀의 부모가 증언한 바에 따르면, 그들의 결혼은 처음부터 순조롭지 않았다고 합니다. 두 사람이 만난 건 15년 전. 당시 세이이치는 본가가 있는 가마쿠라시에서 회사를 다녔습니다."

가마쿠라시는 히메카미에서 남쪽으로 100킬로미터는 떨어진 도시다. 당시 가마쿠라 시립대 학생이었던 가나는 본가가 다른 지역이라 혼자 자취를 했다. 두 사람은 가나가 아르바이트하던 이자카야에서 만났다. 졸업 후 가나는 가마쿠라 시내에 취직했고, 두 사람은 결혼을 생각하게 됐다. 그러나 13년 전, 2011년에 세이이치의 부모가 연이어 병으로 세상을 떠났다. 이 일로 세이이치는 큰 타격을 입었다.

"외동아들이라 간병이나 돌봄을 의지할 친척이 없었습니다. 유일한 친척은 먼 곳에 사는 외삼촌 부부인데, 누나인 세이이치의 어머니 장례식에도 오지 않았고, 이번 체포 소식을 듣고도 냉담한 반응을 보였다고 합니다."

양친의 죽음으로 세이이치는 몸과 마음이 무너졌다. 가나의 권유로 정신과에 다니기 시작했지만 결국 휴직했고, 그런 그를 더 가까이서 보살피기 위해 가나는 오히려 결혼을 서둘렀다. 그러나 가나의 부모는 세이이치의 상황을 알고 반대했다. 집안의 반대로 가나의 의지는 더욱 굳어진 것 같다.

"가나의 부모는 세이이치와 만나지 않겠다고 거부했지만, 부모의 허락은 필요 없다는 듯 두 사람은 결혼해서 하나모리로 이주했습니다. 가나는 그 무렵 가끔이나마 연락을 주고받던 어머니에게, '하나모리에는 좋은 병원이 있으니까'라고 설명했다고 합니다."

이때 가키모토가 끼어들었다.

"쉽게 이주한 것 같은데, 생계 문제는 없었습니까?"

"세이이치의 부모님 유산으로 한동안은 버텼고, 그 후에는 부부 모두 취직했습니다."

두 사람의 취업 기록은 사회보험 기록을 통해 밝혀져 있었다.

"세이이치는 업무용 정수기 회사에 영업직으로 취직했지만, 곧 컨디션이 악화됐습니다. 이 회사는 고객에게 사기로 고소당해 도산했는데, 직원에게도 엄격한 할당량을 부과했습니다."

세이이치의 치료 이력에 대해서는 난부시의 정신과에 인계된 진료 정보로 이미 확인이 끝났다. 책임 능력 유무라는 관점에서 그의 심신 상태는 난부서의 관심 대상이었다.

한편 가나는 파트타임 근무를 거쳐 2013년 4월에 하야 택배의 정사원이 되어 가계를 책임졌다. 거기서 그녀는 오누마 겐과 만나게 된다.

"홋코위클리에 보내진 명단, 빚과 횡령 이력, 이러한 정황 증거로 보아 쓰지 가나와 오누마 겐이 불륜 관계였던 건 아마 사실일 겁니다. 문제는 그것이 10년의 세월을 거쳐 이번 세 건의 살인을 초래했는가 하는 점입니다."

처음으로 오가타의 목소리에 힘이 들어갔다.

"앞서 말씀드렸다시피 난부서는 이번 사건의 동기를 부부 사이의 불화 정도로 정리해 사건을 마무리할 수 있을 거라고 봤습니다. 그쪽으로 스토리를 거의 다 그려놨죠. 거기에 갑자기 새로운 퍼즐 조각이 들어왔으니, B현경이 당혹스러울 법도 하죠. 히노 계장."

"네."

갑자기 부르는 소리에 히노는 갈라진 목소리로 대답했다.

"히노 계장이 그리는 스토리는 어떤 것입니까?"

그 질문에 일어서 답했다.

"야기 다쓰오와 시라카와 기요시를 살해한 건 쓰지 세이이치라고 생각합니다. 동기는 10년 전 오누마 겐의 실종에 쓰지가 관여했다는 걸 야기에게 들켰기 때문이죠. 약 한 달 반 전인 5월 13일에 쓰지가 한 소년에게 말을 거는 모습을 야기가 목격하고……."

"잠깐!"

다카미야의 일갈이 히노의 말을 끊었다.

"오가타 계장 얘기 못 들었나? 난부서는 상황을 파악하는 게 급선무다. 시간은 한정돼 있어. 저쪽이 관심 가질 만한 점에만 초점을 맞춰서 말해."

다카미야의 발언을 이어받아 오가타가 분위기를 수습했다.

"B현경에 중요한 건 저희 사건으로 가나 살해의 동기가 뒤집힐지 여부입니다. 단순한 줄 알았던 사건에 제동이 걸려 난부서도 예민해져 있습니다. 그런 그들에게 저희 조사가 필요하다는 점을 이해시킬 수 있는 스토리가 필요합니다. 그 점에 대해 뭔가 생각이 있습니까?"

"쓰지 세이이치가 가나를 살해한 동기는 내부 분열이라고 생각합니다."

히노의 발언에 안경을 올리려던 오가타의 손이 멈췄다.

"즉, 우리 쪽 두 사건에서 부부는 공범이었다?"

"야기 살해와 시체 유기는 세이이치와 가나가 계획적으로 저지른 범행이라고 생각합니다. 한편 시라카와 살해에 대해서는 우발적으로 일어났을 가능성이 높다는 기존의 추론에 이의는 없습니다. 아마 시라카와 살해는 **세이이치의 독단으로** 이루어졌으며, 거기에 **가나의 의사가 전혀 반영되지 않았던 게** 두 사람의 공범 관계에 결정적인 균열을 일으켰다고 추측합니다."

"왜 그렇게 생각하지?"

다카미야는 질책하듯 질문을 던졌다.

"시라카와가 야기의 집에 들어갈 수 있었기 때문입니다."

"뭐라고?"

"시라카와가 스페어 키로 문을 열고 안에 들어갈 수 있었던 건 잠금장치로만 문을 잠그고 **안전고리를 걸지 않았기 때문**입니다. 범인은 실내를 뒤지기 위해 야기의 집을 다시 찾았습니다.

시신을 훼손하는 데 든 것만큼 시간이 걸리는 건 아니지만, 그렇다고 몇 분 안에 끝나는 작업이라고도 생각하지 않았을 겁니다. 그렇다면 안전고리까지 걸어두는 게 훨씬 마음이 놓이지 않습니까. 그걸 단순히 게을리한 거라면 범죄자로서 너무 허술한 거죠.”

“범죄자로서 허술하다. 재미있는 말씀을 하시는군요.”

오가타가 그렇게 반응하더니 “그래서요?” 하고 뒷이야기를 보챘다.

“안전고리를 걸지 않은 건 **둘 중 하나가 집을 나갔기 때문**입니다. 그 사람이 돌아왔을 때 집에 있는 나머지 한 명을 번거롭게 하지 않고 열쇠만으로 들어올 수 있도록, 일부러 안전고리를 걸지 않고 둔 겁니다. 한 명이 남고, 한 명이 나가고, 그사이에 시라카와가 집을 방문했습니다. 그리고 집에 남은 사람은 **독단으로** 그를 살해했습니다.”

“나간 사람이 가나라는 근거는 있습니까?”

“가게에서 표백제를 구입한 손님의 목격 정보가 있죠.”

고마네서의 마이크가 가키모토 주임이 낸 “아” 하는 소리를 내보냈다.

오가타가 수사 자료를 넘기며 작게 고개를 끄덕였다.

“그 손님이 쓰지 가나였다고요?”

“그렇게 생각하면 구도가 맞아떨어집니다. 가게 주인의 증언에 따르면 여성이 가게를 나간 건 오후 4시 이후. 현장에서 도보 15분 지점에 있는 카메라에 시라카와의 모습이 잡힌 게 오후 3시 40분."

시라카와가 다세대주택에 도착했을 때, 쓰지 가나는 아직 방으로 돌아오지 않은 상태였다. 현장 상황으로 보아 시라카와는 도착하고 얼마 지나지 않아 살해됐다. 그렇다면 시라카와 살해에 가나의 의사가 반영됐을 리 없다.

"야기를 죽이고, 시신을 훼손한 뒤 유기하고, 집을 뒤지고, 이제 표백제로 집 청소만 하면 끝이라고 생각하며 돌아와 보니, 예정에 없던 시체가 있었죠. 그녀는 절망에 가까운 충격을 받았을 겁니다. 그 결과, 두 사람 사이에 큰 골이 생겼죠."

쓰지 세이이치가 아내를 찔렀다고 신고한 건 시라카와를 살해하고 나서 약 다섯 시간 뒤인 오후 9시. 고마네시의 살인 현장에서 쓰지의 자택까지는 차로 두 시간이면 충분한 거리이며, 이 점에서도 모순은 없다. 히노는 화면을 향해 그렇게 말했다.

오가타가 안경을 벗고 옆자리의 다카미야를 보았다.

"관리관님, 가나가 살해된 날 부부는 모두 아침부터 결근했고, 그날 밤까지의 동선이 명확하지 않습니다."

"적어도 시라카와 건에 대해서는 알리바이가 없는 거군."

"일단 지금 히노 계장의 **추측**을 난부서에 넌지시 흘려보면 어떨까요?"

다카미야는 떫은 표정으로 오가타의 제안을 받아들인 뒤, 향후의 방침을 지시했다.

"쓰지 세이이치의 조사 허가가 떨어지면, 우리 쪽에서는 오가타 계장과 가키모토 주임이 가보게. 그전에 쓰지 세이이치와 가나가 소유한 승용차, 기타 이동 수단에 대해 난부서에서 정보를 받아 단속 카메라 영상으로 각 범행일의 움직임을 추적한다. 국도와 주요 지방 도로의 카메라는 오가타 계장 밑의 본부 소속 수사관이, 그 밖의 카메라는 민간에서 설치한 것을 포함해 양쪽 서에서 담당한다. 혹시나 해서 말해두는데, 필요한 건 가설이 아니라 물증이다."

4

히노는 하야 택배의 전 사장, 하야미에게 전화를 걸어 쓰지 가나가 임신했던 사실을 알았느냐고 물었다. 하야미는 본인에게 그런 이야기를 들은 기억은 없다고 말한 뒤, 굳이 얘기하자면 풍만한 체형이었기 때문에 알아채지 못했다고 답했다.

전화를 끊은 히노는 막 도착한 쓰지 부부에 관한 추가 정보를 검토했다.

J현을 떠나 특별한 연고도 없는 난부시로 이주한 이유에 대해 세이이치는 "도시를 떠나 다시 시작하고 싶었다", "조용한 환경에서 아이를 키우고 싶은 바람도 있었다", "임신 중이었던 아내의 부담을 생각해 하나모리에서 그리 멀지 않은 곳으로 정했

다"라고 진술했다.

가나는 이사한 해 12월에 식품 공장에 취직했다. 처음에는 계약직 작업원이었지만, 업무 능력을 인정받아 정사원으로 전환되었고, 사망 전에는 포장 라인의 주임을 맡았다.

세이이치가 난부시의 정신과에 통원하기 시작한 건 이주한 다음 해인 2015년 4월부터였다. 주치의가 들은 이야기에 따르면, 이사할 때 무리한 탓에 직후에는 몸이 무거워져 외출도 마음대로 못 하는 상태가 되었다고 한다. 운전면허증 갱신도 하지 못해서 그대로 실효됐다.

그 후 2016년경부터 세이이치의 증상이 호전됐는지, 2017년에는 자치회관 위탁 운영 회사에 시설 관리직으로 취직해 범행 직전까지 주 20시간 근무했다. 처음에는 출퇴근 시에 자전거를 이용했고, 기타 외출할 때는 가나가 운전하는 차를 이용했지만, 2022년에 운전면허증을 다시 취득하고 스쿠터를 탔다. 겉보기에는 그럭저럭 평온한 생활이었다.

사법 해부 결과, 가나의 불임에 관해서는 특별한 소견은 확인되지 않았다. 그녀는 세이이치와 마찬가지로 상당히 마른 편이라서 다니던 산부인과에서는 체중을 좀 더 늘려보라고 조언했다고 한다.

하야미 전 사장은 가나에 대해 "풍만하다"라고 했으니, 지난 10년 사이에 체형이 크게 달라졌다고 봐야겠지. 실제로 시신을 확인하기 위해 찾아온 부모는, 본인들이 알던 딸의 외모와 달라진 걸 보고 당혹스러워했다고 한다. 난부서는 혹시 몰라 DNA 친자 감정을 실시했고 시신은 쓰지 가나가 틀림없다는 결과가 나왔다.

영상분석반이 몇 번이나 다시 돌려본 영상을 또 뚫어져라 바라보며 쓰지 가나 명의로 된 경차의 주행 기록을 찾는 가운데, 히노는 호프마트 데쓰난점에 설치된 방범 카메라 영상을 계속 보고 있었다. 촬영일은 5월 13일. 수상한 인물이 다이야에게 접근한 직후에 생활안전과에서 입수한 데이터 중 하나였다.

당시에는 쓸모없는 것으로 간주되었던 영상이지만, 수사 대상이 명확해지면서 중요한 기록이라는 것이 밝혀졌다. 쓰지 세이이치가 소유한 스쿠터가 점포 입구에 설치된 카메라에 찍혀 있었던 것이다.

화면 속 스쿠터는 주차장을 향해 안쪽에서 화면 앞쪽으로 이동했다. 촬영된 시각은 오후 3시 48분. 가게에 스쿠터를 세워놓고 걸어서 주택가로 갔어도 4시 반에 공원에서 다이야에게 말을 거는 건 시간상 충분히 가능했다.

다음으로 같은 스쿠터가 찍힌 건 오후 4시 55분이었다. 아까와는 반대로 화면 앞쪽에서 안쪽으로 달려간다. 그대로 가게를 나갔을 것이다.

히노는 현경 본부 수사1과에 전화를 걸어 오가타 계장을 바꿔달라고 했다.

"직접 전화드려서 죄송합니다."

"상관없습니다. 뭔가 나왔습니까?"

히노는 발견한 영상에 대해 말한 뒤 쓰지의 스쿠터를 야기의 바이크가 추적했을지도 모른다는 추측을 오가타에게 전했다.

"야기가 수상한 자의 신상을 알아내는 방법은 그것밖에 없습니다. 본부 쪽도 인력이 부족하다는 건 알지만……."

"알겠습니다. 우리 쪽에서도 5월 13일 영상을 확인해 보겠습니다."


그 후, 히메카미서의 영상분석반이 공을 세웠다.

6월 27일부터 28일까지의 영상을 분석하여, 시 북부에 난 지방 도로변 호텔에 설치된 방범 카메라 영상에서 쓰지 가나 명의의 차량을 발견한 것이다. 그걸 기점으로 전후 카메라 영상을 릴레이식으로 연결하여, 가나의 차가 28일 새벽에 고마네시 방면에서 야기의 시신이 발견된 기타야마 지구 방면으로 향했다는 사실도 밝혀졌다.

"시신을 운반하는 도중이네요."

이리에가 흥분을 억누른 목소리로 말했다. 데이터는 현경 본부와 고마네서에 공유했다. 추가로 수사하면 범행 시의 명확한 발자취가 드러날 게 틀림없었다. 고마네 시내 카메라에는 야기의 집을 수색하러 갔을 때의 영상이나, 시라카와를 살해하고 난부시로 돌아갈 때의 영상도 담겨 있을 것이다.

담당한 범위의 분석이 대략 끝나갈 무렵, 쓰지 세이이치의 조사 허가가 났다는 연락이 들어왔다.

"오늘은 이쯤 하지. 모두 수고했네."

히노가 수사관들을 격려했을 때 책상 위의 전화가 울렸다. 가키모토 주임이었다.

"아, 가키모토 주임님. 수고하셨습니다. 마침 저도 전화하려던 참이었습니다. 내일 조사, 잘 부탁드립니다."

"그 건 말입니다만, 히노 계장님. 정말 죄송합니다. 여기까지 밝혀낸 건 히메카미서인데, 제가 가게 돼서……."

"아닙니다."

"그래도……."

"마음이 편치 않으십니까?"

"그렇죠."

"그럼 부탁이 하나 있는데요."

"뭡니까? 제가 할 수 있는 일이라면 뭐든 말씀하십시오."

"내일 가키모토 주임님이 조사하러 가 있는 동안, 제가 고다 미쓰코를 만날 수 있도록 허락해 주실 수 있을까요?"

답이 돌아오기까지 약간 시간이 걸렸다.

"……그 건으로 전화하시려던 겁니까?"

"그렇습니다."

"……고다에게 뭔가 신경 쓰이는 점이 있습니까?"

"아뇨. 사건과는 별 상관없습니다."



7월 3일

수화기 너머의 가키모토가 입을 다물었다. 곤란해하며 귓불을 잡아당기는 그의 모습이 떠올라서 히노는 황급히 "거짓말이 아닙니다"라고 말했다.

"딱히 뒤통수치려는 게 아니니까 너무 경계하지 마십시오."

"……알겠습니다. 이제 서로 서운한 거 없는 겁니다. 그럼 저도 부탁 하나 들어주실 수 있을까요. 고다 미쓰코를 만나면, 고마네서의 가키모토가 협조해 줘서 감사해한다고 전해 주셨으면 해요. 사실은 의심해서 미안했다고 사과하고 싶은데, 입장상 그럴 수가 없지 않습니까."

"경찰 조직에 뼈를 묻은 우리로서는 개인적으로 사과하는 일이란 있을 수 없으니까요."

"하하. 그 말씀이 맞습니다. 게다가 절도 자체는 엄연한 사실이니까요."

전화를 끊기 전, 가키모토는 약간 체면 차리는 듯한 말을 덧붙였다.


오후 10시. 낮은 종소리가 히노를 맞이했다. 불러바드에 다른 손님은 없었다.

"어서 오세요. 사건은 해결됐어?"

"아니, 오늘은 사건 해결을 기원하러 왔어."

만취했던 그날 밤과 같은 자리에 앉았다. 정상 영업시간이라 마스터는 재고 조사하던 때와 달리, 붉은색 넥타이에 짙은 회색

조끼를 걸치고 머리도 정돈한 차림으로 꼿꼿하게 서 있었다.

"오늘은 바로 가봐야 돼. 그저께 마신 것보다 더 특별한 기네스 한 잔 부탁해."

"유감이지만 불가능한 부탁이군."

두 가지 색 올리브가 히노 앞에 놓였다.

"난 언제나 눈앞의 한 잔에 최선을 다하지. 히노 씨가 지금부터 마실 기네스는 지난번 마신 것과 완전히 똑같은 기네스야."

"그럼 옐로 선셋은 뭐지?"

"그때는 미안했어. 잊어줘."

두 사람은 소리 없이 웃었다.

"알았어. 역시 프로군."

"히노 씨도, 누가 범인이든 수사에 최선을 다하잖아?"

"그러려고 노력하지."

마스터가 잔을 들었다.

"나는 못 하지만 히노 씨가 맥주를 맛있게 만드는 방법이 딱 하나 있긴 해."

"그게 뭐지?"

"돈을 두 배로 내. 그러면 뇌가 억지로 '오늘 게 더 맛있다'라고 착각하게 할 거야."

"하, 이 가게는 그 값어치를 하니까. 그럼 두 잔 값을 낼게."

"진짜야?"

"무슨 생각 하는 거야. 두 잔 값 내고 두 잔 달라는 거야."

"정가잖아."

"당연하지. 그걸로 건배하자고."

"오. 고맙게 마실게."

마스터는 추가 잔을 들고, 정성스럽게, 그리고 아름답게 기네스 두 잔을 만들었다.

"그럼, 사건 해결을 축…… 아니지. 위하여."

"고마워. 위하여."

지난번에는 맞대지 않았던 잔을 오늘은 부딪쳤다.

"역시 맛있군."

"고마워. 힘이 되네. 오늘은 달 봤어?"

"못 봤어. 완전히 이지러졌겠군."

"다 이지러지면, 이제 차오르는 것만 남았지."

"그리고 또 이지러지고."

"그야 그렇지. 차오르기만 하는 인생은 없고, 잃기만 하는 인생도 없으니까."

"갑자기 인생론이야?"

잔을 비우자 마스터가 좀 더 마시고 가라고 권했지만, 히노는 선언한 대로 지폐 두 장을 카운터에 놓고 한 잔만 마신 뒤 가게를 나왔다. 같은 실수는 반복하지 않는다. 그 역시 프로의 조건이겠지.

# 7월 4일

## 죽어 있던 남자

1

오전 8시 반. 오가타 계장과 가키모토 주임은 이미 난부서로 향하고 있었다. 히메카미서 수사관들은 실질적으로 '대기' 상태였다. 미팅이 끝난 뒤 히노는 이리에에게 외출하겠다고 말했다.

"어디 가세요?"

"카란에 들러서 고다 미쓰코를 만나고 올게. 가키모토 주임이 전해달라는 말이 있어서."

미심쩍은 표정의 이리에를 두고 히노는 고마네시로 향했다.

카란 사무소 문을 열자, 고다는 히노를 보고 "이번에는 히메카미서로 불려가는 건가요?" 하고 체념한 듯 말했다.

"아닙니다. 오늘은 보고드릴 게 있어서 왔습니다."

"그러세요. 밖보다 안이 더 더운데 들어오시겠어요? 에어컨이

고장 나서요."

흰 티셔츠 차림의 고다는 하얀 얼굴로 땀을 흘리고 있었다. 사무소에는 혼자밖에 없는 것 같았다.

"제가 없는 동안 단체를 꾸리느라 힘들었을 테니, 오늘은 직원들 모두 휴가를 줬어요. 벌써 후회하고 있지만요. 아, 편하신 데 앉으세요."

응접실뿐 아니라 사무소 내 모든 책상이 난장판이었다. 그중 한 자리에 앉았다. 수사계의 자기 자리에 있는 듯한 느낌에 히노는 편안함을 느꼈다. 고다는 안경을 벗어 비스듬히 쌓인 서류 위에 올려놓았다. 어쩌면 그녀와는 마음이 맞을지도 모른다.

"오늘은 무슨 일로 오셨죠? 아까 보고라고 하셨는데."

"두 건의 살인에 대해 혐의가 짙은 인물이 수사선상에 올랐습니다. 아마 앞으로 고다 씨가 장시간 조사를 받는 일은 없을 겁니다."

"……그런가요."

그녀는 안도보다는 피로한 기색을 드러내며, 가느다란 목이 꺾인 게 아닌가 싶을 정도로 고개를 푹 떨궜다.

"가키모토 주임이, 당신에게 살인 혐의를 씌운 것에 대해 사과드린다고 합니다."

"저야말로 반성해야죠. USB를 빼돌리고…… 아니, 애초에 형부하고……."

"언니분께 새 인연이 생겼다면서요."

"네. 행복해 보이더라고요."

"그럼 됐죠. 앞으로는 같은 일을 반복하지 않으면……."

"그럴 리 없잖아요!"

"실례했습니다. 음, 사실 보고드릴 것 말고도 볼일이 하나 더 있습니다."

"말씀하세요."

"고다 씨가 야기를 카란에서 지원하기로 했을 때, 겐비시라는 변호사가 그를 어떻게 대해야 할지 조언을 해줬을 텐데요. 실제로 뭔가 대응을 하셨습니까?"

"약물, 알코올, 혹은 도벽 같은 것도 그렇지만, 그런 취향이나 습관이 있는 분들을 지원하는 단체와도 연결되어 있어서, 물론 그 사람에게 상담을 권했어요. 하지만 저는 약점을 잡힌 몸이니, 그걸 지원의 교환 조건으로 내밀 수는 없었어요."

"그럼 그런 단체를 고다 씨한테 소개받는 것 자체는 가능하군요?"

"누구 도움이 필요한 분이 계신가요?"

"예를 들어 카란에서는 출소자가 아닌 사람을 받아들이는 것도 가능할까요?"

그녀가 땀이 맺힌 미간을 구겼다.

"……죄송한데 구체적으로 말씀해 주시겠어요?"

"아내를 잃은 슬픔에 물건을 못 버리게 돼서 쓰레기 집 같은 곳에 사는 남자가 함께 사는 딸에게 폭력을 휘둘렀습니다. 재판에 넘겨진다 해도 아마 실형은 받지 않겠죠. 피해자인 가족이 처벌을 원하지 않으면 불기소 가능성도 높고요. 하지만 그대로 원래 생활로 돌아가면 폭력이 반복됩니다. 남자는 아직 가족과 마주할 수 있는 상태가 아니고, 그 전에 자기 자신과 마주할 필요가 있어요. 그걸 고다 씨가 도와주실 수 없을까 해서요."

"혹시 그게 제 혐의를 풀기 위한 교환 조건인가요?"

"당치도 않습니다. 모처럼 생긴 인연이니, 고다 씨한테 상담하지 않을 이유가 없다고 생각했을 뿐이에요. 인맥을 늘리기보다 있는 걸 잘 관리해야 한다는 게 겐비시 변호사의 지론이라던데, 저도 그런 자세를 배워야겠다고 생각했죠."

"그 변호사님, 지론이 엄청 많은 것 같은데, 서로 모순되지는 않나요?"

"모순이야말로 그들의 무기죠. 똑바로 달리는 것밖에 모르는 경찰과는 다릅니다."

고다가 소리 내어 웃었다.

"알겠어요. 일단 상담에는 응할게요. 지원할 수 있을지는 가족 그리고 본인과 직접 이야기한 뒤에 판단을 내릴 거예요."

건물주인 시라카와가 사망해서 그의 건물이 어떻게 될지는 불투명한 상태이지만, 카란 측에서 따로 제공할 수 있는 집이 있어서 새로운 지원자를 받아들이는 것도 가능하다고 했다.

"감사합니다. 조만간 꼭 연락드리겠습니다."

"기다리고 있을게요."

고다 미쓰코가 내민 오른손을 히노는 맞잡았다.

서로 돌아오자마자 이리에가 "왜 스마트폰 전원을 끄고 계세요"라며 볼멘소리를 했다.

"배터리가 나갔어. 어제 집에 가서 충전하는 걸 깜빡했지 뭐야."

"방금 가키모토 주임님한테 연락 왔어요. 쓰지 세이이치가 야기 살해에 관여한 걸 인정했대요."

"정말이야?"

"사건 당일 감시 카메라 영상을 제시하고, 거기다 야기의 시신에 범인 것으로 보이는 모발이 부착되어 있었다고 알리자, 자백하기 시작했대요."

수사의 끝이 보이기 시작했다. 안도감을 느끼면서도 히노는 의외라고 생각했다.

모발의 DNA 감정이 끝난 것도 아니고, 방범 카메라에 찍힌 영상은 현장에서 현장으로 이동하는 모습의 일부라, 그 정도 증거만으로 쓰지가 꺾일 줄은 몰랐기 때문이다.

"가키모토 주임도 큰 기대는 하지 않았을 텐데…… 의외로 그게 들어맞았네."

"다만 동기에 대해서는 애매한 진술을 하고 있다고 해요. 그래서 조사에 참가해 달라는 요청이 왔어요."

"……뭐라고?"

"난부서로 와달래요."

히노는 바닥에 내려놓은 지 얼마 안 된 백팩을 다시 집어 들었다.


난부서에 도착한 히노를 가키모토가 맞이했다.

"대단하시네요, 주임님. 자백하려면 시간이 더 걸릴 줄 알았는데요."

"솔직히 너무 쉽게 자백해서 의외였습니다. 모발 DNA 감정을 암시하긴 했지만……."

"이미 감정 결과가 나왔다고 거짓말을 한 건 아니죠?"

"그럴 리가요."

쓰지 세이이치는 가나를 죽이게 된 경위에 거짓이 있었음을 인정하고, 시라카와를 죽인 이유에 대해서도 경찰의 추리와 부합하는 진술을 했다고 한다. 그러나 애초에 야기 살해에 관해서는 극히 **최근** 자신의 여자관계가 원인이라고 말하는 모양이었다.

"10년 전에 야기와 접점이 있었다는 건 인정하지 않는 거죠?"

"우리 쪽도 시리우스 탐정사의 의뢰인 명단은 언급하지 않고 있습니다. 수사가 거기까지 미쳤다고 생각하지 않는 데 녀석의 빈틈이 있는 거지만, 이쪽도 세이이치의 의뢰를 받아 조사한 게 야기라는 확증이 있는 건 아니니까요. 급소를 찌르는 데 실패하면, 당장 저쪽은 수세로 돌아설 겁니다. 그래서 지금까지의 경위를 파악한 장본인인 히노 계장님을 모신 겁니다."

히노의 긴장을 풀어주려는 건지, 아니면 본인은 긴장에서 해방됐기 때문인지, 가키모토는 청산유수로 말을 잇더니 이런 말까지 했다.

"살인 자백을 얻어냈으니, 우리는 이미 충분히 점수를 번 셈이죠."

"가키모토 주임님, 설마 마지막에 공을 저한테 몰아주려는 건 아니죠?"

"히노 계장님을 부르자고 한 건 오가타 계장입니다. 얼른 들어가 보세요."

취조실 앞으로 이동하자 안에서 오가타가 나왔다.

"갑자기 오시라고 해서 죄송합니다."

"다카미야 관리관님은 아십니까……?"

"말 안 했습니다. 뭐, 어떻습니까. 조직의 지휘 계통을 무시하는 건 그분의 특기인 것 같으니까요. 그런데 보낸 데이터는 보셨습니까?"

"네, 오늘 아침에 봤습니다. 감사합니다."

"그럼 시작하죠."

오가타는 온화하게 그렇게 말하고 먼저 히노를 방에 들여보내 앉힌 뒤, 자신은 구석 벽에 기댔다.

　　　7월 4일

2

“본론부터 묻지. 야기 다쓰오의 시신을 히메카미시에 유기한 이유에 대해 말해주겠나.”

“시신의 신원을……”

취조가 계속된 탓인지, 쓰지 세이이치는 도저히 서른아홉 같지 않은 쉰 목소리를 냈다.

“……들키고 싶지 않아서, 고마네시에 버리는 건 우선 피하고 싶었어. 가능하다면 다른 현으로 가고 싶었지만, 난부시 근처에서 아는 사람과 마주칠까 두려웠지. 그렇다고 잘 모르는 곳을 어슬렁거리고 싶지도 않았고, 애초에 장거리 운전은 위험하니까. 그래서 결국 옆 동네인 히메카미로 정했어. 그 산이 있는 마을은 시내에서 접근성이 좋고 보는 눈은 적었지. 근처에 감시 카메라가 없을 것 같은 점도 딱이었고.”

“6월 27일 밤, 야기 다쓰오의 집에서 그를 살해했나?”

“아까 말한 것 같은데.”

“조사라는 게 원래 같은 걸 반복해 묻는다는 건 이미 배웠을 텐데.”

세이이치는 가는 눈을 더 가늘게 뜨며 살짝 코웃음을 쳤다.

“바 근처에서 잠복하다가 밖으로 나온 야기를 자택까지 미행했어. 문이 닫히기 전에 밀고 들어가서 머리를 쳤더니 한 방에 얌전해지더군.”

"아내와 둘이서 한 건가?"

"살인은 혼자 했어. 가나는 슈퍼인지 파친코 가게인지, 아무튼 그런 곳에서 대기하라고 했어. 죽인 직후에 연락해서 집 근처로 오라고 했지."

"어떻게 야기의 집과 단골 가게를 알았지?"

"그 인간이 나한테 접촉을 시도했을 때, 이상한 물고기 로고가 그려진 파우치를 갖고 있는 걸 알아챘어. 무슨 마크인지 조사해서 카란이라는 법인을 알게 됐지. 거기서부터 서서히 야기의 신원을 조사했어. 주 3일만 근무하면 돼서 시간적으로 여유는 있었으니까."

"탐정 뺨치는군. 야기가 접촉을 시도했다는 건 무슨 말이지?"

"퇴근길에 들른 홈센터에서 말을 걸더군. '여자관계로 할 말이 있다'고 하더니 근처 찻집에서 협박당했어."

"그게 언제지?"

"5월 31일. 월말의 금요일이었지. 불륜 증거 사진을 들이밀면서, 폭로하는 걸 원치 않으면 사진을 사라고 하더라고."

"언제부터 불륜을 저질렀나?"

"얼마 안 됐어. 반년 정도."

"그때까지 야기와 면식은?"

"없어."

"얼마를 요구했지?"

"처음엔 50만 엔. 그렇게 두 번 지불하니 세 번째는 100만을
달라더군. 평생 안 끝날 거라고 생각했어."

"돈을 못 내게 돼서 살인을 저지른 건가?"

"상대 여자한텐 나 말고도 남자가 있었어. 아마 그놈이 조사
를 의뢰했을 거야. 위험한 인간이라, 보고하면 내 목숨은 끝이
라고 생각했어."

"그런 사람이 굳이 탐정을 고용하겠어?"

"그건 나한테 물어도 모르지."

"그 여자와 어디서 만났지?"

"말 못 해."

"이름은?"

"말 못 한다니까. 폐를 끼칠 순 없어. 나와의 관계가 알려지
면 그 여자도 위험해."

"이건 살인 사건 조사야."

"협박당하고 있었기 때문이다. 동기는 그걸로 충분하잖아."

"쓰지 가나는 당신의 불륜을 알고도 공범이 된 건가?"

"그래. 아내한테 다 털어놓고 둘이서 죽이자고 결심했어. 겨
우 결혼 생활이 안정됐는데 그걸 잃고 싶지 않았어. 내 사정 때
문에 우리 부부는 계속 고생만 했으니까."

"그럼 왜 다른 여자와 관계를 가진 거지?"

"당신은 자기 감정과 행동을 다 설명할 수 있어?"

"난 그런 문답을 하러 온 게 아니야. 이건 살인이야. 아무리

가족이라고 해도 그렇게 쉽게 협조했다고?"

"그럼 어떻게 빠져나왔어야 했는데? 돈을 내도, 안 내도 기다리는 건 지옥인데."

히노는 그 물음을 무시했다.

"시신을 훼손한 이유를 말해."

"신원을 숨기기 위해서라고 했잖아. 전과자가 지원 단체와 연락을 끊고 도망친다. 흔한 얘기지. 행방불명이 돼도 시신이 발견되지 않는 한, 범죄 가능성을 의심하지 않을 거라고 기대했어. 미행하는 중에도 도구는 배낭에 들어 있었어. 욕실에 시체를 옮겨서 눕히고, 머리를 내려친 망치로 얼굴을 뭉갰지. 좁은 욕실이라 문이 닫히지 않았고, 그때 튄 피가 현관을 더럽혔어. 그다음에는 식칼과 접이식 톱으로 손목을 잘랐어. 전과가 있으니 지문 같은 게 경찰에 남아 있을 거라고 생각했거든. 치과 진료 기록으로 신원이 밝혀지지 않게 식칼과 펜치로 이도 뽑았어."

"머리카락은?"

"뭐?"

"왜 머리카락까지 잘랐지?"

"……짜증 났거든."

세이이치는 짓씹듯 말했다.

"뭉갠 얼굴에…… 망치에…… 피에 젖은 그놈의 곱슬머리가 들러붙었어. 그 주인처럼 짜증 나고…… 저주스러운 머리카락이었어."

범행 당시 복장을 물으니, 살해할 때는 트레이닝복 차림이었고 시신을 훼손할 때는 위에 흰 가운을 입고 일회용 머리망과 장갑도 꼈다고 답했다. 가나가 다니는 식품 공장에서 슬쩍해 와 흉기와 함께 배낭에 넣어 갖고 다녔다고 한다. 그 말을 들으니 현장에 유류품이 적었던 점도 이해가 갔다.

"욕실에서 시신을 처리하는 중에 아내가 도착했어. 문을 두드렸을 땐 깜짝 놀라서 펄쩍 뛰었지. 가나가 가져온 침낭에 시신을 넣고, 주변을 살피게 한 뒤에 1층으로 내려왔어. 뒷길 담장 너머로 시신을 떨어뜨린 뒤에 근처에 세워둔 차에 싣고 비닐 시트로 덮었어. 그 뒤에는 히메카미시 계곡에 던져버리고 끝이야. 완벽하다고 생각했는데, 시신에 나 아니면 가나의 머리카락이 붙어 있었다고? 마음대로 안 되네."

"상당히 포기가 빠르군. 머리카락이 누구 건지는 아직 밝혀지지 않았어."

"시신의 옷을 벗긴 건 유기하기 직전이야. 속옷에 우리 말고 다른 사람의 머리카락이 붙었을 리 없어."

"시신을 어디 묻을 생각은 없었나?"

"시신을 훼손하는 데 생각보다 시간이 걸려서 도저히 구덩이를 팔 기운이 없었어. 일단 버려두고 다시 묻으러 올까도 생각했는데…… 설마 그렇게 빨리 발견될 줄은 몰랐지. 불법 투기가 적으니 감시 카메라도 없을 거라 방심했어. 절단한 건 집 마당에 묻었는데."

오가타 계장이 히노 쪽으로 얼굴을 기울이며 가택 수색 영장을 신청 중이라고 속삭였다.

"야기의 소지품이나 의류는 어떻게 했지?"

"집 열쇠는 그 후에 집에 출입하는 데 썼지. 지금은 마당에 묻혀 있고. 스마트폰은 봉지에 넣어서 부순 뒤에, 다른 것들과 합쳐서 귀갓길 도중에 따로따로 버렸어. 침낭과 비닐 시트, 흉기와 야기의 노트북은 집 창고에 있어."

"집에는 몇 시쯤 도착했지?"

"아침 6시 다 돼서. 난 원래 쉬는 날이었고, 가나도 일 나갈 상태가 아니라서 휴가를 신청했어. 둘이서 좀 자다가 밝을 때 다시 야기 집에 가서 찾아보기로 했어. 나를 조사한 자료가 노트북에서도 안 나왔거든. 현장에 돌아가는 건 위험하다고 생각했지만 수색은 필수였어."

세이이치의 이야기가 시라카와 살해 경위에 접어들었다.

"좀 떨어진 곳에 차를 세우고 집을 뒤지기 시작한 게 오후 3시쯤이었어. 둘이니까 30분이면 충분하다고 생각했는데, 가나가 현관 앞에 튄 혈흔을 발견했어. 다시 둘러보니 지우지 못한 흔적이 여기저기 남아 있더라고."

"그래서 표백제를 사러 보낸 거군?"

"어차피 할 거면 꼼꼼히 하자고 생각했어. 아내에게 열쇠를 주고, 전날 밤처럼 문 두드리는 소리에 깜짝 놀라고 싶지 않아서 안전고리는 안 걸어뒀어. 그랬더니…… 젠장!"

세이이치가 주먹으로 책상을 내리쳤다.

"가나가 나간 사이에 누가 초인종을 누르는 바람에 놀라서 펄쩍 뛰었지. 남자 목소리가 야기 이름을 불렀는데, 물론 계속 무시했어. 그걸로 넘어갈 수 있을 줄 알았지만 문 여는 소리가 나더니 남자가 들어왔어. 될 대로 되라고 생각했지. 어차피 한 명 죽였으니까, 저놈도 죽일 수밖에 없다. 단단히 마음을 먹었어. 벽장에서 꺼내둔 금고를 집어 들고 남자가 안쪽 방으로 오길 기다렸어."

세이이치의 입에서 나온 내용이 추측한 그대로라, 히노는 약간의 불안감에 휩싸였다.

"돌아온 아내는 새로운 시체를 보고 절망했지."

"시신을 그 자리에 남겨둔 이유는?"

"남자는 카란 직원이나 건물 관리인일 거라고 생각했어. 당연히 야기와는 달리, 행방불명이 됐을 때 주변의 반응 자체가 다르겠지. 어차피 범죄로 의심받을 거라면 굳이 애쓸 필요가 없다고 봤어. 게다가 그 이전에, 처리하고 싶어도 도구가 없었어. 그야 그렇지, 시체가 늘어날 일 같은 건 예정에 없었으니까."

"결국 찾던 건 찾았나?"

"못 찾았어. 아무것도 없다는 걸 알았더라면 집을 뒤지지도 않았을 테고, 시라카와 기요시라는 남자를 죽일 일도 없었어. 무엇보다 아내를 안 죽여도 됐겠지."

"왜 아내를 죽여야 했지?"

“시라카와의 시체를 본 순간 가나는 긴장의 끈을 놓아버렸어. 자제력을 잃기 시작해서 그 자리에서 난동을 부릴 기세였지. 바닥을 표백제로 닦아낸 건 나야. 덕분에 집 수색이 제대로 안 됐을 가능성도 있지. 혹시 뭔가 찾아냈나?”

세이이치는 날카로운 눈빛으로 물었다. 대답을 기대하는 것 같기도, 두려워하는 것 같기도 했다. 히노가 아무 대답도 하지 않자 세이이치는 다시 말을 이었다.

“아이가 안 생기는 것까지 포함해서 결혼 생활에 대한 불만도 물론 이유로 들 수 있을 거야. 하지만 직접적으로는, 내가 야기의 조사 대상이 될 만한 불륜을 저질렀다는 것, 그런 나 때문에 본인도 범죄 행위에 가담해야 했다는 것, 두 번째 살인으로 애써 은폐한 살인이 벌써 드러나려 한다는 것…… 아내가 남편에게 칼을 겨누기에는 충분한 이유라고 생각 안 해? 난 아내에게 살의가 있었던 게 아니야. 찌른 건 사고였어.”

“그렇군, 알았어. 당신이 말하는 건 거의 진실이겠지.”

“거의가 아니라 모두 진실이야.”

말을 잇는 세이이치는 히노보다 훨씬 얇게 입었는데도 비정상적으로 땀에 젖어 있었다.

“집에서 홋코위클리 구독하나?”

“……뭐?”

“5월 11일 자에 실린 우동집 시를 기억 못 하나 해서.”

모든 것에 막힘없이 대답하던 남자가 처음으로 말문이 막혔다.

"야기의 집에는 당신들이 찾지 못한 데이터가 남아 있었어."

히노는 세이이치 앞에 사진을 놓았다.

"야기가 촬영한 거야. 어떻게 생각하나?"

"아무 생각도 안 드는데. 이 **모자**가 왜?"

"모자가 아냐. 사진 속 소년은 이 사람 아들의 친구야."

남자의 목젖이 도드라지게 위아래로 움직였다.

"어쩌면 야기도 당신과 같은 착각을 했을지도 몰라."

세이이치는 말없이 사진을 바라보고 있었다.

"야기가 이 두 사람에게 흥미를 가진 이유는 과거 직장에서 그 여성의 가족에 대해 조사한 적이 있었기 때문이야. 야기는 바자회에 참가했다가 우연히 그녀를 목격하고 저녁이 되자 호기심에 자택까지 따라갔지. 그런데 그저께 훗코위클리에서 소년의 시를 읽은 남자, 쓰지 세이이치, 당신이 나타났어."

"무슨 말을 하는지 모르겠는데."

"전날 일요일은 상황이 안 좋았던 건지, 아니면 방과 후에 아이에게 접근하려면 평일이 좋다고 생각한 건지는 모르지만, 아무튼 당신은 신문에서 본 아이가 오누마 겐의 아들인지 아닌지 알고 싶었어."

"누구 얘기를 하는지 모르겠군."

"쓰지, 2013년 12월, 당신이 흥신소에 아내의 불륜 조사를 의뢰한 건 인정하든 안 하든 이미 확인된 사실이야. 그 조사를 담당한 게 야기였고, 야기는 당신에게 '불륜 관계는 없었다'고 보고했어. 그 결과에 납득할 수 없었던 당신은 직접 아내의 불륜 상대를 찾아냈고. 그 남자가 오누마 겐이었지. 아니야?”

세이이치는 고개를 저을 뿐이었다.

“그 이듬해인 10년 전 3월, 오누마 겐은 갑자기 자취를 감췄어. 당시 그에게는 자식이 없었어. 아내가 임신하고 있었던 것도 몰랐고. 당연히 당신도 몰랐겠지. 그래서 신문에서 오누마 성씨를 가진 아이를 발견하고 놀라움에 휩싸였어.”

“왜 내가 놀라야 하지?”

“놀란 게 아니면 죄책감인가? 그 아이에게서 아버지를 빼앗았으니까.”

“아까부터 무슨 얘기를 하는 거지? 뒤에 있는 파트너하고 교대하는 게 좋겠는데.”

“유감이지만 내 파트너는 여기 같이 안 왔는데, 그러고 보니 흥미로운 소리를 하더군. 신입 시절 현장검증의 일환으로 시신을 묻을 수 있을 만큼 구덩이를 판 적이 있다는데, **두 번 다시 하고 싶지 않을 정도**의 중노동이었다더군. 쓰지 세이이치, 당신도 같은 마음이었던 거 아니야? 그래서 야기의 시신을 그대로 둔 거야. 10년 전, **오누마 겐의 시체를 어디에 묻었나?**”

“형사 양반, 적당히…….”

“잘 들어. 5월 13일 저녁, 당신 스쿠터가 히메카미시 데쓰난 지구 슈퍼의 방범 카메라에 찍혀 있었다고.”

“어디서 장을 보든 내 마음이잖아.”

"그뿐만이 아니지. 주요 도로에 설치된 카메라 영상을 분석해서, 난부시 방면으로 향하는 당신을 야기의 바이크가 추적하고 있었다는 사실도 밝혀졌어."

"그래서 뭐 어쨌다는 거야? 그게 야기의 일이잖아. 불륜 조사 대상을 탐정이 미행하는 게 뭐가 이상하다는 거지?"

"아까 말했잖아. 그날 야기는 슈퍼에서 열린 바자회에 참가하고 있었다고. 그날 오전부터. 이게 무슨 뜻인지 아나? 야기는 결코 당신을 미행하다 슈퍼에 온 게 아니라는 거지. 당신이 말하는 불륜 조사 같은 건 존재하지 않아. 야기는 데쓰난 지구에서 마주친 수상한 자에게 흥미를 갖고, 그 정체를 알아보려고 처음으로 당신 뒤를 쫓은 거야."

세이이치가 뭔가 생각하듯 천장을 올려다보았다.

"공원에서 아이에게 말을 건 남자가 한때 자신의 의뢰인이었다는 사실을 알았을 때, 얼마나 흥분했을까. 야기는 생각했어. 쓰지 세이이치는 지금도 아내의 불륜을 의심하며 오누마 겐의 주변을 조사하고 있는 게 아닐까? 만약 그렇다면, 한때 자신이 보고하지 않고 넘긴 불륜 사실은 지금도 폭탄으로서의 가치가 있다. 야기는 비밀의 가치를 확인하기 위해 독자적인 조사에 착수했고, 그 과정에서 오누마 겐이 실종됐다는 뜻밖의 사실을 알게 돼. 그가 사라진 건 불륜을 조사한 지 불과 몇 달 후의 일이었어. 야기는 당연히 당신들 부부의 관여를 의심했겠지."

"멋대로 꾸며내지 마. 난 아이에게 말을 건 적 없……"

"그렇다면 당신 사진을 들고 데쓰난 지구에서 탐문 조사를 해봐야지."

히노의 말에 세이이치의 뺨이 일그러졌다.

"대부분의 시민들은 자신에게 해가 되지 않는 한 가급적 귀찮은 일은 피하고 싶어 하지. 아는 게 있어도 좀처럼 스스로 나서려 하지 않고. 하지만 직접 찾아가 물어보면 어딘가에 당신과 꼭 닮은 남자가 아이에게 다가가는 걸 봤다고 증언하는 사람이 한 명쯤 있어도 이상할 건 없지."

"알았어. 그만하라고."

여윈 남자의 창백한 입술이 히노의 말을 끊었다.

히노는 깊이 숨을 들이쉰 뒤 물었다.

"쓰지 세이이치, 오누마 겐을 알지?"

"10년 전에 내가 죽였어."

갑작스러운 자백이었다. 허무하다고 해도 좋았다. 바라던 바였음에도 불구하고 순간 허를 찔린 히노는 어떻게 반응해야 할지 망설였다.

뒤에 있던 오가타가 크게 숨을 내쉬었다. 히노도 그걸 따라 했다. 조금 마음이 진정됐다.

"아내의 불륜 상대라서?"

세이이치가 고개를 끄덕였다.

"야기의 거짓 보고서를 받은 뒤에 직접 가나를 미행했어."

"몸이 안 좋았던 거 아니었나? 용케도 성공했군."

"몇 번이나 실패하고 포기하려던 끝에 해낸 거야. 간신히 두 사람이 밀회하는 현장을 덮쳤어. 분노에 휩싸여 오누마 겐을 죽였지."

"어떻게 죽였지?"

"집에서 가져간 식칼로 찔렀어."

"야기는 그 사실까지 알고 있었나?"

"상상에 불과했어. 하지만 의심하는 사람이 있다는 것만으로도 나에게는 충분한 위협이었지. 아까 당신이 말한 대로 야기는 오누마 겐의 실종을 알고, 불륜에 관련된 문제가 얽혀 있는 게 아닌지 상상했어. 그러고는 나한테 돈을 주지 않으면 자기 상상을 경찰에 말하겠다고 했어. 저런 남자 말에도 귀를 기울이는 형사는 있을 거 아냐. 그렇게 되면 결국 죄는 밝혀지겠지. 이렇게 말이야."

"그래서 야기 입을 막았다. 그게 진짜 동기인가?"

"이게 전부야. 만족했나?"

"아니, 아직이야."

세이이치가 히노를 노려봤다.

"다 내가 죽였다고 했잖아. 뭐가 불만이야?"

"불만이 없겠어? 남편한테 마음이 떠나 애인을 만든 아내가, 그 애인을 죽인 남편과 그 뒤로도 10년이나 같이 살고, 사립 탐정이 나타나 남편을 협박하자 이번엔 그 탐정을 없애는 데 협조한다? 도대체 무슨 심리인지 도저히 납득이 안 되거든."

"시민들이 전부 당신이 납득할 수 있게 움직여야 하는 건가?"

"그만 빈정거리지 그래. 오누마 겐을 찌른 건 당신 부인 가나지?"

히노의 말에 눈앞의 남자는 입을 반쯤 벌린 채 굳었다.

"오누마를 해친 건 가나야. 당신이 은폐하는 걸 도왔고. 그래서 그녀는 이후에 당신을 따를 수밖에 없었지. 그렇게 생각하면 가나가 이번 살인에 가담한 것도 납득이 가."

"아니야. 그때 가나 뱃속에는 아이가 있었어. 그 아이를 살인범의 자식으로 만들지 않기 위해 가나는 날 도울 수밖에 없었어. 난 내 아이가 맞는지 의심했지만, 친자 감정으로 증명됐지."

"가나가 임신한 건 당신이 불륜 조사를 의뢰한 시기와 겹쳐."

"내가 외도를 의심한다는 걸 가나도 눈치챘겠지. 조금이라도 의심을 덜려고 황급히 나와 관계를 가졌고, 그 결과 사고처럼 임신한 거야. 그렇다 해도 아이에 대한 애정은 별개였고."

"하지만 그 아이는 태어나지 못했어. 가나가 당신을 감싸는 이유도 그때 사라진 거고."

"태어나지 못했기 때문에 가나는 오히려 아이에게 더 집착하게 됐어. 그러려면 내가 필요했지. 죽어버린 애인에게 부탁할 수도 없으니까."

세이이치는 땀에 젖은 얼굴로 억지로 웃음을 지으려 했다.

"가나는 이미 죽었어. 오누마 겐은 내가 죽였다고 자백했고. 그걸로 됐잖아."

“시체는 어떻게 했지.”

“당신이 말한 대로 어딘가에 묻었어.”

“어딘가라고?”

“그 당시 난 제정신이 아니었어. 기억이 애매해.”

“살해 현장은 어디지? 오누마와 가나가 만나던 곳은…….”

“기억 안 나.”

“제대로 대답해!”

“기억 안 나는데 어쩌라고!”

세이이치의 이마가 책상과 충돌했다.

“……하나모리시 어딘가의 호텔이야…….”

“어떻게 방에 들어갔지?”

“호텔 앞에서 가나에게 전화를 걸어서, 시끄러워지는 게 싫으면 들여보내 달라고 했어.”

“거기서 오누마의 시신을 어떻게 옮겼지?”

“……시간을 줘…….”

머리를 감싸고 엎드린 채 그는 말했다.

“부탁이야. 조금만 쉬게 해달라고…….”

“오래는 못 기다려.”

“……조금이면 돼…….”

나이보다 훨씬 늙어 보이는 남자는 목소리를 짜내 그렇게 말했다.

3

두 건의 살인 혐의로 쓰지 세이이치 앞으로 체포 영장에 더해 DNA 감정 영장이 발부됐다. 세이이치에게 채취한 샘플은 쓰지 가나의 시신에서 채취한 샘플과 함께, 야기의 의복에 부착되어 있던 모발과 대조되었다.

쓰지의 자택을 수색한 결과, 마당에서 절단된 두 손과 열여덟 개의 치아, 그리고 야기의 집 열쇠가 발견됐다. 창고에서 압수한 물품에는 침낭, 비닐 시트, 노트북, 망치와 식칼, 접이식 톱과 펜치가 포함되어 있었고, 노트북에서는 야기의 지문이, 그 밖의 증거품에서는 혈액 반응이 확인됐다.

히노가 난부서 수사관에게 부탁해 알아본 바로는, 5월 13일은 쓰지 세이이치가 쉬는 날이었고 가나는 오후 출근일이었다. 12일 일요일은 둘 다 쉬는 날이었다고 한다. 하야토의 시를 발견한 세이이치는 가나에게 들키지 않고 히메카미에 가기 위해 그날 그 시간대를 택해 하야토와 접촉을 시도한 것이리라. 히노는 그렇게 결론을 내리고 히메카미서로 돌아왔다.

돌아와 보니 책상에 쌓인 서류는 또 늘어 있었다. 컵라면을 손에 든 이리에가 히노의 뒤로 달려가자 서류 뭉치 일부가 무너지며 바닥에 흩어졌다.

"좀 더 얌전히 못 뛰어?"

　　　7월 4일

"한시라도 빨리 뜨거운 물을 붓고 싶어서요."

급탕실에서 배고프다고 호소하는 소리가 들렸다. 오후 3시가 넘어서야 먹는 늦은 점심이었다. 떨어진 종이를 주워 모으다 그 안에서 며칠 전 신경이 쓰여 인쇄해 둔 자료를 발견했다.

2014년 히메카미시 하천 부지에서 발견된 〈14B〉와, 2016년 고마네시 산중에서 발견된 〈16A〉, 두 신원 불명 시신의 정보다. 〈14B〉는 DNA 감정 결과, 〈16A〉는 혈액형이 달라서, 둘 다 오누마 겐일 리가 없다.

쓰지 세이이치는 오누마 겐의 시신을 매장한 장소에 대해 아직 구체적으로 진술하지 않고 있다. 시신은 지금도 땅속에 묻혀 있는 것일까. 아니면 발견되었지만 오누마 겐이라는 사실이 밝혀지지 않은 것뿐일까. 깍지 긴 양손을 뒤통수에 대고 한껏 몸을 뒤로 젖히자, 급탕실에서 나온 이리에가 "위험해요. 화상 입는다고요" 하며 그 뒤를 통과했다.

"있잖아, DNA 감정과 혈액형 검사 중에 만약 틀린 게 있다면 어느 쪽이라고 생각해?"

"검사 결과가 잘못된 경우는 거의 없어요."

"그 거의 없는 얘기를 물어보는 거야."

"시료가 오염되었거나, 혹은 기적적인 확률로 타인과 일치할 수 있으니, 가능성은 DNA 감정이 그나마 높지 않을까요? 통상적인 혈액형 검사는 구조가 단순해서 오류가 생길 가능성이 거의 없으니까요."

이리에의 답변을 들은 히노는 〈14B〉의 데이터를 다시 훑어보았다. 성별, 추정 연령, 추정 신장, AB형 혈액형…… DNA 감정 결과를 제외하면 분명 오누마 겐과 일치한다. 머릿속에서 DNA와 혈액형 문제가 이중나선처럼 얽히다가 금방 엉켜서 멈췄다.

일부러 한숨을 내쉬며 히노는 자료를 책상에 놓았다. 이것에 대해서는 그만 생각하자고 마음먹었다. 쓰지 세이이치가 오누마 겐의 유해를 유기한 장소를 말하면 그걸로 끝나는 일이다. 10년이란 세월이 지났는데 이제 와서 하루를 서두른들 무슨 소용이 있겠는가.

"DNA 하니까 말인데, 그 모발 감정 결과는 언제쯤 나올 것 같아?"

야기의 속옷에 부착되어 있던 모발과 쓰지 부부에게서 채취한 모발 대조 작업이 과학수사연구소에서 진행 중이었다.

"모발에서 분석에 충분한 시료를 얻는 데 시간이 필요할지도 몰라요. 며칠 걸리지 않을까요?"

"분명 여성의 머리카락일 가능성이 높다고 했지. 쓰지 가나 쪽이 가능성이 높은가."

"글쎄요. 저희 감식반에서는 어디까지나 외관상의 형질로 판단한 것뿐이라……."

갑자기 이리에가 입을 다물고 먹다 만 컵라면을 책상에 놓더니 천장을 올려다보았다.

"왜?"

"DNA 감정에 왜 세이이치의 검체까지 필요한 거예요?"

"무슨 소리야?"

"그 모발에서는 이미 혈액형이 AB형이라는 정보를 얻었잖아요?"

"그렇지."

"그럼 굳이 세이이치의 샘플과 대조할 필요는 없잖아요."

이리에가 뭘 문제 삼는지 히노는 이해할 수 없었다. 조서 사본을 넘기며 세이이치의 혈액형을 확인했다.

"쓰지 세이이치는 가나와 같은 AB형이야. 본인이 신고했을 뿐 아니라 구류 중에 채취한 샘플로 그렇게 판정 났어. **그래서** 둘 다 비교 감정 대상이 됐지."

히노는 이리에에게 자료를 건넸다. 그녀는 그걸 보며 "정말이 네요" 하고 중얼거렸다.

"어…… 그럼 저는 왜 쓰지 세이이치가 AB형이 아니라고 착각한 거죠."

이리에는 책상에 팔꿈치를 대고 두 손으로 머리를 싸안았다.

"착각했겠지."

"분명 어디선가 들었는데……."

"빨리 안 먹으면 면 불어."

"빨리…… 아."

이리에가 고개를 들었다.

"하야미 전 사장."

“하야미?”

“말했잖아요. 쓰지 가나의 환영회에서 부부 사이에 대해 누가 질문했더니…….”

잠시 생각한 끝에 떠올렸다.

——그랬더니 그녀가 ‘잘못된 선택이었을지도 몰라요. AB형과 O형은 궁합이 안 맞거든요’라고 했습니다. 쓰지가 AB형이라서, O형이 아닌 남자들이 신나서 일제히 손을 들었어요.

“아…… 그 시시한 에피소드.”

“그 얘기는 하야미 씨의 기억 착오였다는 거네요.”

이리에는 그렇게 말하고 이야기를 마무리하며 다시 컵라면을 집어 들었다. 하지만 그 자리에 감도는 기묘한 공기가 젓가락을 든 손의 움직임을 둔하게 했다. 그녀는 뭔가 생각하고 있었다. 히노도 생각하고 있었다. 방금 한 이야기의 의미를.

이윽고 히노의 머리에 어떤 가능성이 떠올랐다. 설마…… 마음속으로 웃어넘기며 그 가능성을 일축하려 했을 때, 이리에와 눈이 마주쳤다. 그녀는 말했다.

“계장님…… **설마**.”

그 순간 히노는 일어서서 발밑에 둔 백팩을 집어 들었다.

“면 먹을 시간은 줄게. 하지만 국물은 안 돼.”


쓰지 세이이치가 통원하던 하나모리시의 정신과에는 그의 혈액형 데이터가 남아 있지 않았다. 때문에 히노는 난부서 수사관

　　　7월 4일

에게 직접 연락해 세이이치의 부모가 사망한 곳이 가마쿠라시의 시립병원이라는 사실을 알아냈고, 100킬로미터는 더 떨어진 그곳으로 이리에를 보냈다.

그런 가운데 현경 본부에서 오누마 겐과 쓰지 가나가 밀회하던 장소를 알아냈다는 정보가 들어왔다.

조사 중 쓰지 세이이치는 두 사람의 밀회 현장에 쳐들어가서 오누마를 살해했다고 자백했다. 하나모리시 어딘가의 호텔이었다고 했다.

하지만 본부의 오가타 계장은 호텔 객실에서 아무에게도 의심받지 않고 살인과 시체 훼손, 그리고 반출까지 이루어졌을 리 없다고 생각했다. 그래서 부동산 업자들에게 수사관을 보냈고, 2013년 10월부터 2014년 5월까지 하나모리시의 단기 임대 맨션이 가나의 명의로 계약되었다는 사실을 밝혀냈다. 계약서의 연대보증인란에는 **오누마 겐의 서명**이 확인됐다.

처음에는 3월까지 반년 기간으로 계약했지만, 3월 중순과 4월 중순에 한 달씩 연장을 요청해서 결과적으로 5월까지 계약했다고 한다. 재계약분 서류에서는 연대보증인란의 이름이 쓰지 세이이치로 바뀌어 있었다.

현경 본부는 이 점에 대해 "3월에 일어난 오누마 겐 살해 흔적을 냄새까지 남김없이 지우기 위해, 충분한 청소 기간을 확보한 다음 방을 비우려는 목적"이라고 추측했다.

그러나 히노는 만약 자신의 상상이 맞다면 가나는 **다른 이**

**유로** 방을 계속 빌려야 했을 거라고 생각했다. 쓰지 세이이치가 살해 현장에 대해 거짓 진술을 한 것에도 **그래야만 했던 이유가 있었던 것**이라고.

오후 6시 반, 이리에에게서 연락이 왔다. 가마쿠라 시립병원에서는 내규에 따라 각 환자의 진료 정보를 20년 동안 보존하도록 되어 있다. 갑작스러운 방문이라 당연히 진료 기록 공개 요청에는 응하지 않았지만, 살인 사건 수사라는 걸 밝히고 필요한 정보는 혈액형임을 전달하자, 세이이치의 부모가 **둘 다 O형**이라는 걸 알려주었다.

히노는 다시 난부서에 전화를 걸었다. 세이이치와 부모의 혈연관계를 문의하자 이미 조회된 호적을 통해 친자임을 확인해주었다.

아무래도 상상은 틀리지 않은 것 같았다.

오후 9시 반. 수사계에는 히노와 이리에만 남아 있었다.

"어쩌다 이렇게 된 걸까."

손안의 커피는 밤처럼 어둡고 실내의 나른한 공기처럼 미지근했다.

이제 일손은 멈추고, 둘은 조금 전부터 농담만 주고받고 있었다.

"아무리 끔찍한 결과라도 진실이 밝혀지지 않는 것보단 낫죠."

"그러고 보니 궁금한 게 있어."

스스로를 타이르는 듯한 이리에의 말에 히노는 애매하게 고개를 끄덕인 뒤 화제를 바꿨다.

"뭔데요?"

"야기의 시체가 발견된 날, 내 행운을 부르는 음식."

"핫도그였어요."

이리에가 즉시 대답했다.

"잘 기억하고 있네."

"슈크림 사는 김에 편의점에서 계장님 것도 찾아봤거든요."

"그럼 왜 안 사다 줬어?"

"이제 와서 무슨 말씀이세요. 그때는 됐다고 했으면서."

"그때 순순히 먹었으면 이렇게 실수만 저지르지는 않았을 것 같아서."

"그 가게에 없었거든요. 빵이랑 소시지라도 사 올 걸 그랬네요."

"칼집 낸 쿠페빵은 있었어?"

"몰라요. 그거 아니라도 식빵으로 말면 되잖아요."

"그렇게 대충 해도 돼?"

"되죠. 본인이 '이건 핫도그다'라고 생각하면 그건 이미 핫도그라고요."

"하지만 아무리 그래도 그건 핫도그가……."

아니잖아……라고 말하려다 갑자기 머릿속에 하얀 덩어리의 기억이 떠올랐다.

"……아."

식빵으로 만 소시지. 잠옷 아래 유난히 도드라져 보이던 견갑골.

"그랬구나……."

히노는 그만 웃어버렸다. 나는 처음부터, 그날 아침, 집을 나서기 전부터 이미 실패했던 것이다.

"뭐가 그렇게 웃겨요?"

"아니, 아무것도 아냐."

하늘색 포스트잇이 붙은 그날의 홋코위클리가 지금도 책상 위에 놓여 있었다. 하야토의 시가 게재된 5월 11일 자 홋코위클리도.

"이렇게 된 건 필연이었군."

그렇게 중얼거리며 히노는 5월 11일 신문을 집어서 하야토의 시를 읽었다.


기쓰네우동에 쓰키미우동

나는 튀김우동

카운터 안쪽 주방에서

튀김을 튀기는 남자와

설거지하는 여자가

계속 떠들고 있다

……

왜 어쩔 수 없어?

라고 물으니

사랑은 그런 거야

하고 엄마는 또 웃는다

……


무심코 다시 읽은 시에서 간과했던 사소한 진실을 발견하고 히노는 또다시 "아" 하고 소리쳤다. 의아해하는 이리에의 시선을 느끼며 밤처럼 검은 커피잔 속을 바라보았다.

푸념할 때가 아니다. 오늘 밤에 가기로 한 곳이 있었다. 마주하기로 결심한 상대가 있었다. 그런데도 망설임이 앞서 움직이지 못하고 있었다.

"이리에…… 내일은 어쩔 거야?"

"소원한 관계라는 쓰지 세이이치의 삼촌을 찾아가서 DNA 감정 협조를 받아 올게요."

그녀의 말에 망설임은 없었다. 히노는 그런 동료가 든든했다.

"부탁이 있어."

"뭔데요."

"과장님 보고를 하루만 미뤄줘."

평소답지 않게 짙은 다크서클이 드리운 이리에의 눈이 히노를 응시했다.

"······하루만 미루면 돼요?"

"그 이상 숨길 수는 없어."

"그럼 서둘러야겠네요."

이리에는 가까이 오더니 바닥의 백팩을 집어 들어 히노의 무릎에 올렸다.

"이제 하보로 과장님 만나실 거죠?"

히노는 놀랐다.

"어떻게 그렇게 눈치가 빨라?"

"아뇨. 퇴근하면서 말 거시는 걸 우연히 봤을 뿐이에요."


4


초인종을 누르고 기다리자 대답 없이 체인이 풀리는 소리가 나더니 폴로셔츠 차림의 하보로가 문을 활짝 열었다.

"늦은 시간에 미안."

"괜찮아. 들어와."

가리킨 거실 소파에 앉는다. 집 안은 잘 정돈되어 있었다.

"전에도 온 적 있나?"

하보로는 히노에게 그렇게 물으며 탁자 맞은편 의자에 불편한 자세로 앉았다.

"아버님 돌아가셨을 때 한 번."

"그랬나?"

"이번에 이동하면 또 빈집으로 둘 거야?"

"아니, 허물려고. 완전히 낡아서 수리하는 것도 한계야."

"너도 우리 집에 온 적 있었지? 동기들 몇몇이랑."

"마나쓰 태어났을 때 갔지. 지금 몇 살이야?"

"벌써 내년에 고등학교 입시 본다."

그렇게 말하며 히노가 어깨를 으쓱하자 하보로도 같이 놀라는 시늉을 했다.

"벌써 그렇게 됐어……? 맥주 사뒀는데 어쩔래."

"택시비 내줄 거야? 사양할게. 넌 마음대로 해."

"아니, 나도 됐어. 혼자서는 안 마시는 주의라서."

"그건 몰랐네. 왜?"

"취할수록 외로워지니까."

하보로의 대답에 히노는 소리 내어 웃었다.

"웬일로 재밌는 농담을 하네."

"처자식 있는 녀석이 뭘 알겠어. 넌 자기가 얼마나 운 좋은 놈인지 모르고 살고 있어."

"가족이 있어도 외로움을 느끼는 사람도 있어."

"뭐야? 오늘은 외로운 가족 얘기를 하러 온 거야?"

히노는 숙였던 고개를 들고 똑바로 하보로를 보았다.

"아내를 죽인 혐의로 난부서에 체포되어 있던 남자가, 10년 전 오누마 겐을 살해했다고 자백했어."

“그래.”

하보로는 동요한 기색을 보이지 않고 그저 고개를 끄덕였다.

“용의자 이름은 쓰지 세이이치. 그의 아내인 가나와 오누마 겐이 불륜 관계였어. 세이이치는 밀회 현장을 덮쳐서 식칼로 오누마를 찔렀다고 말했고.”

“시신은?”

“어딘가에 묻었다고만 하고, 구체적인 장소는 밝히지 않았어.”

“일부러 그걸 알려주러 온 거야?”

“너한테 여러모로 도움받았으니까.”

“오누마 구미한테는 이미 얘기했나?”

“아직이야. 확증을 얻을 때까지는.”

“얻을 가능성은?”

“있어. 시신이 어디 있는지도 짐작은 가. 그걸 우리가 확인하기 전에 네가 오누마 구미에게 그 사실을 전해줬으면 해.”

“뭐라고?”

“오늘은 그 부탁을 하러 왔어.”

하보로의 눈에 당혹과 약간의 경계하는 빛이 떠올랐다.

“무슨 소리야?”

“오누마 구미는 알고 있었어.”

“……남편이 죽었다는 걸?”

“아니. 남편이 살아 있다는 걸.”

"이야기가 엉망진창이잖아."

하보로는 어처구니없다는 듯 고개를 저었다.

"히노. 분명 아까 오누마 겐은 살해당했다고 했어."

"쓰지 세이이치가 그렇게 진술했지. 하지만 그건 거짓이야. 실종된 건 오누마 겐이 아니야. **밀회 현장에서 살해당한 건 쓰지 세이이치 쪽**이야. 내가 오늘 **취조실에서 만난 남자가 바로 오누마 겐**이지. 그는 죽은 남자가 되어 쓰지 세이이치로 살아왔어."

의자 팔걸이에 놓여 있던 하보로의 손이 주먹을 쥐었다.

"그는 10년이라는 세월을 들여 공식적으로 쓰지 세이이치가 됐어. 새 운전면허증을 취득하고, 꾀병을 써서 정신과에 통원하고…… 난부시에서 얻을 수 있는 쓰지 세이이치의 데이터는 치과 진료 기록이든 뭐든 지금의 본인과 일치해. 마이넘버 카드 비밀번호도 그가 정한 거야."

히노는 말을 이었다.

"법적으로 오누마 겐은 죽은 사람이 됐어. 하지만 오누마 겐의 시체 같은 건 어디에도 없어. 있는 건 호적을 빼앗긴 쓰지 세이이치의 시체지. 공적으로 살아 있는 인간을 시체와 대조하려는 경찰이 있겠어? 시체가 된 세이이치는 오늘까지 〈16A〉라고 불려왔어."

히노는 〈16A〉의 자료를 탁자에 놓았다.

"체포된 쓰지 세이이치는 AB형이었어. 하지만 세이이치의 부모는 둘 다 O형이라 AB형 자식은 태어날 수 없어. 한때 쓰지 가나는 직장에서 남편 혈액형을 O형이라고 했어. 〈16A〉의 혈액형은 O형이고 사인은 자상으로 추정돼. 야기처럼 옷이 벗겨지고 얼굴이 뭉개진 상태였지."

"그것만으로는 이 시체가 쓰지 세이이치라고 단정할 수 없어."

"물론이야. 내일 이리에가 세이이치의 친척 집에 가서 DNA 감정 협조를 요청할 거야. 적어도 〈16A〉가 그 친척과 혈연관계라는 건 증명할 수 있겠지. 체포된 쓰지 세이이치가 그 친척과 남남이라는 것도."

"오누마 구미가 그 사실을 알고 있었다는 거야?"

"오누마 겐이 쓰지 세이이치의 죽음에 관여된 건 알고 있었을 거야. 그녀는 체포된 세이이치의 사진을 보고 모르는 사람이라고 했어. 확실히 겉모습이 달라져서 오누마 겐의 영정 사진과는 완전히 다른 느낌이야. 하지만 자기 남편 얼굴을 전혀 알아채지 못할 수가…… 아무것도 느끼지 못할 수가 있다고 생각해? 이미 사람이 바뀌었다는 걸 알고 있었기 때문에 아무 반응도 보이지 않을 수 있었던 거야."

"아니, 네 전제가 틀렸어. 확실히 혈액형으로 보면 체포된 남자는 쓰지 세이이치와는 다른 사람이겠지. 하지만 **녀석이 오누마 겐이라는 증거는 없어.** 그가 아니라면 오누마 구미가 알아채지 못하는 게 당연하잖아."

"만약 오누마 구미가 지금 너와 같은 주장을 고집하려 한다

　　　7월 4일

면, 난 용의자와 하야토의 DNA 친자 감정을 신청할 거야."

히노의 도발에 하보로의 안색이 변했다.

"하지 마! 하야토를 끌어들이지 말라고!"

"그럼 네가 출두시켜!"

둘 사이의 탁자가 두 번 연달아 큰 소리를 냈다.

"알겠어? 구미는 남편의 횡령 사실을 숨겼어. 경찰이 그를 수색하면 곤란하니까."

"……만일, 어디까지나 가정이지만, 체포된 남자의 정체가 오누마 겐이고, 그가 쓰지 세이이치를 죽여서 고마네시 산중에 묻었다고 치자고. 그럼 왜 바로 옆 난부시로 도망쳤지? 더 멀리 가고 싶은 게 범인 심리 아냐?"

"자기가 묻은 시체가 신경 쓰여서 현장에서 가까운 곳에 머무르고 싶어 하는 것 역시 범인 심리 아냐? 물론 그것만은 아니지. 가나는 당시 임신 중이었어. 게다가 오누마 겐은 잠적 중이라 자유롭게 움직일 수 있는 처지가 아니었어. 그 둘에게는 멀리 떨어진 곳에 새로 정착하는 것 자체가 어려웠다고."

오누마 겐은 세이이치를 살해한 뒤 가나와 밀회하는 데 이용한 단기 임대 맨션에 숨었다. 기간을 연장해서 5월까지 재계약한 건 이주지가 금방 정해지지 않았기 때문이라는 게 히노의 생각이었다.

사건이 발각된 것도 아닌데 그가 숨어야 했던 건, 구미가 행방불명자 신고를 제출했기 때문이다. 반대로 말하면, 그건 **둘**

**사이에 약속된 수순이었다**는 이야기가 된다.

"오누마 겐과 구미는 밀약을 나눈 상태였어. 그래서 이웃한 시로 이사를 가도 상관없었던 거야."

"다른 지인에게 들킬 위험도 있잖아."

"그 지인이 오누마 겐의 실종 사실을 알고 있다면 맨 먼저 어디에 연락할까? 당연히 구미에게 하겠지. '남편분과 닮은 사람을 봤는데요?', '혹시 돌아오셨어요?' 같은 정보는 구미가 가지고, 경찰에는 신고하지 않겠지."

하보로는 아무 말도 하지 않았다.

"지금까지 행방불명자 신고가 접수된 오누마 겐의 시신이 발견되지 않았다는 사실 하나 때문에 범죄가 표면으로 떠오른 적이 없었어. 경찰은 사건이 일어난 걸 알아채지 못하고 지난 10년을 보냈지. 하지만 이제 그렇지 않아. 우리는 사건의 배경을 낱낱이 조사했어. 그것이 구미가 관여되어 있다는 사실을 가리킨다면, 그녀에게 직접 사정을 물을 수밖에 없어. 하지만 갑자기 집으로 수사관이 들이닥치는 사태는 피하고 싶어. 하물며 아무것도 모르는 하야토 앞에서 형사가 어머니에게 동행을 요구하는 사태는 더더욱. 그러니까 하보로, 네가……."

"형사과에서 더 이상 수사하지 않으면 되는 일 아냐?"

히노는 제 귀를 의심했다.

"……역시 네 농담은 재미없어."

"현 상황에서 수사 종결은 가능해."

"진심으로 하는 소리야?"

"그녀가 살인에 직접 관여하지 않았다면, 설령 시체 유기를 저질렀다 해도 공소 시효는 이미 지났어. 어차피 기소는 못 해. 그렇다면……."

"그렇다고 가만있어도 되는 게 아니잖아!"

히노는 소리치면서 하보로의 멱살을 잡는 제 모습을 상상했다. 이제 서로 그런 짓을 할 정도로 젊지 않다. 그래도 변하지 않는 게 있을 것이다.

"쓰지 세이이치는 얼굴과 이름을 잃은 시신이 되어 오랜 세월을 보내야 했어. 우리는 누군가의 원한을 풀어주기 위해 자격을 부여받은 거야."

"모든 걸 밝히면 하야토의 아버지는 살인범이 돼. 어머니도 그걸 도운 범죄자가 되고. 그 애는 앞으로 어떻게 살아가면 되지? 그 애의 인생을 엉망으로 만들고 네가 책임질 수 있어?"

하보로의 물음에 히노는 주저하지 않았다. 어렴풋이 진상이 보이기 시작했을 때부터, 이곳에 오기까지, 비록 몇 시간이었지만 히노는 계속 같은 질문을 자신에게 던졌다. 하야토의 얼굴을 몇 번이나 떠올리면서.

히노는 대답했다.

"어떻게 질 수 있겠어."

하보로를 응시한 채 말을 이었다.

"그리고 질 필요도 없어. 너는 그런 걱정을 하면서 동기를 퇴교로 몰거나, 사타케의 아버지를 체포했어? 책임은 본인이 져야 해. 우리가 할 수 있는 건 그걸 돕는 일이야. 너는 사타케 집안의 생활을 파괴했어. 가차 없이 그 아버지를 송치했지. 한번 해체하지 않으면 가족이 다시 일어설 수 없다. 그렇게 믿어서 그런 거 아냐? 넌 그렇게 자기 신념을 관철해 왔잖아? 하야토를 구하고 싶다면, 네가 도울 수 있는 건 죄를 은폐하는 일이 아냐. 모든 게 무너진 뒤에 다시 시작하는 일이지."

"닥쳐! 네가 나의 뭘……."

"그 여자에게 특별한 감정을 갖고 있잖아?"

탁자를 내리치려던 하보로의 주먹이 중간에서 굳었다.

"여기 오기 전에 하야토의 시를 다시 읽었어. 몰랐던 걸 알아챘지. 그 시에는 세 종류의 우동이 나와. 하보로, 네가 주문한 건 기쓰네였어? 아니면 쓰키미였어?"

단순한 어림짐작이었지만, 하보로의 이마에 굵은 땀방울이 맺혔다.

"……장난하냐."

"하야토는 장난으로 사랑을 시로 읊은 게 아니야. 너도 어설픈 마음으로 담배를 끊은 게 아니었을 거야."

하보로의 주먹에서 힘이 빠졌다. 히노는 말을 이었다.

"그래서 오늘 널 찾아온 거다. 내일 하루만 기다리지. 오누마구미를 설득해서 제 발로 출두시켜. 그녀와 하야토가 오누마겐과 진정으로 결별하고 결백한 삶을 다시 시작하기 위해. 만약

한순간이라도 네가 그 두 사람과 함께하는 삶을 상상한 적이 있다면……."

하보로가 무거운 몸을 의자에서 일으켰다.

"할 말은 그게 다야?"

"하보로……."

"결국 마실 것 한 잔 못 줘서 미안하군. 맥주 가져가."

하보로는 히노에게 등을 돌렸다.

"그리고 말이야, 우동집에서는 우연히 마주쳤을 뿐이야."

"……마지막으로 말해줘. 넌 수상한 인물을…… 오누마 겐을 직접 붙잡았다면 뭐라고 할 생각이었어? 구미와 하야토를 위해 어떻게 하는 게 최선이라고 생각했지?"

그 질문에 하보로는 돌아보지 않고 답했다.

"어떤 말이든, 어떤 행동이든, 지금 이 상황에 비하면 모두 최선이었겠지."

# 7월 5일

## 깨진 약속

### 1

오전 8시 8분. 맨션 주차장에 사타케 와타루가 모습을 드러냈다. 차 옆에 서 있는 히노를 알아채고 순간 멈칫하더니 천천히 다가왔다.

"출근해야 하는데요."

"시간 많이 안 뺏어."

"아버지는 검찰 송치됐어요. 이제 경찰은 상관없잖아요."

"죄를 저지른 사람과 연을 끊는 건 형사에게 쉬운 일이 아니지."

사타케의 얼굴이 일그러졌다.

"미안해. 요즘 쓸데없는 한마디가 많네. 부하나 동료의 영향일지도."

"동료라면 그 바위처럼 거대한 사람 말입니까?"

"무기물처럼 보일지 몰라도 시민들의 신뢰는 나름 두터워. 이 맨션 관리인도 녀석에게 감사하더라고."

"비켜주시겠습니까. 이제 가야 합니다."

히노는 그에게 반으로 접은 메모 용지를 내밀었다.

"여기에 연락처 두 개가 적혀 있어. 하나는 고마네시에 있는 카란이라는 법인 대표자 번호야. 대표인 고다에게 아버지 케어에 대해 상담해. 누나가 있는 집으로 다시 아버지를 돌려보내면 또 같은 일이 일어나. 아버지는 다른 곳에서 생활하게 해. 카란은 그걸 위한 지원을 해줄 거야."

"무슨……."

"다른 번호는 하나모리시에 있는 법률사무소 번호야. 겐비시라는 변호사에게 아버지의 재활 계획을 검찰에 제시해서 불기소 처리되도록 알아봐 달라고 해."

"……장난해? 경찰은 더 이상 우리 일에 참견하지 마."

"내 얘기 들어."

"시끄러워! 아버지 일은 나하고 누나가……!"

"앞으로 둘이서 제대로 해결할 수 있는 일이었다면 지금까지도 할 수 있었겠지!"

주차장으로 들어온 정장 차림 여성이 히노의 큰 목소리에 멈칫했다.

"남의 도움으로 해결할 수 있는 일이면 망설이지 말고 도움

받아. 카란은 그게 일이고, 변호사 비용도 딱히 공짜가 아니야. 부끄러워할 일이 아니라고. 아니면 이대로 누나한테만 기대서 잘난 척할 건가. 집안에서 일어나는 일에는 눈과 귀를 막고 흘러넘치는 쓰레기만 치우는 짓을 계속할 거냐고. 쓰레기뿐 아니라 누나 멍도 계속 늘어날걸. 이제 모른 척은 못 하겠지."

"비켜줘."

사타케 와타루는 히노를 밀치고 운전석에 올라탔다. 히노는 메모를 구긴 뒤 문이 닫히기 직전에 차 안으로 던졌다.

사타케의 차가 달려가는 저편 푸른 하늘에 한없이 가느다란 달이 보였다.


이른 아침, 이리에는 히메카미에서 고속도로로 300킬로미터 가까운 거리를 남하해 쓰지 세이이치의 삼촌을 찾아갔다.

한편 히노는 밀린 보고서 작성과 서류 정리를 계속했다. 그러는 내내 전화가 울리길 기다렸다.

하보로는 출근하지 않았다. 연락이 되지 않는다고 했다.

—— 어떤 말이든, 어떤 행동이든, 지금 이 상황에 비하면 모두 최선이었겠지.

하보로의 말이 되살아나면서 히노의 뇌리에 최악의 사태가 스쳐 지나갔다. 구미를 막다른 길로 몰아세웠다. 궁지에 몰린 인간이 어떤 선택지를 떠올리는지 익히 알고 있을 텐데.

난 하보로에게 모든 걸 떠넘기고 도망친 건가. 결국 누구의 마음과도 마주하지 못한 채 형사를 계속해 온 건가…… 그렇다 해도 과거의 선택을 되돌릴 방법은 없다. 어제든, 10년 전이든. 그리고 하보로에게 기대를 건 이상, 그를 믿는 수밖에 없다.

오전 11시, 이리에에게서 "정식으로 의뢰하면 DNA 감정에 협조해 주신다고 합니다"라는 보고가 도착했다. 그녀는 이다음 150킬로미터를 북상해 가마쿠라시에 들러 한때 쓰지 세이이치가 살았던 지역의 치과 의원을 돌아볼 예정이었다. 〈16A〉의 두개골에는 치아 상태를 상세하게 기록한 차트가 작성되어 있었다. 얼굴을 뭉갠 탓에 생전 그대로의 치열은 아니지만, 세이이치가 다녔던 치과를 찾으면 〈16A〉의 신원을 확인하는 실마리가 될지도 모른다.

오후 3시, 그저께까지의 경과를 기록한 수사 보고서를 마무리하고 생활안전과를 찾았다. 신입이 히노를 보더니 주변을 두리번거리며 다가왔다.

"하보로 과장님이라면 안 오셨어요. 관리직이 무단결근이라니 말이 돼요?"

미래의 거물은 작은 목소리로 그렇게 속삭이며 어이없다는 듯 고개를 갸웃했다.

수사계로 돌아오니 형사과장이 호출했다.

"쓰지 세이이치의 신병을 고마네서로 이송할 겁니다."

"그렇군요."

"곧 사건은 해결……되는 걸로 봐도 괜찮죠?"

과장은 그렇게 물었다.

"웬일로 바로 대답하지 않는군요."

"아뇨, 그런 게 아니라……."

"이리에 순사부장은 어디 갔습니까?"

"만일에 대비해, 부검 결과에 확인해 볼 점이 있어서 현립 의대에 갔습니다."

"아침부터요? 지금이 몇 시라고 생각합니까?"

책상 전화가 울렸다. 과장이 코를 훌쩍이며 수화기를 들었다.

"……네, 히노 계장은 여기…… 네, 전달하겠습니다."

통화를 끝낸 과장이 천천히 안경을 벗었다.

"종일 서에 틀어박혀 있던 건 이 연락을 기다렸기 때문입니까?"

히노는 대답하지 않고 가만히 있었다.

"오누마 구미가 히노 계장을 만나러 왔다는군요."

2

히노는 오누마 구미를 회의실로 안내했다. 창밖으로 보이는 하늘은 아직 해 질 녘 전이었다.

"하보로 씨에게 이야기 들었습니다."

구미는 정중하게 고개를 숙였다.

　　　　7월 5일

"배려해 주셔서 감사합니다."

"……하야토는?"

"당분간 교코 씨에게 맡기기로 했어요. 아이 앞으로 편지를 남기고 왔습니다. 나쁜 짓을 해서 경찰서에 가야 한다고. 전부는 못 썼어요. 쓰는 게 무서웠고, 게다가 직접 말로 전해야 할 것 같아서요."

"여기까지는 어떻게 오셨습니까?"

"택시를 탔어요. 도저히 운전할 수 있는 상태가 아니라서. 하보로 씨가 데려다주겠다고 했는데, 사양했어요."

"호의를 받아들여도 되지 않았을까요?"

"제가 운전하는 것보다 무서울 것 같았어요. 한숨도 못 잔 것 같더라고요."

테이블에 놓은 스마트폰이 진동했다. 이리에에게 온 메시지였다. 짧게 답장하고 히노는 노트북을 펼쳤다.

"그저께 쓰지 세이이치라는 남자의 사진을 보여드린 걸 기억하시죠. 오누마 씨는 그를 모르는 사람이라고 했습니다."

"성형수술이라도 했으면 몰랐겠지만, 살이 빠져서 인상이 변한 정도라서 모를 수가 없더라고요. 남편…… 오누마 겐이었어요."

"남편의 사진을 봐도 동요한 기색을 보이지 않으시더군요."

"언젠가 이런 날이 올지도 모른다고 마음의 준비를 하고 있었어요. 경찰이 어디까지 정보를 입수했는지 모르니까 쓰지라

는 이름을 전혀 모르는 척하는 것도 오히려 부자연스럽게 보일
까 불안해져서, 쓸데없는 연기를 하기도 하고…… 근데 마지막
에 흥분해 버렸죠.”

“그랬죠. 사진을 테이블에서 떨어뜨리셨습니다.”

“이 사람 때문에 이렇게 됐다…… 그렇게 생각하니 도저히
얼굴을 보고 있을 수가 없어서요.”

“10년 전 일을 말씀해 주십시오. 아마 제가 들은 그의 진술
은 단순히 쓰지 세이이치와 오누마 겐을 바꾸기만 한 것이지만,
많은 진실을 담고 있었을 겁니다. 하지만 당신만 알 수 있는 진
실도 많겠죠.”

“그날, 야근한다던 남편에게 전화가 와서 불륜과 살인을 고
백하더군요. 여자와 만나는 중에 그 남편이 쳐들어와서 실랑이
를 벌였고, 그러다 상대가 가져온 식칼로 찔러버렸다고요.”

“당신은 그때까지 오누마 겐과 쓰지 가나의 관계를 모르셨습
니까?”

“네. 어쩐지 히메카미로 이사하고 싶다고 했을 때 바로 좋다
고 하더라고요. 회사 근처에 집이 있으면 딴짓도 하기 어려울 테
니까요.”

구미는 쓸쓸하게 웃었다.

“사건 현장은 아십니까?”

“불륜을 위해 빌린 방이라고 했어요. 전화도 거기서…… 시
체 옆에서 걸고 있다고요.”

"하나모리시에 위치한 단기 임대 맨션이었던 것 같습니다. 방 계약자는 쓰지 가나였고, 연대보증인에는 오누마 겐이 서명했습니다."

생각해 보니 조사 중에 밀회 장소를 호텔이라고 속인 이유도 분명했다. 계약서가 남아 있으면 거기 적힌 오누마 겐의 필적과 지금은 쓰지 세이이치로 살고 있는 자신의 필적이 일치한다는 사실이 들통날까 봐 우려한 것이다.

"오누마 겐은 왜 당신에게 전화를 한 겁니까?"

"자수하기 전에 연락하는 거라고 했어요."

"왜 자수하지 않았죠?"

"그 사람은 혼자 욕실에서 전화를 건 것 같았어요. 그러다 문 열리는 소리가 났고, 뭘 하고 있냐고 추궁하는 여자의…… 쓰지 가나 씨의 목소리가 들렸죠. 그녀는 저하고 전화한다는 걸 알고…… 그 사람이 자수할 생각이라는 걸 알고……."

"저항했습니까?"

"……네. 그녀가 남편에게 '임신했어'라고 말하는 소리가 들렸어요. 그때까지 그 사람도 몰랐던 것 같았어요. '자수하면 이 아이는 어떻게 하라고', 그렇게 호소하고 있었어요."

"둘 중 누가 쓰지 세이이치를 찔렀는지 아십니까?"

"확실히는 몰라요. 하지만 대화를 들어보니 여자 쪽일지도 모른다고 생각했어요. 그녀는 설득을 시도하는 남편에게 '그럼 당신**도** 죽이고 자살할 거야'라고 했죠. 강렬한 말이라 귀에 박혔어요. 게다가 자수를 막고 싶은 마음은 저도 이해할 수 있었어요."

"당시 오누마 씨 뱃속에도 하야토가 있었죠."

"네. 저도 제 아이를 범죄자의 자식으로 만들고 싶지 않았어요."

구미의 말에 히노는 그만 눈을 내리깔았다. 그 뒤에 듣고 싶지 않은 말이 기다리고 있다는 걸 알았기 때문이다.

"교코 씨는 아무 잘못도 없어요. 그런데 아버지가 폭력 교사라고 불린 탓에 오른쪽 다리에 평생 지워지지 않는 상처를 입었죠. 그럼 아버지가 살인범이라면 대체 어떤 꼴을 당할까요? 그래서 저도 남편에게…… 그 사람에게 말했어요. **자수 같은 거 하지 말라고**요."

"……남편은…… 오누마 겐은 바로 받아들였습니까?"

"가나 씨의 임신을 알게 되자 그 사람의 마음은 이미 흔들리기 시작했어요. 제가 유산했을 때, 그 사람은 저보다 더 실망했거든요. 그러면 제가 더 상처 입는다는 것도 생각 안 하고요."

"오누마 겐이 쓰지 세이이치가 된다. 그건 누구 아이디어였습니까?"

"세 사람 머릿속에 분명 같은 생각이 떠오르긴 했을 거예요. 하지만 그걸 입 밖으로 낸 건 저였어요."

그러지 않았으면 좋겠다고 생각했다. 구미가 직접 범죄를 은폐하도록 부추긴 사실이 없었으면 하고 바랐다.

 7월 5일

"불륜을 저지르다 사람 목숨을 빼앗은 남자, 저는 필요 없었어요. 하지만 가나 씨는 남편을 원했어요. 아이의 아버지를 원했죠. 이해충돌이 없다면 방법이 있다고 생각했어요. 어쩌면 남편을 저쪽에 넘기기만 하면 모든 게 잘 풀리지 않을까? 물론 시체 문제는 남죠. 저는 남편에게 말해서 가나 씨를 바꿔달라고 했어요. 그리고 제가 사건에 대해 입을 다무는 조건으로 몇 가지 약속을 받아냈어요. 시체를 발견되지 않는 곳에 버릴 것. 발견되더라도 신원이 밝혀지지 않게 할 것. 아는 사람이 없는 곳으로 이주할 것. 그때까지는 남편을 숨기고 타인과 접촉하지 않을 것. 시체를 버린 곳도, 이주하는 곳도 저에게 알리지 않을 것. 저와의 연락은 이걸로 끝낼 것. 앞으로 둘 다 절대 저에게 접근하지 않을 것."

어리석었다. 그 말이 몇 번이나 튀어나오려 했지만 히노는 그때마다 간신히 참았다. 어리석었다는 건 구미 자신이 제일 잘 알고 있을 테니.

"행방불명자로 신고한다는 얘기는요?"

"그때 말했어요. 그 사람이 오누마 겐의 얼굴로 제 근처에서 어슬렁대지 못하도록 경고를 보낸 거였죠."

"다시 묻겠습니다. 당신은 사건 현장을 몰랐습니다. 그곳에 가지 않았습니다. 시체 처리에도 직접 관여하지 않았고요."

"전화로만 얘기했어요. 가나 씨 얼굴도 몰라요. 어디선가 마주쳤을 때 동요하고 싶지 않았고, 애초에 얼굴 같은 거 보고 싶지도 않았어요."

쓰지 세이이치는 정신적, 육체적 문제로 가족 외의 친밀한 인간관계를 맺지 못했다. 그런 상태였기에 세이이치의 모습을 한동안 보지 못해도 이상하다는 걸 알아챌 수 있는 사람은 없었다. 그가 정신적으로 무너진 계기는 부모의 죽음이었고, 친척들은 장례식에도 오지 않았다. 그에게 아내 가나 말고는 교류하는 가까운 친족이 없었다. 아내의 부모조차 세이이치를 만난 적이 없다. 은폐할 조건은 이미 갖춰져 있었던 것이다.

한숨을 삼키며 히노는 말했다.

"쓰지 세이이치의 시체는 고마네시 산중에 묻혀 있었습니다."

조금 전 도착한 이리에의 메시지에는 〈16A〉의 치아 기록이 치과 의원에 보관되어 있던 쓰지 세이이치의 기록과 대략 일치했다고 적혀 있었다. 가마쿠라에서 허탕을 친 이리에는 하나모리 시내에서 쓰지가 다녔던 의원을 찾았다고 한다.

"쓰지…… 아니, 오누마 겐에게 직접 물으면 되는 일이지만, 그는 시신을 어떻게 옮겼을까요?"

"가나 씨 차를 썼을 거예요. 남편은 전철로 출퇴근했으니까요."

"낮에 당신이 차를 쓸 수 있도록…… 그렇게 말씀하셨죠."

"말은 그렇게 했지만, 실제로는 막차가 끊겼다는 이유로 집에 안 들어올 수 있기 때문이 아니었을까요."

구미는 지친 얼굴에 웃음을 지으려다 실패했다.

"……그 사람들 아이는 지금 어떻게 됐나요?"

히노는 고개를 저었다.

"쓰지 가나는 사건 두 달 후에 유산했습니다."

"그렇군요."

"오누마 겐은 숨어 있던 기간 동안 쓰지 가나와 함께 산부인과에 간 적이 있습니다."

"왜 그런 위험한 짓을 했죠?"

"뱃속의 아이가 자기 아이인지 확인하기 위해서죠. 만약 아니었다면 자수할 생각이었을지도 모릅니다."

히노의 가설에 구미는 아무 반응도 보이지 않았다.

"사건이 일어난 날, 오누마 겐에게 당신이 임신했다는 이야기는 하지 않았습니까?"

"당연하죠."

"왜죠?"

"우리한테 집착하면 곤란하니까요."

"수상한 인물이 나타났다고 들었을 때 어떻게 생각했습니까?"

"물론 바로 그 사람이라고 알아챈 건 아니에요. 하지만 다이야가 우리 집에서 나온 직후에 말을 걸었다는 얘기를 듣고 혹시나 하고 생각했어요. 하필 하야토의 시가 신문에 실린 직후였으니까요. 남편이 나타났을지도 모른다. 그렇게 생각하니 분노가 치밀었어요."

"불안과 공포가 아니라요?"

"그보다 먼저 화가 났죠. 왜냐면 그 사람은 저에게 접근하지 않겠다는 약속을 깼으니까요."

그 말을 듣고 히노는 오누마 겐과 쓰지 가나의 사이가 틀어진 게 시라카와 기요시 살해 이전이었을 가능성을 깨달았다. 두 사람의 관계는 오누마 겐이 하야토를, 구미와의 사이에 생긴 아이를 보러 간 사실을 가나가 안 시점에서 돌이킬 수 없게 되었을지도 모른다.

왜냐하면 오누마 겐의 행위는 구미와 한 약속을 어기는 일인 동시에 가나에 대한 배신이기도 했으니까. 아이를 갖지 못한 가나의 마음에 그는 차가운 칼날을 꽂았다. 시라카와 기요시의 시체는 마지막 한 방에 불과했던 것이다.

하야토의 존재를 사건에 대입해 생각해 보면, 어제 조사에서 느꼈던 몇 가지 위화감에도 답이 보이는 것 같았다.

야기의 속옷에서 발견된 모발을 언급하자 그는 두 건의 살인을 자백하기 시작한 것처럼 보였다. 하지만 실제로는 조사 중에 야기의 이름이 나온 시점에서 자백을 결심한 게 틀림없다. 그는 경찰이 세이이치와 야기의 접점을 파악하고 있다고 생각하지 않았다. 그래서 최근 자신이 불륜을 저질렀고, 그걸로 협박을 받았다는 스토리를 꾸며내면 수사가 과거로 거슬러 올라가기 전에 사건을 끝낼 수 있다고 생각했다.

하지만 그 계획은 실패했고 히노는 '쓰지 세이이치에 의한 오

　　　　7월 5일

누마 겐 살해'라는 사실과 정반대의 죄로 그를 추궁했다. 처음에는 부인했지만, "당신 사진을 들고 데쓰난 지구에서 탐문 조사를 하겠다"라는 히노의 말에 태도가 급변했다. 걱정됐던 것이다. '쓰지 세이이치'로 알려진 인물의 사진을 보고 "오누마 겐과 닮았다"라고 증언하는 주민이 나타나는 사태를.

그렇게 되기 전에 죄를 인정하고 그는 한시라도 빨리 **쓰지 세이이치로서** 재판받으려 했다. **하야토가 살인범의 아들로 살아가게 하지 않기 위해.**

히노는 노트북을 덮었다.

"오늘은 여기까지 하겠습니다."

그렇게 말하자 구미는 의외라는 표정으로 "네⋯⋯?" 하고 소리를 흘렸다.

"이걸로 끝이라는 의미가 아닙니다. 진술을 바탕으로 수사를 진행해 범죄 사실이 확인된 시점에서 당신은 자수한 겁니다. 앞으로 다시 출두해야 하고, 경우에 따라서는 체포, 구류되어 조사를 받을 겁니다."

히노의 목소리가 떨렸다. 결코 연민이나 동정 때문이 아니었다. 분노였다.

오누마 구미는 범죄에 휘말렸다. 하지만 범죄에 가담할 것을 강요받은 건 아니다. 그녀는 제 의지로 수화기 너머의 쓰지 세이이치를 못 본 척했다. 시체 유기를 교사하고, 범죄 은폐를 밀어붙였으며, 거짓 실종 신고를 내서 경찰과 법원을 속였다. 그리고 무엇보다, 이제는 아들의 마음에 깊은 상처와 슬픔을 남기려 하고 있다.

"……현시점에서는 어떤 형태로 당신의 죄를 물을지 알 수 없습니다. 가령 시효가 끝났다 해도, 오누마 겐의 범죄가 세상에 알려지고 재판이 시작되면 아마 당신은 많은 자유를 빼앗기게 되겠죠. 그때까지 하야토 곁에서 아이를 위해 말해주세요."

그녀가 뭔가 말하려 했지만, 그 말을 막듯 히노는 자리를 떴다. 만에 하나 감사의 말 같은 거라도 들으면 그녀에게 고함을 지를 것 같았다.

"조서를 작성할 테니 잠시 기다리십시오. 내용을 확인한 뒤 돌아가시면 됩니다. 택시는 나중에 불러드리겠습니다. 이 종이에도 연락처를 적어주시겠습니까."

사무적으로 말한 뒤 히노는 방을 나왔다.

30분 후, 조서 확인을 마치고 경무과에 택시를 불러달라 요청한 뒤 복도로 나오자 때마침 서로 돌아온 이리에와 마주쳤다.

"수고했어. 잘했어."

히노는 이리에에게 조서와 구미의 연락처를 건넸다.

이리에는 그것들을 훑어본 뒤, "시신이 이름을 되찾았네요"라고 말했다.

"그러고 보니 오늘 하루 〈16A〉의…… 아니, 쓰지 세이이치 씨 데이터와 함께 다니다 보니, 오누마 겐이 살해한 야기의 머리

　　7월 5일

카락을 자른 이유를 알 것 같았어요. 세이이치 씨와 야기는 머리카락 특징이 아주 비슷해요. 야기의 생전 사진을 보면 길이도 살해당했을 때의 세이이치 씨와 비슷하고요."

그건 히노도 며칠 전에 느낀 점이었다. 그래서 〈16A〉가 묘하게 마음에 걸렸던 것이다. 이리에는 말을 이었다.

"시신은 둘 다 얼굴을 뭉개버렸어요. 표정을 잃은 남자의 머리에서 유일하게 그 특징을 보존하고 있었던 건 귀를 덮는 길이의, 곱슬기가 도는 머리카락이에요. 야기의 시신을 훼손한 뒤 다시 내려다봤을 때, 오누마 겐은 10년 전에 죽인 상대가 다시 나타난 것 같은 기분이 들지 않았을까요. 그런 망상과 공포에서 벗어나려고 그는 정신없이 야기의 머리카락을 잘랐던 거고요."

히노는 야기의 머리카락을 '저주스럽다'고 표현했던 그의 말을 떠올렸다.

"……죄송해요, 억측으로 쓸데없는 얘기까지."

그렇게 말하며 머리를 숙이는 이리에를 향해 히노는 고개를 가로저었다.

"물어볼 가치는 있지. 그는 아직 오누마 겐으로서 아무 말도 하지 않았으니까."

그때 경무과 문이 열리고 이리에와 동갑인 행정 직원이 택시가 도착했다는 걸 알려줬다. 직원용 주차장 쪽에 대기 중이라고 했다. 히노는 2층으로 구미를 부르러 가서 함께 1층으로 내려왔지만, 통용구까지는 가지 않고 생활안전과 문 앞에서 그녀를 배웅했다.

"다시 바빠지겠네요."

같이 구미를 배웅하던 이리에가 그렇게 중얼거렸다.

"난리가 날 거야. 일단 과장님께 보고 올려야지. 어떤 표정을 지으실지."

그런 대화를 나누며 둘이서 계단참까지 올라왔을 때였다. 1층에서 갑자기 비명 같은 소리가 들렸다.

"무슨 일이죠?"

이리에가 경계 태세를 취했다. 타닥타닥 다급한 발소리가 복도를 지나 이쪽으로 다가왔다. 잠깐만! 상담 창구 직원의 목소리도 발소리를 쫓아 다가왔다.

"뭐지?"

히노 역시 경계 태세에 들어섰다. 다음 순간, 작은 실루엣이 계단 아래에서 나타나더니 생활안전과 문손잡이에 달려들어 엄청난 소리와 함께 부딪쳤다. 하지만 기세를 이기지 못하고 몸을 반 바퀴 홱 돌리더니 히노 쪽을 향했다.

"……하야토……."

하야토도 히노의 존재를 알아챘다. 새빨간 얼굴로 어깨에 멘 가방을 무릎으로 차올리며 계단을 뛰어오른다. 하야토는 온몸으로 돌진했고, 히노는 하반신의 충격에 뒤로 쓰러졌다.

"엄마 어디 있어!"

아이는 히노의 몸에 올라타 외쳤다.

"엄마 만나게 해달라고!"

하야토는 주먹을 내리쳤다. 히노의 배에, 가슴에, 얼굴에.

—— 하야토를 구하고 싶다면, 네가 도울 수 있는 건 죄를 은폐하는 일이 아냐. 모든 게 무너진 뒤에 다시 시작하는 일이지.

어젯밤 하보로에게 들이민 신념을 작은 주먹이 부수고 있었다. 히노 나름대로 고민하고, 망설인 끝에 도달한 결론이 하야토를 눈앞에 두고 공허한 것으로 변해갔다.

무력감에 휩싸인 히노는 말없이 그저 맞고만 있었다. 그러는 것 말고는 할 수 있는 일이 없었다.

—— 형사과에서 더 이상 수사하지 않으면 되는 일 아냐?

하보로의 말대로 해야 했던 걸까? 형사로서 이 아이를 상처 입힐 바에야······.

목구멍에서 고함이 터져 나오려 했다. 그때 하야토가 기침을 했다. 때리는 힘이 약해졌다. 어깨가 들썩인다. 또 기침했다. 가는 등이 웅크려졌다. 천식 발작이다.

"하야토, 약······!"

히노는 하야토의 가방에 손을 뻗었다. 없다, 약이 없다. 가방 내용물을 뒤집었다.

"하야토!"

또다시 갑작스럽게, 이번에는 여자 목소리가 울려 퍼졌다. 용수철처럼 일어난 하야토가 굴러떨어지듯 계단을 뛰어내렸다. 계단 밑에 구미가 서 있었다. 그녀는 돌진해 오는 아들을 단단히 받아 안았다. 결코 뒤로 쓰러지는 일 없이.

"엄마!"

"하야토, 왜 여기 있니!"

"없어지는 거야? 엄마 없어지는 거야?"

하야토는 심하게 기침하며 물었다.

"안 없어져. 엄마 안 없어져."

구미는 하야토의 바지 주머니에서 약을 꺼냈다.

"거짓말! 이제 집에 안 돌아오는 거지."

"아냐. 오늘도 집에 갈 건데? 엄마랑 같이 집에 가자. 자, 약 들이마셔."

소란을 알아챈 동료들이 하나둘 상황을 살피러 나타났다.

"택시가 기다리고 있어. 집에 가자. 미안해 하야토, 엄마가 지금까지 하야토한테 거짓말 많이 했어. 하야토한테 말 못 할 나쁜 짓 많이 했어. 하지만 지금은 같이 갈 수 있어. 오늘은 같이 집에 갈 수 있으니까."

"못 가. 택시 타고 못 가!"

하야토는 흐느끼며 계속해서 기침했다. 구미의 손이 하야토 의 등을 계속 쓸었다.

"왜? 엄마랑 같이 가는 거잖아."

"못 가. 같이 못 가…… 왜냐면 자전거 타고 왔으니까. 자전 거 타고 왔으니까……."

작은 몸을 흔들며 마침내 대성통곡하기 시작한 하야토를 구미가 꽉 껴안았다.

히노는 바닥에 주저앉은 채 이리에를 올려다봤다.

"다시 불러온 거야?"

"다행히도 택시가 막 출발한 참이라 붙잡을 수 있었어요."

이리에는 구미의 조서와 그녀의 연락처가 적힌 용지를 히노에게 건넸다.

"자전거 실을 수 있는지 기사분한테 물어볼게요."

그렇게 말한 뒤 계단을 내려가 구미와 하야토 옆을 지나 통용구 쪽으로 뛰어갔다. 그 뒷모습을 보며 일어서는데 주머니의 스마트폰이 울렸다.

"네, 히노입니다."

"우에무라입니다. 혹시 하야토가 거기……."

비명에 가까운 목소리였다.

"걱정 마십시오. 어머니와 함께 옆에 있습니다."

그렇게 대답하자 수화기 너머로 우에무라 교코가 안도의 한숨을 내쉬었다.

"죄송합니다…… 돌봄교실에서 안 보이길래……."

"구미 씨가 여기 오는 건 알고 계셨죠?"

"오늘 모든 이야기를 들었어요. 지금부터 출두할 생각이라며, 저한테 하야토에게 보내는 편지를 맡기고……."

"하야토는 그 편지를 읽고 뛰쳐나온 거군요."

"편지를 다 읽은 아이에게 곧 연락이 올 테니 그때까지 기다리자고 했어요. 고개를 끄덕이고 친구랑 놀기 시작해서 일단 안심했는데, 한순간도 눈을 떼는 게 아니었어요…… 구미 씨는 앞으로 어떻게 되는 건가요?"

"그건 아직 말씀드릴 수 없습니다."

"제가 그런 투서를 보내지 않았으면 일이 이렇게 안 됐을까요?"

"아뇨. 경찰을 만만하게 보지 마시죠."

"어차피 형사님이 전부 밝혀냈겠죠."

"네. 저를 원망하세요. 제가 저 모자를 몰아세웠습니다."

히노의 말을 받아들이듯 잠깐의 침묵이 흐른 뒤 우에무라가 말했다.

"마주하면 상처와 함께 살아갈 수 있어요. 저와 아버지가 그랬듯이."

"……"

"그 아이…… 하야토는 걱정 마세요. 만약 구미 씨가 자리를 비워도, 제 모든 사랑을 쏟아서 키울게요."

팽팽하게 긴장되어 있던 마음이 갑자기 누그러지며 계단 아래의 풍경이 번지듯 흐려졌다.

"하보로 씨에게도 그렇게 전해주세요. 몇 번을 전화해도 안 받더라고요."

"……하야토뿐 아니라 그 친구도 돌봐주시면 안심이 될 것 같은데요."

"……꼭 한마디 더 하시네요."

전화를 끊자 모자를 둘러싸고 있던 사람들 사이에서 생활안전과 신입이 나와 히노 곁으로 다가왔다.

"하보로 과장님, 내일은 오신답니다."

# 7월 6일

## 분명 그 자리에 있는 빛

히노 유키히코가 두 번째 잠에서 깼을 때도 침대에 아내의 모습은 없었다. 침실을 나와 주방을 들여다봤다.

"잘 잤어? 야근했는데 더 안 자도 돼?"

"소파에서 잠깐 눈 붙였어."

가스레인지 앞에 서 있던 아내가 돌아본다.

"오늘도 날씨가 좋네. 장마가 벌써 끝났나?"

그렇게 말한 뒤 그녀는 테이블 위 신문을 가리켰다.

"용의자를 체포했다는 기사가 실렸네. 수고 많았어. 오늘도 나가?"

"응, 가봐야 돼."

"바쁘겠지만 힘내."

"다음에 같이 휴가 내서 여행이라도 갈까. 곧 마나쓰도 여름 방학이잖아."

"수험생인데 학원 수업 같은 게 있지 않을까?"

"이제 고등학생 되면 같이 여행 같은 거 안 가줄지도 몰라. 오랜만에 홋카이도 어때?"

"싫어. 그때 바다에 차 키 빠뜨린 일이 아직도 꿈에 나온다고."

"이번엔 열차랑 버스 여행으로 하자."

"그럼 예약 부탁해."

"……있잖아, 미사키."

아내의 이름을 아주 오랜만에 불러본 것 같았다.

"일전엔 미안했어."

"뭐가? 마나쓰를 아침까지 혼자 둔 일이라면 이제……."

"그거 말고. 모처럼 만들어준 핫도그를 받지도 않았잖아."

"뭐?"

아내가 큰 소리를 내자 딸 방에서 "시끄러워요" 하고 불평이 날아왔다.

"그런 건 벌써 잊어버렸는데?"

"행운의 음식이었잖아?"

"아…… 그랬나, 그랬을지도, 그랬나?"

아내는 유키히코가 지금까지 마주한 어떤 용의자보다 시치미를 떼는 데 서툴렀다.

"별로 당신만 생각해서 만든 건 아냐. 퇴근해서 TV를 켰더니 마침 별자리 운세 코너가 나오는데, 마나쓰 순위가 안 좋아서…… 있잖아, 그날이 마침 모의고사 보는 날이었잖아?”

“아, 그랬지.”

“마나쓰의 행운의 음식이 나폴리탄이었어. 그래서 소시지를 꺼냈는데, 이걸 식빵에 끼우면 핫도그로 쳐주지 않을까…… 하는 생각이 들어서. 그러니까 당신 건 덤이야.”

“덤이라서 접시에 담지도 않은 거야?”

“쥐고 있지 않으면 빵이 벌어지잖아! 한 입 베어 물면 그걸로 됐다고 생각했지.”

부끄러운 듯 웃는 미사키를 보니 왠지 자기까지 쑥스러워져서, 유키히코는 침실로 들어가 옷을 갈아입었다. 주방으로 돌아오니 아내가 커피를 내밀었다.

“뭐라도 먹고 가.”

“핫도그는 없어?”

“이거라도 괜찮으면 드시죠.”

아내는 깔끔하게 자른 샌드위치가 놓인 접시를 테이블에 올려놓았다.

“운세는 안 봤지만 행운의 음식인 셈 치고.”

“고마워.”

유키히코는 오늘 아침 홋코위클리를 집어 들었다. 하지만 사건 기사를 읽을 기분은 아니었다. 지금은 아직 적히지 않은 사실이 너무 많았다.

고마네서로 이송된 후 구미의 진술을 전해 들은 오누마 겐

은, 쓰지 세이이치를 찌른 건 본인이고 자수 같은 건 생각한 적
도 없으며, 당연히 아내에게 전화도 안 걸었고 시체를 유기하고
쓰지 세이이치의 신분으로 살아가려 한 것 모두 자기 생각이었
다고 주장하며 구미의 관여를 부정했다고 한다. 수사는 이제
막 시작되었을 뿐이다.

그렇다 해도 아내가 격려해 줬는데 사건 기사에 눈길도 주지
않을 수는 없어서, 대충 넘기다 지면에서 낯익은 이름을 발견하
고 저도 모르게 소리를 냈다. 그 반응을 본 아내가 물었다.

"역시 그 사람, 당신 동기 하보로 씨야?"

독자 투고 코너에 지난주에 실린 우에무라 교코의 투서에 대
한 답변이 하보로의 이름으로 실려 있었다. 어디까지나 개인 의
견이라는 형식이었지만, 현직 경찰로서 수상한 인물에 대한 대
응을 사과하는 내용이었다.

홋코위클리를 찾았을 때의 기억이 되살아난다. 명단을 다 옮
겨 적고 감사의 말을 전했을 때 부편집장이 했던 '보답은 이미
받았다'는 말. 그건 망고푸딩에 대한 감사 인사가 아니라…….

—— 하보로 과장님한테 뭔가 좋은 방법 없겠냐고 조언을
구해봤는데요.

홋코와 교섭에 실패한 이리에의 상담을 받고, 하보로는 비밀
리에 그에 응한 것이다. 비록 개인 신분이라 해도 관할서 생활안
전과장의 사과문을 게재할 수 있다면, 상대에게는 교환 조건으
로 충분했겠지.

"녀석……."

어차피 윗선에 허락을 구하지 않고 저지른 짓일 게 틀림없다. 2주 연속 서장에게 불려가 추궁을 듣는 하보로의 모습이 떠올랐다.

"미사키. 집에 포스트잇 있어?"

아내가 알려준 서랍을 열고 하늘색 포스트잇을 꺼내 하보로의 투고 옆에 붙였다.

"보관하고 싶으면 그 기사만 따로 스크랩하면 되지 않아?"

"아니, 이대로 수사계 바닥에 흘려서 하보로가 줍게 할 거야."

"그게 무슨 놀이야?"

"화해의 의식이야."

아내는 더욱 모르겠다는 낯을 지었다.

샌드위치와 커피를 다 먹고 나서 백팩을 오른쪽 어깨에 멨다. 현관 조명을 켜고 신발을 신은 뒤 돌아보았다.

"다녀올게."

"조심해서 다녀와."

차에 올라타 조수석에 홋코위클리를 놓았다.

불과 일주일 사이에 만난 수많은 얼굴들이 떠올랐다.

피해자와 가해자, 그 가족과, 가족이 되려 했던 이들이 안은 슬픔이나 고통을 형사가 짊어질 수는 없다. 그들이 받을 상처를 대신할 수도 없다. 할 수 있는 건 사실을 밝혀내고, 진상을 들이대 사건에 관련된 사람들을 진실과 마주하게 하는 것뿐이다.



7월 6일

그렇게 마주한 끝에 비로소 자그마한 빛이 들 거라고 믿는 일뿐이었다.

안전벨트를 매고 백미러 위치를 조절했다.

거울에 비치는 제 얼굴은 여느 때와 다르지 않았다.

하야토의 주먹은 히노의 몸 어디에도 흔적을 남기지 못했고, 이제는 희미한 아픔마저도 느끼지 못했다. 그 사실이 너무나도 가혹하게 느껴져서, 히노 유키히코는 거울에서 눈을 돌리고 파르르 떨리는 입술을 꽉 깨물었다.

## 정교한 복선으로 완성된 본격 미스터리

2013년 「서치라이트와 유인등」으로 제10회 미스터리즈! 신인상을 수상하며 데뷔한 사쿠라다 도모야는 엉뚱하지만 날카로운 통찰력을 가진 곤충애호가 청년 에리사와 센이 각지에서 다양한 사람들을 만나며 사건에 휘말리는 '에리사와 센 시리즈'로 주목받아 온 신예다. G. K. 체스터턴의 '브라운 신부 시리즈'와 아와사카 쓰마오의 '아 아이이치로 시리즈'를 연상케 하는 왓더닛What done it과 와이더닛Why done it 중심의 수수께끼 풀이에 천착해 온 그는 정통파 본격의 계보를 잇는 작가라고 할 수 있다. 자극적인 설정과 한 방의 반전에 기대는 작품들이 쏟아지는 가운데, 일견 고풍스럽다 느껴질 정도로 담백한 그의 작품이 평단과 독자 양쪽에서 높은 평가를 받는 이유는 치밀한 복선과 논리를 중시하면서도 현시대를 살아가는 사람들의 문제를 도외시하지 않는 균형 감각 때문일 것이다. 그러한 작풍이 무르익은

『매미 돌아오다』가 2021년 일본추리작가협회상과 본격미스터리 대상을 동시에 수상한 것은 그 귀결이라 할 만하다.

『잃어버린 얼굴』은 사쿠라다 도모야가 데뷔 12년 만에 처음으로 발표한 장편소설이다. 발매 직후부터 뜨거운 관심을 받으며 '이 미스터리가 대단하다! 2026년판' 국내편 1위, '미스터리가 읽고 싶다! 2026년판' 국내편 1위, '주간문춘 미스터리 베스트10 2025' 국내부문 1위를 석권, 미스터리 랭킹 3관왕을 달성했다.

가공의 무대, J현 산속에서 얼굴이 훼손되고, 이가 뽑히고, 두 손이 잘린 신원불명의 시체가 발견된다. 사건 보도 후 한 초등학생이 경찰서를 찾아와 그 시신이 '우리 아빠일지도 모른다'고 말한다. 10년 전 실종된 아버지, 새롭게 발생하는 살인사건, 일견 무관해 보이던 사건들이 하나로 얽히며 생각지도 못한 진실을 드러낸다.

눈길을 끄는 설정과 줄거리지만 기존 작풍에 익숙한 독자라면 다소 의외라고 느낄 만한 지점들이 있다. 원서 띠지에 적힌 '극적 반전'이라는 선전 문구부터 시작해, 얼굴 없는 시체, 10년 전 실종된 아버지를 찾아 나선 초등학생 등 꽤 자극적인 설정, 무엇보다 경찰소설이라는 점이 눈에 띈다. 작가로서도 기존 시리즈의 틀에서 벗어나는 건 상당히 모험적인 시도였으리라.

하지만 장편이라는 점을 생각하면 경찰소설이라는 형식과 직업 수사관을 주인공으로 내세운 것은 필연적인 선택이었을 것이다. 작가에 따르면 에리사와 센으로 장편을 시도한 적이 있지만 잘 진행되지 않았다고 한다. 단편에서는 우연히 사건에 휘말리는 설정이 자연스럽지만, 장편에서 일반인이 계속 수사에 관여하기란 무리가 있었던 것이다. 또한 형사의 시선을 따라갈 경우 독자들도 수사의 과정을 생생하게 체감할 수 있다. 그러한 고려 끝에 장편을 위한 새로운 인물, 형사 히노 유키히코가 탄생했다. 무대도 완전히 가공의 지역으로 설정했다. 미스터리 요소를 먼저 구상하고 거기에 살을 붙여가는 집필 방식상, 리얼리티에 입각한 묘사가 요구되는 실재 지역보다 가공의 무대가 적합했다고 한다. J현은 작가가 과거 거주했던 이와테현을 모델로 했는데, I의 다음 글자인 J에서 따와 J현으로, 인접한 B현도 아오모리현의 A 다음 글자인 B에서 따온 것이다.

새로운 인물, 새로운 형식. 하지만 작가의 본령은 변하지 않았다. 창작의 근저에 본격 고전에 대한 경의가 깔려 있는 작가답게, 본작에도 선배 작가들에 대한 오마주가 곳곳에 녹아 있다. 출간 후 진행된 다수의 인터뷰에서 작가는 이번 작품에 영향을 준 작가들에 대해 언급했다. 경찰소설의 틀에서 본격 미스터리를 구현한다는 발상은 요코야마 히데오에게서 왔다. 『동기』를 읽고 '경찰소설로 체스터턴을 구현했다'며 감동했고, 『64』를 읽었을 때는 '저릿저릿했다'고 표현할 만큼 빠져들었다고 한다. 지금까지 써왔던 단편과 다른 분위기를 지향하고 싶다, 단편을 단순히 늘린 장편에는 의미가 없다는 생각도 요코야마 히데오의 영향이었다. 집필하면서 의식했던 건 콜린 덱스터의 '모스 경부 시리즈'였다. 여러 사건이 병행해 전개되는 구성, 가설을 세웠다 부정하기를 반복하며 진실에 다가가는 수사 방식, 상사와 부하 형사가 만들어내는 유쾌한 콤비의 호흡, 이러한 요소들을 참고하면서 빗나가는 추리를 반복하는 장면도 넣었다. '얼굴을 알 수 없는 시체'라는 모티프는 가사이 기요시의 『바이바이, 엔젤』에서 힌트를 얻었다고.

아와사카 쓰마오, G. K. 체스터턴, 콜린 덱스터, 요코야마 히데오, 가사이 기요시 등 동서양을 막론하고 미스터리의 거장들이 쌓아 올린 유산은 후세대 작가에게 큰 자산이지만, 한편으로는 족쇄처럼 느껴졌을 법도 하다. 하지만 사쿠라다 도모야는 이를 적극적으로 계승하되 압도되지 않는 저력을 보여준다. 선인들의 성취를 그만의 문법으로 재창조한 경찰소설이 바로 『잃어버린 얼굴』인 것이다.

사실 책을 읽어나가다 보면, '극적 반전'이라는 홍보 문구가 주는 인상과는 사뭇 다른, 일견 수수하리만치 착실한 수사를 차분히 쌓아가는 경찰소설이라는 걸 느낄 수 있다. 처음 읽을 때는 그냥 지나치기 쉬운 사소한 복선들은 결말에 이르러 하나로 회수된다. 이와 더불어 곳곳에 배치된 등장인물들의 드라마도 인물에 입체감을 부여하는 동시에 사건의 진상으로 향하는 복선으로 되살아나며 감탄을 자아낸다. 노리즈키 린타로가 "읽을 때마다 놀라운 발견이 있다"라고 평한 정교한 작풍과 다양한 휴먼드라마의 조화는 본작에서 정점을 이룬다. 그야말로 허투루 쓰인 장면이 없는, 본격 미스터리의 정석 같은 느낌이다.

이에 더해, 작가 특유의 '고뇌하는 탐정'도 인상적이다. 이 역시 작가가 꾸준히 천착해 온 테마이지만, 전작과 본작에서는 탐정 역의 조형에서 차이가 드러난다. 에리사와 센은 연작 단편의 이점을 살려 시리즈가 거듭되면서 점점 내면을 얻고 드라마가 생겼다. 장편인 본작은 다른 전략을 취한다. 히노의 대척점에 동기 하보로를 두고, 경찰학교 시절 과거 에피소드를 초반부터 제시한다. 과거에 하보로는 부정을 저지른 교관과 동기를 고발했고, 히노는 그 동기를 좋아했기에 하보로를 원망했다. 그런데 현재 사건에서는 입장이 역전된다. 결말부에 이르러 완성되는 이 구도를 통해 히노의 고뇌는 단숨에 폭과 깊이를 얻는다. 법의 집행자이면서 나약한 인간—탐정의 고뇌는 더욱 보편성을 가진 것으로 확장된다. 문득 로스 맥도널드의 루 아처가 떠오른다. 인간미 있는 하드보일드라고 해도 좋을 것이다.


이처럼 『잃어버린 얼굴』은 정교한 복선 구성, 입체적인 휴먼드라마, 그리고 탐정이란 존재의 딜레마까지—장르의 유산을 두루 계승하면서도 안정감 있게 완성한 작품이다. 온다 리쿠, 이사카 고타로, 요네자와 호노부 등 쟁쟁한 작가들이 찬사를 보낸 것도 납득이 간다. 작업하면서도 알아채지 못했던 촘촘한 복선과 플롯의 정교함에 여러 번 책장을 되넘기는 독서의 즐거움을 오랜만에 느꼈다. 특히 결말부의 추리 전개가 압권인데, 별생각 없이 넘겼던 강조 문장들이 알고 보니 작가가 제시한 공정한 단서였다는 걸 깨달았을 때의 놀라움이란. 잘 짜인 본격 미스터리가 주는 충만함을, 독자 여러분도 함께 느끼시기를.

**옮긴이 최고은**

도쿄대학교 대학원 총합문화연구과에서 일본문학을 연구하며 전문 번역가로 활동하고 있다. 옮긴 책으로 히가시노 게이고의『당신이 누군가를 죽였다』『블랙 쇼맨과 이름 없는 마을의 살인』, 요네자와 호노부의『부러진 용골』『추상오단장』, 온다 리쿠의『도미노』, 무라타 사야카의『지구별 인간』『소멸세계』, 요코야마 히데오의『빛의 현관』『64』등이 있다.

# 잃어버린 얼굴

| | |
|---|---|
| **초판 1쇄 발행** | 2026년 2월 10일 |
| **초판 3쇄 발행** | 2026년 3월 10일 |
| **지은이** | 사쿠라다 도모야 |
| **옮긴이** | 최고은 |
| **책임편집** | 홍은선 |
| **디자인** | 유은 |
| **책임마케팅** | 최혜령, 박지수, 도우리, 양지환, 송지은, 박주미 |
| **마케팅** | 콘텐츠IP사업본부 |
| **해외사업** | 한승빈, 박고은 |
| **경영지원** | 백선희, 권영환, 최민선, 이기경, 강아현 |
| **제작** | 재영P&B |
| **펴낸이** | 서현동 |
| **펴낸곳** | ㈜오팬하우스 |
| **출판등록** | 2024년 5월 16일 제2024-000141호 |
| **주소** | 서울시 강남구 테헤란로 419, 11층(삼성동, 강남파이낸스플라자) |
| **이메일** | info@ofh.co.kr |

ⓒ 사쿠라다 도모야 2026

ISBN 979-11-7577-103-1 (03830)

반타는 ㈜오팬하우스의 출판브랜드입니다.